Das Buch

Die charmante Sonja Kronen sieht aufgeregt der Eröffnung
ihrer Modeboutique in München entgegen: Sie hat es geschafft, ihr eigenes Geschäft! Ihre beste Freundin Vera Lang
hat extra Urlaub genommen, um ihr in den ersten Tagen zur
Seite zu stehen. Doch anstatt einer zahlungskräftigen Kun-
din betritt als erstes ein junger Mann den Laden. Er macht
sie darauf aufmerksam, daß in ihrem Schaufenster illegaler-
weise die Preisetiketten fehlen. Um nicht gleich zu Anfang
mit der Gewerbeaufsicht in Konflikt zu geraten, läßt sich
Sonja, die nicht auf den Kopf gefallen ist, von ihrer Freundin
Vera verleugnen.
Damit nimmt die Reihe der Verwechslungen ihren Lauf,
denn der junge Mann ist in Wirklichkeit der Rechtsanwalt
Dr. Albert Max, der sich Hals über Kopf in Sonja verliebt
hat. Doch diese will zunächst nichts von ihm wissen, und
als auch noch Alberts bester Freund, der Kunstmaler Karl
Thaler, in die Verwicklungen hineingezogen wird, weiß in
dem munteren Quartett bald niemand mehr so recht, für
wen sein Herz eigentlich schlägt ...

Der Autor

Heinz G. Konsalik wurde 1921 in Köln geboren. Er studierte
zunächst Medizin, wechselte jedoch sehr bald zum Studium
der Theaterwissenschaft, Literaturgeschichte und Zeitungs-
wissenschaft. Im Zweiten Weltkrieg war er Kriegsberichter-
statter. Nach Kriegsende arbeitete er als Dramaturg und Re-
dakteur, bis er sich 1951 als freier Schriftsteller niederließ.
Konsalik gilt als international erfolgreichster deutscher Autor. Ein Großteil seines Gesamtwerks liegt im Wilhelm
Heyne Verlag als Taschenbuch vor.

HEINZ G. KONSALIK

FRAUEN VERSTEHEN MEHR VON LIEBE

Roman

WILHELM HEYNE VERLAG
MÜNCHEN

HEYNE ALLGEMEINE REIHE
Nr. 01/9455

Erweiterte Ausgabe des bereits
in der Allgemeinen Reihe mit der Band-Nr. 01/6054
erschienenen Titels.

6. Auflage dieser Ausgabe

Copyright © 1982 by GKV, Feldafing
und AVA GmbH, München-Breitbrunn (Germany)
Wilhelm Heyne Verlag GmbH & Co. KG, München
Printed in Germany 2001
Umschlagillustration: ZEFA Visual Media/Sharpshooters/Peter Barren, Düsseldorf
Umschlaggestaltung: Nele Schütz Design, München
Satz: (2180) IBV Satz- und Datentechnik GmbH, Berlin
Druck und Bindung: Elsnerdruck, Berlin

ISBN 3-453-08281-8

Es war noch früher Morgen, die Schatten der Nacht waren gerade den ersten Strahlen der Sonne gewichen. Noch verhältnismäßig still lag die Straße da; der Verkehr, an dem sie tagsüber zu ersticken pflegte, ruhte noch, er mußte erst wieder dazu ansetzen, jene verheerende Dichte zu gewinnen, die den modernen Großstadtmenschen mehr und mehr verzweifeln läßt, weil ihm vor diesem Moloch sogar unaufhörlich steigende Benzinpreise keine Rettung versprechen.

Auch auf den Bürgersteigen zeigte sich noch wenig Leben. Vereinzelt strebten Arbeiter zu ihrer Frühschicht. Über den Fahrradweg neben der breiten Chaussee flitzte ein Bäckerjunge, der zu spät dran war und wieder einmal sehr seine Berufswahl bereute, weil sie ihn dazu zwang, so früh aufzustehen, und ihn eben überhaupt jetzt, im Frühling, bei einer Sonne, welche die grünen Spitzen aus dem Boden lockte und die Bäume zum Blühen reizte, an einen heißen Backofen fesselte.

Neben Arbeitern und dem Bäckerjungen – solchen also, denen es verwehrt war, sich in ihren Betten noch von einer Seite auf die andere zu drehen – fiel eine sehr hübsche junge Dame aus dem Rahmen, die auch schon auf den Beinen (besonders aufregenden Beinen) war, obwohl man das von ihr durchaus nicht erwartet hätte. Mädchen dieser Sorte sind nämlich im allgemeinen Langschläferinnen. Sie können es sich auch leisten, das zu sein. Das Leben zeigt sich ihnen von der angenehmeren Seite, es zwingt sie nicht zur Ausübung ungeliebter Berufe. Sie müssen sich nicht abstrampeln – höchstens auf dem Tennisplatz. Es liegt in ihrem Belieben, in den Hafen einer Ehe einzu-

5

laufen, die es ihnen auch wieder nur zu ihrer Hauptaufgabe macht, sich zu pflegen – es sei denn, sie sind nicht intelligent genug, auf eine Verbindung mit einem Werkstudenten oder einem ähnlichen unsicheren Kantonisten zu verzichten.

Die junge Dame aber, von der hier die Rede ist, war aus einem anderen Holz geschnitzt. Sie wartete nicht auf einen jener ›s. gut ausseh. großzüg. vital. Unternehm. unt. 50‹, die heutzutage mit ihren Selbstanpreisungen (›seriös, bescheiden‹) die Bekanntschaftsinserate der Boulevardblätter füllen, sondern stellte sich auf ihre eigenen Beine. Daß dieselben außerordentlich hübsch waren, wurde schon erwähnt. Sie waren sogar so hübsch, daß man es gar nicht oft genug erwähnen kann.

Ähnliches ließ sich von der jungen Dame in ihrer Gänze sagen, denn es verhielt sich keineswegs so, daß an ihr die Beine etwa eine einsame Attraktion dargestellt hätten, mit der anderes – das Gesicht, das Haar, der Busen, die Hüften, der Po (!) usw. – nicht Schritt hätte halten können. Sonja Kronen – so hieß sie – war nicht ein Teil-, sondern ein Gesamtwerk der Natur, das als ›bestens gelungen‹ bezeichnet werden durfte. ›Die ist‹, hatte kürzlich ein bekannter Filmproduzent gesagt, der ihr eine Rolle in seinem nächsten Streifen angeboten hatte, ›unglaublich verrückt – sie arbeitet! Das hätte die doch gar nicht nötig. Oder sie hat nicht begriffen, was mein Angebot bedeutete.‹

Doch, doch, begriffen hatte die das schon. Sonja Kronen war nämlich auch ein sehr intelligentes Mädchen, der nicht erst ein verfetteter Filmproduzent die Augen hätte öffnen müssen, wie das Leben so läuft.

Im übrigen wäre eine schauspielerische Betätigung auch allergeringster Natur etwas völlig Neues in ihrem Dasein gewesen. Ihre Fähigkeiten lagen auf einem anderen Gebiet. Sie war gelernte Modezeichnerin. Jener Filmmensch hatte nur zufällig ihren Weg gekreuzt – in einem Speiserestaurant – und versucht, sich sogleich auf sie zu stürzen. Das Modezeichnen allein genügte ihr nicht. Sie wollte ›mehr aus sich machen‹. Vor einem halben Jahr hatte sie deshalb planmäßig begonnen, ein eigenes einschlägiges Geschäft zu gründen. Das Ganze war ein sehr gewagter Sprung ins kalte Wasser.

Heute nun hatte sie schon in der Morgendämmerung ihre kleine Wohnung verlassen. Nach einer Nacht, in der sie kaum geschlafen hatte, war sie voller Unruhe. Das hatte seinen Grund. Mit dem heutigen Tag begann ein neuer Lebensabschnitt für Sonja Kronen.

Ohne recht zu bemerken, was um sie herum vorging, lief sie durch die Straßen, die sich mit fortschreitender Zeit mehr und mehr belebten. Zuletzt stand sie vor einem mittelgroßen Schaufenster und atmete tief ein, so daß sich unter ihrer Bluse die dort beheimatete, süße, allseits begehrte Brust in noch hübscherer Form und noch wahrnehmbarerem Ausmaß regte. Das bemerkte ein relativ junger Bürger der Stadt, der um diese Zeit eigentlich auch noch nicht auf die Straße gehörte, dessen Angewohnheit es aber war, vor Beginn seines Tageswerkes schon einen flotten Morgenspaziergang zu machen, um sich körperlich in Form zu bringen und zu halten.

Sonja Kronen atmete also tief ein. Sie konnte dies in dem stolzen Bewußtsein tun, eine Stufe dessen erreicht zu haben, was man im allgemeinen das Ziel des Lebens nennt. Dort nämlich, über dem Fenster, stand es seit gestern abend in großen Buchstaben

MODESALON SONJA

Ein eigenes Geschäft...

Sein eigener Herr (beziehungsweise: Dame) sein...

Einen Salon besitzen, in dem die Fantasie und die Schönheit regierten, die Eleganz und der gute Geschmack, das Geld der feinen Leute und deren Launen...

Einen Salon aber auch sein eigen nennen, der oft genug zur Geburtsstätte schlafloser Nächte zu werden versprach, wenn ein Kleid wieder in neuer Rekordzeit gemacht werden sollte, weil die Interessentin entweder darauf bestand, oder vom Kauf zurücktrat. Doch was wollen solche Nächte schon besagen?

Mit einem glücklichen, fast kindlichen Lächeln blickte Sonja in ihre Schaufenster. Erreicht, sagte sie sich, endlich erreicht. Wie oft hast du davon geträumt, Sonja, wie oft hast du dir in den vergangenen Jahren, in denen du für andere gearbeitet hast, vorgesagt: Einmal, Sonja, wirst auch du ein solches Geschäft haben und zeigen können, was mit dir los ist...

Und nun war es also soweit. Unbeugsames Zielstreben, große Sparsamkeit, eine kleine Erbschaft vor einem halben Jahr, verständnisvolles Entgegenkommen einzelner Firmen und Vertreter, zuletzt auch noch ein Kredit eines entfernten Onkels – all das hatte zusammengewirkt, um einen Traum Wirklichkeit werden zu lassen...

Kritisch musterte Sonja ihre eigene Auslage. Dort ein schwarzes, glockiges Kleid mit einer Brokatstickerei... im Hintergrund ein Sommerkleid, luftig, leicht... und dort, in der linken Ecke, ein Tanzkleid aus weißem Chiffon. Alles Kleider, die sie selbst entworfen, am eigenen Körper anprobiert und mit eigener Hand genäht hatte. Sie sollten die Kundinnen anlocken und einen Eindruck von dem vermitteln, was die unbekannte junge Sonja Kronen mit ihren 24 Jahren schon zu leisten vermochte.

Was noch fehlt im Fenster, dachte sie, sind die Preise. Die mußte ich mir erst in der vergangenen Nacht noch überlegen. Wie mache ich's am besten? Wie steige ich ein? Teuer? Billig? In der Mitte?

So in der Mitte, hatte sie sich vernünftigerweise entschieden.

Sie wollte sich der Ladentür zuwenden, als sie halb hinter, halb neben sich eine Stimme hörte.

»Entzückende Sachen, wie?« sagte diese Stimme, und sie klang tief und kraftvoll, allerdings auch spöttisch. »Nur scheint die Besitzerin – diese Sonja – nichts von gesetzlichen Vorschriften zu halten.«

»So?« meinte Sonja kurz und drehte sich halb um. Sie sah einen großen, gut angezogenen Mann, der sie mit seinen hellen Augen freundlich anblickte. Er war schlank, hatte ein schmales Gesicht und tadellose weiße Zähne, die man sehen konnte, da er lächelte. Der Morgenwind, der wehte, hatte ihm die Haare ein bißchen zerzaust, was ihm ein jungenhaftes Aussehen verlieh. Im übrigen war er ja auch keineswegs schon alt... so um die dreißig herum, schätzungsweise.

»Das müßte man ihr sagen«, erklärte er.

»Wem?« fragte Sonja.

»Dieser Sonja.«

»Und was?«

»Das sie sich strafbar gemacht hat.«

»Inwiefern?«

»Bei uns in Deutschland müssen Waren im Schaufenster mit Preisetiketten versehen sein. Wer dagegen verstößt, dem droht zumindest ein saftiges Bußgeld.«

Ein Schreck durchfuhr Sonja Kronen. Kam der Mann vom Gewerbeamt? Oder war er ein Polizeibeamter in Zivil?

»Wissen Sie«, sagte Sonja rasch, »die Unterlassungssünde hier kann darauf zurückzuführen sein, daß das Geschäft brandneu ist und die deshalb noch nicht ganz auf dem laufenden sind. Die werden das bestimmt ganz rasch nachholen.«

»Der Laden ist neu?«

Der Ausdruck gefiel Sonja nicht. Es liege etwas Abwertendes darin, fand sie, zwang sich aber weiterhin zu einer freundlichen Miene, mit der sie die Frage bejahte.

Daraufhin meinte der Mann: »Ich kenne das Viertel hier zu wenig. Aber Sie scheinen Bescheid zu wissen?«

»Das Geschäft«, antwortete Sonja mit einer gewissen Betonung, »wird heute eröffnet...«

»Auch darauf fehlt ein Hinweis«, fiel der Mann ein.

»...und man hat gestern noch letzte Hand an die Einrichtung gelegt.«

»Ich nehme an, meine Vermutung trifft zu, daß Sie hier in der Nähe wohnen, weil Sie das alles so genau beobachtet haben?«

»Ja, ich wohne hier in der Nähe«, gab Sonja der Wahrheit die Ehre.

»Und Sie würden sich also, vermute ich ebenfalls, gerne eines dieser Kleider« – er nickte hin zum Schaufenster – »kaufen?«

»Nein, ganz und gar nicht«, widersprach Sonja spontan und fügte in Gedanken hinzu: Im Gegenteil, mein Lieber, *ver*kaufen möchte ich möglichst rasch jedes.

Die Verwunderung des Mannes schien groß zu sein.

»Ein weibliches Wesen«, sagte er kopfschüttelnd, »das solche Kleider sieht und nicht den Wunsch verspürt, sie zu besitzen, ist mir absolut neu. Sind Sie nicht normal? Verzeihen Sie«, erschrak er über sich selbst, »diese Frage; sie ist mir herausgerutscht. Aber ich interessiere mich für Ausnahmemenschen.«

Sonja lachte, dann erwiderte sie: »Sie sagten ›*solche* Kleider‹. Das klingt, als ob sie Ihnen auch gefallen würden.«

»Sehr sogar.«

»Verstehen Sie etwas von Mode?«

»Nein.«

»Und trotzdem sagen Sie –«

»Ich sage immer nur«, unterbrach er sie, »daß mir ein Kleid gefällt oder nicht. Warum das so oder anders ist, weiß ich im einzelnen nicht zu erklären.«

»Aber jedenfalls scheinen Sie Geschmack zu haben«,

lobte ihn Sonja, mit dem Finger auf das ganze Schaufenster und alles, was es enthielt, zeigend. »Im Urteil darüber stimmen wir beide überein.«

Der Mann trat zwei Schritte zurück, ließ seinen Blick über die Fassade des kleinen, neuen Ladens gleiten und meinte dann achselzuckend: »Trotzdem kann mir die nur leid tun.«

»Wer?«

»Diese Sonja.«

»Warum?«

»Solche Dinger« – damit meinte er das Geschäft – »schießen doch heute wie Pilze aus dem Boden. Genauso schnell wie sie aufgemacht werden, werden sie aber auch wieder zugemacht. Das erleben wir doch am laufenden Band. Diesbezüglich wird sich diese Neugründung hier nicht unterscheiden von tausend anderen. Deshalb bin ich der Meinung, daß die jungen Leute, die meistens dahinterstecken, alle nicht ganz dicht sind, um es grob zu sagen.«

Mit den Sympathien, die sich in Sonja für den gutaussehenden, vermeintlich auch intelligenten Unbekannten schon geregt hatten, war es nun natürlich wieder vorbei. Noch empfahl es sich aber für das Mädchen, nicht bissig zu werden oder das Gespräch brüsk abzubrechen, wußte sie doch immer noch nicht, wen sie vor sich hatte.

»Ich gebe Ihnen einen guten Rat«, fuhr der Mann nach kurzer Pause fort, »warten Sie zwei, drei Monate, dann findet hier der berühmte ›Räumungsverkauf wegen Geschäftsaufgabe‹ statt und Sie können jedes Stück, das Sie haben wollen, um weniger als die Hälfte kriegen.«

»Mit Sicherheit nicht!« stieß Sonja Kronen nun doch rasch hervor.

»Wetten?«

Sonja mußte sich sehr bezähmen, um nicht etwas ganz anderes zu sagen als: »Nein, ich wette nicht.«

»Schade«, grinste er, »ich hätte gern wieder einmal eine Flasche Wein, die mich nichts kostet, getrunken.«

Sonja schwieg.

»Natürlich mit Ihnen zusammen«, setzte er hinzu. Es war der bekannte Vorstoß, mit dem ein Mädchen wie Sonja Kronen seit Jahr und Tag vertraut war. »Sogar auch auf meine Kosten.«

Sie machte sich die Antwort einfach.

»Ich trinke keinen Wein.«

»Es könnte auch Sekt sein.«

»Nein.«

»Oder eine Tasse Kaffee.«

»Auch nicht.«

Damit war der Fall klar.

»Ich verstehe«, sagte der Mann. »Sie trinken zwar durchaus Wein oder Sekt und Kaffee – aber nicht mit mir!«

Sonja sagte dazu nichts, aber man kennt ja das Sprichwort, daß keine Antwort auch eine Antwort ist.

Während des ganzen Gesprächs der beiden war um sie ein Hund herumgestrichen, ein lebhaftes, struppiges Tier, das dazu geeignet war, einem einige unlösbare Rätsel aufzugeben: Als erstes und größtes die Frage nach der Rasse, auf die es keine Antwort gab – oder acht bis zehn Antworten in einem Bündel. Sogar die beiden Ohren wichen so weit voneinander ab, daß das linke auf eine Ahnenreihe ungarischer Hirtenhunde und das rechte auf eine von Dackeln schließen konnte. Ein zweites Rätsel war, wie ein solches Tier, dem es an jedem Recht zum Leben fehlte, dazu gebracht haben konnte, gut gehalten zu werden. Letzteres war nämlich sehr wohl zu erkennen. Das Tier machte einen durchaus gepflegten Eindruck, es war gut genährt, sein Fell zeigte jedem, daß es regelmäßig gewaschen und gebürstet wurde. Der Name des Edelgeschöpfes lautete, wie sich rasch herausstellen sollte, Moritz.

Ein Auto näherte sich und mußte bremsen, weil der Hund, nachdem ihm der Bürgersteig offenbar nichts Neues mehr hatte bieten können, auf den Fahrdamm hinuntergelaufen war, um ihn da und dort zu beschnuppern. Die Reifen quietschten. Ein solches Geräusch ruft bei allen immer die gleiche Reaktion hervor.

Sonja Kronen und der Mann neben ihr drehten sich erschrocken um. Der Hund hatte sich mit einem Sprung auf das Trottoir schon in Sicherheit gebracht.

»Moritz!« rief der Mann scharf. »Kommst du her!«

Der Hund gehorchte, legte jedoch dabei keine besondere Eile an den Tag. Furcht schien er also vor seinem Herrn nicht zu empfinden.

»Wie oft habe ich dir schon gesagt, wo du zu bleiben hast!« wurde er geschimpft. »Glaube ja nicht, daß ich für dich notfalls auch noch den Tierarzt oder den Abdecker bezahle!«

Zwischen den beiden schien ein rauher Ton zu herrschen.

Moritz nahm sich das nach Hundeart zu Herzen, er schwänzelte fröhlich. Sonja Kronen sah zu. Die Miene, mit der sie den Hund betrachtete, brachte sehr gemischte Gefühle zum Ausdruck.

»Gehört der Ihnen?« fragte sie den Mann, der ihr über das, was er über ihre Geschäftsaussichten gesagt hatte, reichlich unsympathisch geworden war.

»Leider.«

»Wieso leider? Mögen Sie ihn nicht?«

»Ich hasse ihn.«

Das kann jeder verstehen, der das Scheusal sieht, dachte Sonja. In ihr meldete sich aber ein anderer Impuls, der sie hervorstoßen ließ: »Das arme Tier!«

»Arm?«

»Man kann sich vorstellen, welches Leben es bei Ihnen hat.«

Sonja verstand nichts von Hundepflege und vom Verhalten eines Hundes gegenüber seinem Herrn, sonst hätte sie so etwas nicht gesagt. Sie glaubte auf einen Fall von Tierquälerei gestoßen zu sein, und das machte sie aggressiv. Ab sofort war es ihr auch egal, ob der Mann von einer Behörde kam oder nicht. Um an ihrem prinzipiellen Standpunkt, der hier zum Ausdruck gebracht werden mußte, keinen Zweifel zu lassen, sagte sie: »Ein Tier braucht Liebe und keinen Haß.«

»Das habe ich schon mal gehört«, antwortete der Mann.

Moritz spitzte seine zwei ganz verschiedenen Ohren. Aufmerksam verfolgte er den Dialog, der hier geführt wurde. Er spürte, daß es um ihn ging.

Sein Besitzer hätte ihm am liebsten zugezwinkert. Moritz bot ihm Gelegenheit, mit dem Mädchen vielleicht doch noch in Kontakt zu kommen, indem er versuchen würde, auf einer neuen Ebene Interesse für sich zu erwecken – wenn auch ein negatives Interesse. Ein negatives Interesse schien ihm besser als gar keines.

»Was machen Sie denn mit dem Hund, wenn Sie in Urlaub fahren?« fragte Sonja.

»Wieso?«

»Man liest doch immer wieder in der Zeitung, daß dann solche unglücklichen Geschöpfe einfach ausgesetzt werden.«

»Aber man liest auch, daß in solchen Fällen der Tierschutzverein einzuspringen pflegt.«

Dafür erntete der Mann nur noch wortlose Verachtung. Der stumme Blick, mit dem ihn Sonja musterte, sprach Bände.

Moritz entdeckte auf dem Fahrdamm ein paar Spatzen, die sich dort aus unerfindlichen Gründen niedergelassen hatten. Vielleicht lag ihnen das noch im Blut ihrer Ahnen, denen Straßen noch Speisetische, reichgedeckt mit Pferdemist, waren.

Ein scharfer Ruf: »Moritz!«

Die Absicht des Hundes war durchschaut worden.

»Du bleibst hier!«

»Wissen Sie«, wandte sich der Besitzer dann wieder an Sonja, »ich möchte mir wirklich die Kosten für einen Tierarzt oder den Abdecker ersparen.«

In ihrer Erbitterung sagte Sonja: »Vielleicht wäre für den Hund ein rascher Tod die beste Lösung.«

»Meinen Sie?«

»Soll ich Ihnen ganz offen sagen, was ich meine?«

»Ja.«

»Ich meine, daß Sie keinen Tag mehr zögern sollten, den Hund zum Tierschutzverein zu bringen.«

»Die nehmen ihn nicht, so ohne Gründe. Und die andere Möglichkeit, an die Sie mich erinnert haben – die im Zusammenhang mit dem Urlaub –, ist mir für heuer schon verbaut.«

»Sie wollen damit sagen«, entgegnete Sonja ergrimmt, »daß Sie in diesem Jahr schon in Urlaub waren?«

»Richtig.«

»Und was geschah in dieser Zeit mit Ihrem Hund? Das würde mich interessieren.«

»Da hatte ich ihn noch gar nicht.«

»Ein Glück für das Tier!«

»Der Urlaub war sogar die Zeit, in der das Vieh in meinen Besitz kam – absolut ungewollt natürlich. Muß ich das extra betonen?«

»Nein, das müssen Sie nicht betonen, das ist mir klar.«

»Ich weiß noch nicht einmal, wie das Scheusal ursprünglich hieß.«

Sonjas Augen funkelten.

»Scheusal! Vieh! Diese Ausdrücke richten Sie selbst!«

Der Gescholtene zeigte auf Moritz.

»Sehen Sie ihn sich doch an. Habe ich nicht recht?«

Moritz wedelte verstärkt mit dem Schweif. Es war ihm klar, daß es mit wachsender Intensität um ihn ging.

»Daß Sie ihn Moritz heißen«, fuhr Sonja fort, »ist also auch noch ein Willkürakt von Ihnen.«

»Weil ich nicht weiß, wiederhole ich, wie er ursprünglich hieß.«

»Und warum wissen Sie das nicht?«

»Er ist mir zugelaufen.«

»Wo?«

»In Palermo.«

In Palermo? Sonja verstummte vorübergehend. Sie hatte auch schon zwei Wochen auf Sizilien verbracht und streunende Hunde dort gesehen. Die befanden sich in einem anderen Zustand als Moritz. Offenbar hatte dessen Besitzer jemanden, der das Tier in ausreichendem Maße fütterte und es mit Wasser und Seife in Berührung brachte. Sonja steckte ein bißchen zurück. Während ihr diese Gedanken durch den Kopf gingen, berichtete der Mann, dem Moritz gehörte, wie das damals zugegangen war.

»Ich saß in einem Strandcafé, im Freien natürlich, inmitten von Einheimischen, und wollte eine Kleinigkeit essen. Plötzlich jaulte ein Hund. Ich muß Ihnen nicht sagen, welcher. Er bettelte und hatte einen Fußtritt bekommen. Dann jaulte er wieder. Der zweite Fußtritt... der dritte... der vierte. Steinwürfe wechselten ab mit Fußtritten. Aber solche Köter sind zäh, das kann ich Ihnen sagen. Trotz allem stand er schließlich auch vor mir. Insgeheim hatte ich nicht die geringste Absicht, ihm etwas anderes zukommen zu lassen als ebenfalls einen Fußtritt. Doch das erlaubte mir die Situation nicht. Ich habe Ihnen schon gesagt wer die Leute in meiner Umgebung waren: alles Einheimische. Und ich der einzige Deutsche. Wissen Sie, dort unten, das ist so weit entfernt, daß sich das noch zutragen kann. In Bibione ist das Umgekehrte die Regel. Dort stoßen Sie auf einen einzigen Italiener zwischen zehntausend Deutschen. In Palermo nicht. Was habe ich damals, im entscheidenden Moment, gemacht? Ich wußte, was ich meiner Nation schuldig bin, versagte mir den Fußtritt und warf statt dessen dem Hund ein Stückchen von meinem Teller, den mir der Ober kurz zuvor gebracht hatte, hin. Und damit war der nichtwiedergutzumachende Fehler, den ich mir erst verzeihen kann, wenn Moritz das Zeitliche gesegnet haben wird, auch schon geschehen. Warnschreie drangen an mein Ohr – zu spät. Sehen Sie, die Leute dort wissen schon, warum sie sich für die sizilianische Mentalität entschieden haben und nicht für die unsere. Einer der Gründe sind die streunenden Hunde dort. Mein Fehler bewirkte sehr rasch, daß ich noch zweimal den Ober in Anspruch nehmen mußte und mich schließlich trotzdem vollkommen ungesättigt vom Tisch erhob, um in einem anderen Lokal mein Glück zu versuchen. Vergebliches Unterfangen. Mein Kostgänger wich mir nicht mehr von der Seite, auch nicht, als sein Hunger gestillt war und nur noch mir der Magen knurrte. Ich konnte machen, was ich wollte. Das Verhalten des Hundes war ein zukunftsorientiertes, wissen Sie, er sah nicht nur die Gegenwart. Am Abend jenes Tages versprach ich mir die Lösung meines Problems von meinem Hotel, in das keine Hunde hineingelassen wurden. Wer aber lag am nächsten Morgen vor dem Portal und erwartete mich? ER. Wer verleidete mir wieder den ganzen Tag? ER. Ich bestellte mir überhaupt nichts mehr zum Essen, um ihm auf diese Weise die Trennung von mir leichter zu machen. Wer hungerte mit mir? ER. Wer kapitulierte eher? ICH. Zum Glück war das schon gegen Ende meines Urlaubs. Doch wer legte sich, als ich mich heimwärts wenden wollte, vor mein Auto? ER. Sie werden das nicht glauben wollen, aber ich schwöre Ihnen, es ist die reine

17

Wahrheit: Der Hund hätte sich überfahren lassen. Können Sie sich meine Wut vorstellen? Meinen Haß?«

Sonja Kronen, die schon länger nicht mehr wußte, was sie von dem Ganzen halten sollte, sagte dennoch giftig: »Sicher, das kann ich mir sehr gut vorstellen, von Ihnen schon! Ich aber wäre zu Tränen gerührt gewesen von einem solchen Ausmaß an Treue!«

»Sie wären etwas ganz anderes gewesen. Der Köter wimmelte nämlich von Flöhen. Ich merkte das sehr schnell während der Fahrt. Das ganze Wageninnere –«

»Sie haben ihn mitgenommen?« unterbrach Sonja.

»Sonst wäre er nicht hier. Er hätte sich ja, wie ich schon sagte, eher überfahren lassen, und das wollte ich auch wieder nicht. Warum nicht? werden Sie sich fragen. Tierliebe scheidet doch bei mir aus? Richtig. Der Grund war der, daß mir sozusagen erneut meine Nation im Wege stand. Wieder waren nämlich Einheimische in der Nähe. Unterwegs aber, als die Flöhe in Scharen auf mich überwechselten, war es endgültig aus. Ich machte der Sache ein Ende, indem der Hund in den Kofferraum mußte und die Koffer ins Wageninnere. Warum ich mich des Hundes nicht an einer einsamen Stelle entledigt habe? werden Sie sich wieder fragen. Weil das nicht nötig war. Damit mußte ich mir nicht selbst die Hände schmutzig machen. Ich hatte nämlich eine Idee, folgende: Warte nur, du Mißgeburt, dachte ich, bis wir an der Grenze sind und dich die deutschen Zollbeamten entdecken. Ohne Impfschein gegen Tollwut oder was weiß ich kommst du bei denen nicht durch. Die holen dich raus aus meinem Auto, und damit ist der Fall für mich erledigt. Dann kannst du sehen, wie du zurück nach Sizilien kommst. Voraussetzung für das Ganze ist nur, daß die mich nicht einfach durchwinken, sondern kontrollieren. Das muß ich erreichen. Und wie? Lächerlich, dachte ich, gibt's etwas, das leichter zu bewerkstelligen ist? Am Brenner winkten mich dann die Ita-

liener und Österreicher tatsächlich durch. Erwartungsge-
mäß, möchte ich fast sagen. Aber die Deutschen, die waren korrekt. Jeder Wagen mußte anhalten und wurde gefragt: ›Haben Sie etwas zu verzollen?‹ Mit undurchdringlicher Miene, die ich mir zurechtgelegt hatte, antwortete
ich: ›Ja, Heroin.‹ – ›Sicher‹, nickte der Beamte grinsend,
›im Kofferraum, nicht? Ganz offen, nicht?‹ Aber das war
noch nicht alles. Er winkte, ich sollte weiterfahren. ›Sehen
Sie doch nach‹, bat ich ihn. ›Kommen Sie, stehlen Sie uns
nicht unsere Zeit‹, erwiderte er. ›Ich stehle sie Ihnen keineswegs‹, versicherte ich ihm. Der Schweiß brach mir aus.
Ein Hupkonzert begann hinter mir. Da wurde er unge-
mütlich. ›Fahren Sie weiter, verdammt nochmal, halten
Sie nicht den ganzen Verkehr hier auf!‹ Was blieb mir übrig? Der behördlichen Anordnung war Folge zu leisten.
Sehen Sie, mein Fräulein, so hat Moritz seine Staatsbür-
gerschaft gewechselt. Ich war einfach machtlos dagegen.«

Nun war es also sonnenklar, wer hier auf den Arm genommen wurde.

»Sie machen sich lustig über mich«, sagte Sonja Kronen,
zeigte jedoch dabei keine beleidigte Miene, sondern lächelte.

»Wenn Sie diesen Eindruck hatten, bitte ich um Verzeihung.«

Moritz blickte mit erhobenem Kopf hinauf zu Sonja und
ließ seine Augen sprechen. Seinen Schwanz natürlich
auch.

»Sehen Sie«, sagte sein Besitzer, »er schließt sich meiner
Bitte an.«

Der Blick des Hundes blieb nicht ohne Effekt. Sonja ließ
ihn auf sich wirken.

»Ein lieber Kerl«, sagte sie nach einem Weilchen.

»Wollen Sie ihn haben?«

Mit einem Schlag war das Eis, das schon geschmolzen
schien, wieder da.

»Sie würden ihn so ohne weiteres hergeben?« entgegnete Sonja entrüstet.

»Nicht ganz.«

»Was heißt das?«

»Wir könnten ihn uns teilen.«

»Ach was.«

»Im Ernst.«

»Wie stellen Sie sich das vor? Der Hund eine Woche bei Ihnen, dann eine bei mir... und so weiter?«

»Nein, so stelle ich mir das nicht vor.«

»Wie denn sonst?«

»Denken Sie einmal darüber nach.«

Schweigen trat ein. Ist der verrückt? fragte sich Sonja. Sollte das ein gewisser Vorschlag von ihm sein? Mit ihm zusammenzuziehen? Oder gar ein Antrag? Eine feste Bindung einzugehen? Wenn er das denkt, dann *ist* er verrückt

»Ich muß jetzt gehen«, sagte sie.

»Wohin?«

Sie blickte ihn abweisend an.

»Verzeihen Sie«, meinte er daraufhin, »ich frage Sie, weil ich Sie gerne noch ein Stückchen begleiten möchte.«

»Das geht nicht.«

»Warum?«

»Ich will in das Geschäft hier.«

Der Mann zeigte überrascht auf den Laden, vor dem sie standen.

»In dieses?«

»Ja.«

Er blickte auf seine Armbanduhr.

»Zu früh«, sagte er. »Die haben alle noch geschlossen.«

»Ich komme trotzdem rein, ich muß nur klopfen.«

Sein Erstaunen wuchs. Das kam in seiner Miene zum Ausdruck.

»Da ist eine Freundin von mir drinnen, die öffnet«, fuhr

Sonja fort. »Auf Wiedersehen«, setzte sie, deutlich werdend, hinzu.

»Ich komme mit«, erklärte jedoch ungeachtet dessen der Mann.

Sonja rührte sich nicht vom Fleck. Den beiden voraus hatte sich aber Moritz schon in Bewegung gesetzt und sich zur Tür begeben. Er schien genau zu wissen, wie die Dinge hier weiterliefen.

»Ich möchte ihrer Freundin sagen«, begründete der Mann seinen Entschluß, noch nicht von Sonjas Seite weichend, »daß die Preisschilder in die Auslage müssen.«

Also doch! Der Mann kam von der Behörde. Sonja Kronen hatte sich nicht getäuscht. Ihre ursprüngliche Befürchtung hatte neue Nahrung bekommen.

»Das kann ich ja auch erledigen«, meinte sie.

»Nein«, erwiderte er, »das Urheberrecht habe ich. Ich war hier der erste, der den Verstoß entdeckte und auch Sie, wenn Sie sich recht erinnern, auf ihn aufmerksam machte.«

Sonja seufzte innerlich. Nichts zu machen. Der Kerl war nicht abzuwimmeln.

Ich muß nun das Theater, dachte sie, das sich von Anfang an so entwickelt hat, ohne daß ich es korrigiert hätte, durchstehen bis zum hoffentlich glücklichen Ende. Aber wie? Wie kann ich Vera die nötigen Zeichen geben?

Die Situation war sehr, sehr schwierig. Sie drängte. Da sprang Moritz als rettender Engel ein. Ein unwiderstehlicher Duft am Türpfosten veranlaßte ihn dazu, sein Bein zu heben...

Ein kleiner, aber dennoch schriller Schrei aus Sonjas Kehle: »Moritz!«

Fast zugleich ein zweiter, allerdings wesentlich dunkler getönter: »Moritz!«

Moritz zögerte.

»Verdammter Köter«, fuhr die dunkle Stimme fort,

»läßt du das! Weg da! Aber dalli! Ich mach' das nicht mehr lange mit dir, das schwöre ich bei allen Heiligen!«

Äußerst widerstrebend senkte Moritz das Bein und sah sich nach einem Baum um, an dem er seinem Drang, der nun schon einmal wachgerufen war, nachgeben konnte. Bäume standen jedoch nur auf der gegenüberliegenden Straßenseite. In Sizilien, dachte Moritz, war eben manches doch einfacher.

Jedenfalls mußte nun der Besitzer von Moritz warten, bis dieser sein Problem gelöst hatte. Sonja Kronen erblickte darin ihre Chance und handelte rasch. Sie pochte an die Tür, ihr wurde aufgetan, und sie schlüpfte hinein.

»Vera«, sagte sie hastig, »hör zu...

Vera, ihre Freundin, war ein ganz anderer Typ als sie selbst, wenngleich auch von überdurchschnittlicher Attraktivität. Besaß Sonja blondes Haar, so schimmerte das von Vera pechschwarz. Blickte erstere mit blauen Augen in die Welt, so die zweite mit braunen. War Sonja verhältnismäßig groß und schlank, so Vera klein und zierlich. Sonja besaß ein schmales Gesicht, Vera ein rundes, Sonja eine helle Haut, Vera eine dunklere, die das ganze Jahr über gebräunt schien. Die Beschreibung der beiden läßt schon ahnen, daß Vera die lebhaftere war, was jedoch beileibe nicht hieß daß bei Sonja ein Mangel an Temperament zu beklagen gewesen wäre. O nein, Sonjas Temperament lag nur mehr im verborgenen.

Die beiden Mädchen waren dicke Freundinnen. Vera arbeitete bei einem Filmverleih. Die Männer liefen auch ihr nach und hatten es diesbezüglich nicht ganz so schwer wie bei Sonja. Sie hatte gerade Urlaub und deshalb war es für sie selbstverständlich gewesen, Sonja bei der Einrichtung des Geschäfts, besonders in den letzten, auf Hochtouren laufenden Tagen, behilflich gewesen zu sein. Da sie außerhalb der Stadt wohnte, hatte sie sogar auf einer Liege im Geschäft geschlafen und gerade ihre Toilette beendet, als sie vom Pochen Sonjas an die Tür gerufen wurde.

Sonja berichtete ihr in hastigen Worten, daß gleich ein Mann, wahrscheinlich einer vom Gewerbeamt, hereinkommen und wegen der fehlenden Preisetiketten im Schaufenster herummotzen werde. Das könne unangenehm werden, deshalb sei es nötig, daß der Mann von ihr, Vera, mit Charme besänftigt werde. Er dürfe auf keinen Fall wissen, daß sie, Sonja, die Besitzerin des Geschäfts sei. Einen Hund habe er auch bei sich.

»Warum«, fragte Vera verwundert, »darf der nicht wissen, daß du die Besitzerin des Geschäfts bist?«

»Das erkläre ich dir später«, antwortete Sonja, immer wieder zur Tür blickend.

»Aber *ich* kann mich doch nicht als die Inhaberin ausgeben, Sonja.«

»Das mußt du auch nicht. Sag einfach, die käme erst.«

Das war ein Weg, ja. Vera nickte.

»Einen Hund, sagst du, hat der bei sich?« fragte sie.

»Ja.«

»Komisch.«

»Finde ich auch. Die Beamten werden anscheinend immer merkwürdiger.«

»In Ausübung seines Dienstes hat der einen Hund bei sich? Ist der verrückt?«

»Ich weiß auch nicht. Einen verrückten Eindruck machte er mir allerdings schon.«

»Wieso?«

»Das erzähle ich dir auch später. Vergiß auf keinen Fall, ihn zu becircen.«

»Mit meinem Charme, sagtest du?«

»Und deinem Sex-Appeal.«

Das schien Vera zuviel verlangt.

»Nee, nee«, wehrte sie ab, »keinen verknöcherten alten Beamten. Diese Säcke sind nicht mein Fall.«

»Warte nur ab.«

»Wieso? Ist der etwa ein anderer Typ?«

»Warte nur ab«, wiederholte Sonja.

»Du machst mich neugierig. Wie sieht er denn aus?«

Sonja blickte wieder einmal zur Tür, die in diesem Moment aufging.

»Da kommt er ja schon«, raunte sie Vera zu.

Als erster drängte aber Moritz über die Schwelle und lief auf Sonja zu, die er bereits kannte. Dann beäugte er Vera. Sein Schwanzwedeln hielt sich dabei aber in Grenzen. Von diesem Weib schien ihm wenig zu erwarten zu sein. Und richtig, das bestätigte sich auch gleich.

»Was ist denn das?« fragte Vera gedehnt. »Ein Hund?«

Moritz wandte sich ab.

»Guten Morgen«, sagte sein Besitzer zu Vera. Der Wandel in ihr vollzog sich blitzartig. »Guten Morgen«, erwiderte sie mit einer ganz anderen Miene als derjenigen, welcher soeben noch Moritz teilhaftig geworden war.

Napoleon soll, als er Goethes ansichtig wurde, ausgerufen haben: »Voilà! Un homme!« (Ob mit oder ohne Rufzeichen, wurde nicht zuverlässig überliefert. Die Franzosen sagen ohne, die Deutschen mit.)

Jedenfalls fehlte nicht viel und Vera hätte etwas Ähnliches von sich gegeben. Fürwahr, ein Mann! Mit Rufzeichen.

»Sind Sie die Besitzerin?« fragte er Vera.

»Nein«, antwortete Vera mit strahlendem Lächeln.

»Nicht? Kommt die erst?«

»Nein, sie ist schon da...«

Sonja zuckte zusammen.

»...aber im Moment nicht zu sprechen«, ergänzte Vera.

»Ihnen wird Ihre Freundin hier«, fuhr der Mann fort, »schon mitgeteilt haben, um was es geht.«

»Nein«, log Vera mit schelmischem Augenaufschlag.

»Im Schaufenster wurden die Preise vergessen«, erklärte er. »Sagen Sie das Ihrer Chefin. Das könnte sie nämlich in Schwierigkeiten bringen.«

»Mache ich«, versprach Vera mit lockendem Mund, »obwohl ich nicht glaube, daß ich ihr das noch extra sagen muß.«

»Sie meinen, es sei ihr in der Zwischenzeit schon selbst eingefallen?«

»Sicher.«

»Vera«, mischte sich Sonja ein, »wie ich dich kenne, wirst du das dann zusammen mit der Inhaberin sofort erledigen.«

»Sofort«, nickte Vera, blickte jedoch dabei nicht Sonja an, sondern den fremden Mann, und zwar mit einem Ausdruck, dem ganz deutlich zu entnehmen war, daß sie in ihr Versprechen gerne auch noch anderes mit einbezogen hätte.

»Na gut«, sagte er, »dann wäre es ja gewährleistet, daß da nicht einer einhaken kann. Die Kerle sind nämlich fies.«

»Wer?« stießen Sonja und Vera gleichzeitig hervor.

»Die vom Gewerbeamt.«

Die beiden Mädchen blickten erst ihn, dann sich gegenseitig an.

»Auch die Konkurrenz nimmt natürlich eine solche Gelegenheit gern wahr und erstattet mit Vergnügen Anzeige«, fuhr er fort.

Als erste faßte sich Vera. Sie fragte ihn: »Von welchem Amt sind denn Sie?«

»Ich?«

»Ja.«

»Wie kommen Sie zu der Annahme, daß ich von einem Amt bin?«

»Sind Sie das denn nicht?«

»Nie im Leben.«

Eine kleine Pause entstand, dann platzten alle drei mit

ihrem Lachen heraus. Auch Moritz steuerte eine vergnügte Miene bei, nachdem er die Untersuchung der ganzen Ladenfläche, von der er zwischenzeitlich in Anspruch genommen worden war, abgebrochen hatte. Das machte hier nicht den richtigen Spaß. Es fehlten die wundervollen sizilianischen Gerüche, angefangen mit dem Knoblauch, egal in welchem Geschäft, auch in Modehäusern.

»Moritz«, sagte dessen Besitzer zu ihm, »man hatte Angst vor uns, stell dir das vor.«

Die Antwort des Hundes bestand darin, daß er zur Tür schaute. Komm, hieß das, laß uns abhauen; das reicht jetzt hier.

»Ehrlich gesagt«, meinte Vera, »fiel es mir auch schwer, Sie für einen Menschen zu halten, der uns verfolgen will.«

»Wer hat Sie denn auf diese Idee gebracht?« erwiderte der Mann.

Vera nickte zu Sonja hin.

»Sie.«

»Per Gedankenübertragung?« fragte er.

»Wieso?«

Er grinste.

»Sie sagten doch, Sie beide hätten, ehe ich erschien, über nichts dergleichen gesprochen?«

»Und Sie haben das geglaubt?«

»Keinen Augenblick.«

Wieder lachten sie zu dritt, diesmal allerdings ohne jegliche Beteiligung des Hundes. Moritz trottete zur Tür. Er hatte es satt hier.

»Moritz«, ermahnte ihn sein Besitzer, »laß dir Zeit, du hast dich nach mir zu richten.«

»Moritz heißt er?« fragte Vera.

»Ja. Ein elender Köter. Ich sehe es Ihnen an, daß Sie darin mit mir übereinstimmen.«

»Wie kamen Sie auf ›Moritz‹?«

»Das ist eine längere Geschichte«, sagte er feixend. »Als

ich einsehen mußte, daß wir beide zusammengeschmiedet waren –«

»Zusammengeschmiedet?« unterbrach ihn Vera.

»Das kann ich dir später auch erzählen«, fiel Sonja ein.

»Nachdem ich das also eingesehen hatte«, fuhr der Mann fort, »fiel mir nur dieser Name ein. Er kam sozusagen aus mir selbst heraus. Vielleicht genügt Ihnen diese Erklärung schon.«

»Nein, ich verstehe nicht... oder«, unterbrach sich Vera, »heißen Sie etwa auch Moritz?«

Er schüttelte verneinend den Kopf.

»Sondern?« fragte Vera.

»Max.«

Erneutes gemeinsames Gelächter.

Max?... Und wie noch? fragte sich Vera, und Sonja auch. Es blieb jedoch bei ›Max‹ allein. Der Mann hielt eine Ergänzung, die den Mädchen fällig zu sein schien, offenbar für überflüssig; er unterließ sie.

Moritz wurde ungeduldig. Er winselte an der Tür. Sein Besitzer Max, wie er sich nur halb vorgestellt hatte, blickte fragend Sonja an. Das konnte nur heißen: Wollen wir gehen?

»Ich bleibe noch bei meiner Freundin«, sagte Sonja.

Ich wäre nicht so dumm, dachte Vera, als sie das hörte.

Max zuckte die Achseln, zum Zeichen seines Bedauerns.

»Also«, sagte er, »dann darf ich mich verabschieden. Ich wünsche Ihnen gute Geschäfte...« Sagte er dies zu Vera? Oder zu Sonja? Das war nicht zu unterscheiden. »Auf Wiedersehen«, fuhr er fort. »Ich habe mich gefreut, Ihnen zu begegnen.« Und auch dabei blieb unklar: Galt das Sonja? Oder Vera? Oder beiden?

Draußen nahm der Hund, der sich aufführte, als habe

27

er nach zehnjähriger Gefangenschaft in einem finsteren Loch die Freiheit wiedergewonnen, jede Aufmerksamkeit seines Besitzers in Anspruch.

Drinnen sagte Vera zu Sonja: »Du bist ein Schaf.«

»Wieso?«

»Hast du nicht gemerkt was der wollte?«

»Doch, mit einer von uns ins Bett gehen.«

»Mit dir.«

»Genauso mit dir.«

»Ich hätte nichts dagegen gehabt, aber mir scheint, daß eher du sein Typ gewesen wärst.«

»Das war einer von denen, die überhaupt nichts anderes im Kopf haben, glaub mir. Das Ansinnen, das er mir draußen gestellt hat, hätte er genauso dir gestellt.«

Veras Augen leuchteten auf.

»Welches denn? Erzähle.«

»Erst wenn wir die verflixten Etiketten im Schaufenster haben...«

Moritz und sein Besitzer Max näherten sich – in dieser Reihenfolge – einem kleinen Café, das morgens schon sehr früh öffnete. Moritz lief zielstrebig voraus, er kannte den Weg schon. Beide – Moritz und Max – waren in dem netten kleinen Lokal um diese Zeit jeden Tag Stammgäste. Max war Junggeselle und deshalb darauf angewiesen, außer Haus für die Wohlfahrt seines Leibes zu sorgen. Moritz, gezwungen, im Fahrwasser seines Herrn zu schwimmen, verstand es, sich mit den Kellnern und jedem aus der Küche gut zu stellen. Dadurch gab es für ihn in seiner neuen Heimat das größte Problem nicht, das ihn in seiner alten ständig belastet hatte.

In dem kleinen Café standen sieben kleine Tischchen, und es hieß ›Serail‹. Das war eine gewaltige Hochstapelei, nachdem jeder weiß, daß ›Serail‹ nichts anderes als ›Palast‹ heißt (oder gar: ›Palast des Sultans‹). Hervorragend waren aber der Kaffee und die Brötchen, die den Gästen geboten wurden, und darin sah Max das Entscheidende, dies um so mehr, als sich die Besitzerin auch noch für ihre Preise nicht schämen mußte. Ein alter Mann, der schon Rente bezog, aber ein Zubrot noch vertragen konnte, fungierte als Kellner. Sein Gesundheitszustand erlaubte ihm das. Ein Handikap war, daß er sich ›Greis‹ schrieb. Das Verhältnis, das er mit seinen Stammgästen hatte, schloß es aus, ihn ›Herr Ober‹ zu rufen. Da er aber nicht mehr der Schnellste war, verbot sich auch der ›Herr Greis‹, das in gewissen Momenten und Situationen einen unverträglichen Beigeschmack hätte gewinnen können. Es gab also keine andere Möglichkeit – auch für die jüngeren Stammgäste nicht –, als auf den Vornamen des alten Herrn zurückzugreifen, der Augustin lautete. Manchen ging freilich der nicht leicht über die Lippen.

»Guten Morgen, die Herren«, sagte, wie immer, der alte Kellner, als Max und Moritz erschienen. »Das übliche?«

»Guten Morgen, Herr Augustin«, nickte Max. »Das übliche.«

Die gewohnten Plätze wurden eingenommen, von Max an einem Tisch zwischen den zwei Fenstern des Raumes, von Moritz unter diesem Tisch.

Normalerweise pflegte sich inzwischen der Kellner schon zu entfernen, um aus der kleinen Küche das Erwünschte herbeizuschaffen. Heute aber war das nicht der Fall. Der Kellner blieb stehen und blickte zur Uhr an der Wand. Es war kein diskreter Blick, sondern ein demonstrativer. Herr Augustin glaubte dazu im Recht zu sein.

»Sie müssen entschuldigen, Herr Augustin«, sagte Max. »Wir wurden aufgehalten.«

»Eine gute halbe Stunde«, stellte der Kellner fest.

»Fast eine dreiviertel«, bekannte Max.

»Hoffentlich nichts Unangenehmes?«

Max lächelte.

»Nein, Herr Augustin.«

»Also etwas Angenehmes?«

»Ja, Herr Augustin.«

Der Kellner erwartete nähere Mitteilungen, sah sich aber enttäuscht, denn sein Gast lächelte nur versonnen vor sich hin. Er schien sich ausschweigen zu wollen. Leicht eingeschnappt wandte sich Augustin der Küche zu. Als er mit dem vollen Tablett wiederkehrte, sagte er: »Herr Erdmann hat Sie auch vermißt.«

»Das tut mir leid.«

»Er hätte etwas für Moritz dabeigehabt.«

»Warum hat er es nicht bei Ihnen abgeliefert?«

»Wir wußten ja nicht, ob Sie überhaupt noch kommen.«

Der Hund stand vor dem Kellner und schwänzelte ihn an. Er hatte seinen Platz unter dem Tisch verlassen, als er hörte, daß sein Name gefallen war.

»Eigentlich ist mir diese allgemeine Fürsorge für den Hund sowieso schon etwas zuviel. Er hat auch bei mir sein Auskommen«, sagte Max.

»Soll das heißen, daß Sie auch meine diesbezüglichen Zuwendungen nicht mehr gerne sehen wollen? Ich hoffe das nicht.«

Augustins Stimme hatte einen geradezu aggressiven Tonfall angenommen, obwohl er Kellner war und ihm deshalb so etwas gar nicht zustand.

»Aber nein«, beeilte sich Max zu versichern, »Sie sind eine Ausnahme, Herr Augustin. Ich weiß doch, wie ich mich da bei Ihnen in die Nesseln setzen würde.«

»*Und* bei Moritz«, sagte der Kellner mit Betonung.

Der Hund schwänzelte verstärkt.

»Jaja, ich weiß«, meinte Max lachend, »der und Sie, das ist eine Freundschaft, vor der man sich in acht nehmen muß. Können Sie sich eigentlich noch an den Moment erinnern, in dem Sie ihn zum erstenmal gesehen haben?«

»Nein«, stieß der Kellner abweisend hervor.

»Aber ich, Herr Augustin. Sie waren entsetzt. Alle waren das. Herr Erdmann verlangte einen anderen Tisch und traf auf Ihr vollstes Einverständnis.«

»Sie spielen auf jenen ersten Moment an, in dem Sie selbst von Wolken von Flöhen – *Wolken* sagten Sie – berichteten, gegen die Sie im Auto zu kämpfen gehabt hatten.«

Max betrachtete grinsend seinen Hund.

»Es ist ja immer wieder dasselbe, was ich mit ihm erlebe«, sagte er. »Daran hat sich nichts geändert. Heute erst wieder...«

»Heute morgen?«

»Ja. Zwei jungen Damen ging er durch Mark und Bein, als sie ihn sahen.«

Augustins Interesse nahm eine neue Richtung.

»Steckten die hinter der dreiviertel Stunde, die Sie sich verspäteten?«

»Ja.«

»Sie müssen sehr hübsch gewesen sein.«

»Sind Sie ein Hellseher?« amüsierte sich Max. »Woraus schließen Sie das?«

»Ich kenne Sie, Herr Doktor.«

»Herr Augustin!«

»Bitte?«

»Wie habe ich das zu verstehen? Sehen Sie etwa in mir einen Schürzenjäger oder so was Ähnliches? Ladykiller sagt man heutzutage.«

»Nein, nein, Herr Doktor, ich erlaube mir, in Ihnen einen Mann zu sehen, der seine Zeit nicht häßlichen jungen Damen opfert, die sein ästhetisches Empfinden verletzen.«

»Das haben Sie hübsch gesagt, Herr Augustin, so kann man es gelten lassen. Sie sind ein kluger, lebenserfahrener Mann, Herr Augustin... und weil Sie das sind«, unterbrach sich Max, »möchte ich Sie um einen Rat bitten. Darf ich das?«

»Aber gerne.«

»Was macht ein junger Mann mit einem ausgeprägten ästhetischen Empfinden, der auf zwei außerordentlich hübsche junge Mädchen stößt, von denen ihm die eine noch besser gefällt als die andere, wenn diese zeigt daß er überhaupt keinen Anklang bei ihr findet?«

»Was der macht?«

»Ja.«

»Der glaubt das nicht.«

»Doch, doch, der muß das glauben.«

»So?«

»Leider.«

Augustin Greis strich sich nachdenklich über die Stirn.

»Ein schwieriger Fall«, meinte er, »ich muß weit zurückgehen in meinem Leben, bis ich auf einen eigenen Erfahrungsschatz stoße...«

Max ließ ihm Zeit.

Schließlich fragte ihn der Kellner: »Und die andere, was ist mit der?«

»Welche andere?«

»Die zweite der beiden Hübschen. Wenn der ästhetisch empfindende junge Mann bei der Anklang finden würde...«

»Was dann?«

»Dann würde dadurch der Fall einfacher.«

»Wieso?«

»Weil die dann gegen die erste ausgespielt werden könnte. Das hat sich in einer meiner kritischen Phasen damals sehr bewährt.«

Max schüttelte den Kopf.

»Heute gründen sich darauf aber keine Hoffnungen, Herr Augustin.«

»Warum nicht, Herr Doktor?«

»Weil der junge Mann an der zweiten überhaupt kein Interesse nimmt.«

»Muß er doch gar nicht. Wenn nur sie für ihn zu erwärmen wäre...«

Max versetzte sich im Geiste noch einmal zurück in den Laden, in dem er mit Vera gesprochen hatte. Er vergegenwärtigte sich einiges wieder und glaubte daraufhin sagen zu können: »Herr Augustin, diesbezüglich könnte eine gewisse Chance bestehen.«

»Na sehen Sie.«

»Vielen Dank, Herr Augustin.«

»Bitte, Herr Doktor.«

Max wollte sich endlich über sein Frühstück hermachen, aber der Kellner fiel ihm gewissermaßen in den Arm, indem er nach dem Tablett griff, es seinem Gast vor der Nase wegzog und sagte: »Nein, damit nicht mehr. Der Kaffee muß längst kalt geworden sein. Ich bringe Ihnen frischen.«

»Wenn er kalt ist, dann durch mein Verschulden. Lassen Sie ihn hier.«

»Nein.«

Das war ein kategorisches ›Nein‹. Augustin wandte sich mit dem Tablett ab und forderte nur noch seinen Freund auf, ihn zu begleiten.

»Komm, Moritz«, sagte er, »laß uns mal sehen, was wir für dich heute finden...«

»Das ist ja das Neueste!« rief Max den beiden nach. »Nun wird der Hund auch noch in die Küche mitgenommen! Das ist verboten!«

Wenn er gehofft hatte, damit Beachtung zu finden, sah er sich enttäuscht. Weder Augustin noch Moritz hielten es für nötig, auch nur einen Blick auf Max zurückzuwerfen.

Tage vergingen...

Sonja Kronen bekam es mit der Angst zu tun. Sie hatte ihre geschäftlichen Erwartungen ohnehin gezügelt und nicht erhofft, daß ihr die Leute von der ersten Stunde an die Tür einrennen würden. Doch daß es so zäh werden würde, hatte sie nicht gedacht. In der ersten Woche nach Geschäftseröffnung verkaufte sie nur ein einziges Kleid, dazu ein paar kleinere Sachen: drei Blusen, zwei Pullover, zwei Hosen, Strümpfe.

»Wenn das so weitergeht«, sagte Sonja am Montag der zweiten Woche zu ihrer Freundin und Helferin Vera Lang, »dann bewahrheitet sich die Prophetie von diesem Menschen noch rascher, als er dachte.«

An sich wäre Veras Urlaub schon zu Ende gewesen, aber sie hatte noch ein paar Tage vom Vorjahr gut und sich entschlossen, diese dranzugeben, um Sonja jetzt hauptsächlich seelisch beizustehen.

»Sonja«, erwiderte sie, »ich finde, du hast vorläufig überhaupt keinen Grund, den Mut sinken zu lassen. Siehst du denn nicht, die Frauen bleiben vor deinem Schaufenster stehen?«

»Aber sie kommen nicht herein.«

»Einige sind schon hereingekommen.«

»Zu wenige.« Sonja fuhr sich mit der Zunge über die trockenen Lippen. »Vera, die größte Gefahr für mich ist, daß ich nur noch eine ganz geringe Summe im Rücken habe, um eine längere Durststrecke zu überstehen. Du wirst denken, das hättest du, liebe Sonja, vorher wissen müssen, wir haben dich alle gewarnt –«

»Sonja, ich –«

»Vera, gib dir keine Mühe, mir etwas vorzumachen. Ich weiß, daß du das in diesem Augenblick denkst. Und du hast ja auch nur allzu recht. Hätte ich nur auf dich gehört!«

»Sonja«, sagte Vera energisch, »hör auf, dich selbst verrückt zu machen. Damit beschwörst du nämlich die Gefahr, von der du sprichst, erst wirklich herauf.«

»Du hättest den hören sollen, als er mir meinen raschen Untergang weissagte.«

»Was interessiert dich der!« antwortete Vera, um ihre

deprimierte Freundin aufzumuntern. »Der Idiot soll sich um seinen Hund kümmern, das füllt den aus. Vielleicht hat er zu Hause noch einen. Ein Mensch, der sich mit solchen Kötern umgibt, kann doch von Mode nichts verstehen.«

»Meine Kleider haben ihm gefallen.«

»Um Himmels willen, betone das nicht allzu sehr. In meinen Augen spräche das nur gegen die Kleider.«

Man konnte vom Ladeninneren aus durch die Glasscheibe der Eingangstür hinaus auf die Straße sehen. Es war Spätnachmittag. Der Bürgersteig war voll von Menschen, die von der Arbeit kamen. Zwischen den Leuten hindurch bahnte sich ein Hund seinen Weg, der den beiden Mädchen bekannt hätte vorkommen müssen, wenn sie ihn schon entdeckt hätten. Doch dazu war er noch zu weit entfernt.

»Vera«, sagte Sonja, »es ist doch eigentlich unverantwortlich von mir, zu dulden, daß du dich mir zuliebe hier selbst festnagelst. Mein Geschäftsgang«, setzte sie bitter hinzu, »erfordert das nicht.«

»Rede keinen Unsinn. Mir macht das Spaß. Allerdings vermisse ich schon etwas...«

»Was denn?«

»Daß ich von meiner Chefin auch mal zum Abendessen in ein nettes Lokal eingeladen werde. Das steht heutzutage Mitarbeiterinnen zu. Wenn die Chefin fürchtet, zu knapp bei Kasse zu sein, könnte ich ihr ja –«

»Soweit kommt das noch«, fiel Sonja lachend ein. »Du rackerst dich hier ab und machst dich dafür auch noch finanziell kaputt. Nee, nee, meine Liebe, das muß in meinem Etat schon noch drin sein. Sag mir sofort, wann du Zeit hättest.«

»Zum Abendessen?«

»Ja.«

»Warte mal, laß mich nachdenken... in dieser Woche eigentlich immer... morgen... übermorgen...«

»Morgen und übermorgen ging's bei mir auch«, fiel Sonja ein.

»Sagen wir übermorgen«, entschied Vera, »dann kann ich morgen meiner Mutter noch einen Brief schreiben, auf den sie schon längst wieder Anspruch hat.«

»Gut, Vera, am Mittwoch also.«

»Ich freue mich, Sonja. Wohin gehen wir denn?«

»Das muß ich mir noch überlegen. In Frage käme –«

Sonja brach ab. Ihr Blick, der wieder einmal die Tür gestreift hatte, weitete sich.

»Guck mal«, sagte sie, »das ist doch...«

»Dieser Köter!« fiel Vera ein, die Sonjas Blick gefolgt war.

Die schnuppernde Schnauze von Moritz strich erregt über den Türpfosten. Moritz entsann sich eines wundervollen Dufts, den er jedoch heute vermissen mußte. Das alte Aroma war abgeklungen, ein neues war in der Zwischenzeit nicht hinzugekommen. Trotzdem hob Moritz aus alter Gewohnheit das Bein...

»Nein!« rief Vera und sauste zur Tür. Ehe sie diese erreicht hatte, war aber Moritz wie vom Erdboden verschwunden. Er hatte zehn Meter weiter im Gewühl der Menschenbeine eine unendlich reizvolle Schäferhündin entdeckt, die von einem Polizeibeamten des Weges geführt wurde. Die Hündin ging für Moritz allem anderen vor, deshalb war sogar sein Bein wie von selbst herabgesunken.

Der Polizist und sein Tier kamen ebenso vom Dienst wie die meisten, die zu dieser Stunde den Bürgersteig belebten. Die beiden hatten einen Einbrecher, der am hellichten Tag seinem Broterwerb nachgegangen war, zu stellen versucht, waren jedoch gescheitert, als sich die Spur des Ganoven auf dem Asphalt verloren hatte. Dementsprechend war die Laune des gesetzeshüterischen Duos. Moritz fand mit seinem Auftritt keinen Anklang, er wurde ganz kurz abserviert.

»Hau ab, du Bastard!« bekam er aus dem Mund des Polizisten zu hören.

Die Hündin selbst entblößte knurrend ihr Gebiß, das dem einer sizilianischen Straßenmischung eindeutig überlegen war, jedenfalls optisch. Ob auch im gegenseitigen Einsatz, das hätte sich erst herausstellen müssen, doch dazu kam es nicht, obwohl Moritz nicht übel Lust verspürte, diese Frage zu klären. Er schätzte es nicht, beleidigt zu werden. Er hatte es nicht gerne, daß der Ehre eines Südländers nahegetreten wurde.

»Moritz!«

Die Stimme seines Herrn.

»Komm her, verfluchtes Vieh!«

Langsam, sehr langsam wandte sich Moritz von der Schäferhündin ab. Es kostete ihn die Aufbietung seiner ganzen Willenskraft. Da hast du ja noch einmal Glück gehabt, sagte sein Blick. Drinnen im Laden hatte Sonja nach dem Verschwinden des Hundes von der Tür hervorgestoßen: »War er das nun, oder war er es nicht, Vera?«

»Bestimmt war er es.«

»Dann ist auch sein Besitzer nicht weit.«

»Wahrscheinlich nicht«, meinte Vera, und ihre Augen begannen zu leuchten.

»Was will er hier, Vera?«

»Das wird sich herausstellen, Sonja.«

»Oder er will gar nichts von uns. Er kommt draußen nur zufällig vorbei.«

»Das hoffe ich nicht.«

»Vera, was heißt das? Soeben hast du doch noch ganz anders von dem gesprochen?«

»Habe ich das?«

»Natürlich.« Sonja ließ die Tür nicht aus den Augen. »Wenn er wirklich reinkommt, darf er mich hier nicht entdecken. Ich muß mich verstecken. Du weißt doch, was wir dem vorgemacht haben.«

»Ich weiß.«

»Ich muß mich verstecken«, stieß Sonja noch einmal hervor, als ein Schatten am Eingang sichtbar wurde, und verschwand rasch durch einen Vorhang im Hintergrund. Keine Tür, sondern nur dieser Vorhang trennte ein winziges Zimmerchen, in dem Sonja ihren geschäftlichen Schreibkram erledigte, vom eigentlichen Laden. Dadurch konnte man auf jeder Seite des Vorhangs alles verstehen, was auf der jeweiligen anderen Seite gesprochen wurde.

»Sie wünschen?« sagte Vera zu Max, nachdem sie seinen Gruß strahlend erwidert hatte und er ihr nun gegenüberstand.

»Wie geht's Ihnen denn?« antwortete er.

»Danke, gut. Und Ihnen?«

Er zuckte mit den Achseln.

»Mal so, mal so«, meinte er. »Wissen Sie«, fuhr er fort, »mein Problem ist, daß ich alleinstehend bin. Niemand kümmert sich um mich.«

Gebremstes Mitleid zeigend das gespielt war, erwiderte Vera: »Ganz alleinstehend sind Sie nicht.«

»Wieso nicht?«

Vera zeigte auf den Hund, der sich zwischen ihr und Max auf sein Hinterteil niedergelassen hatte, dessen Aufmerksamkeit aber auf den Vorhang im Hintergrund gerichtet zu sein schien.

»Ach der«, sagte Max, mit Widerwillen im Gesicht, »der macht mir nur Ärger. Gerade vorhin wollte er wieder raufen. Ich konnte es soeben noch verhindern.«

»Gerade vorhin wollte er auch an unserer Tür wieder seine Visitenkarte hinterlassen.«

Vera mochte Moritz nicht, das zeigte diese Denunziation, die sie sich nicht verkneifen konnte. Umgekehrt riß sich auch Moritz für Vera kein Bein aus. Es war bei beiden Abneigung auf den ersten Blick, schon seit der Minute, in der sie sich – eine Woche zuvor – kennengelernt hatten.

Vera scheute sich sogar nicht, hinzuzufügen: »Hoffentlich kommt er hier drinnen nicht auf die Idee, das, was er draußen an der Tür versäumt hat, nachzuholen.«

»Ich würde ihn erschlagen«, versicherte Max. »Aber Sie schneiden da ein Problem an: Warum läßt Ihre Chefin nicht an der Mauer ein paar Haken anbringen, an denen von den Kunden Hunde angehängt werden können? Das ist doch längst gang und gäbe.«

»Sie haben recht.«

»Sagen Sie ihr das doch.«

»Sie entwickeln sich zu unserem Schutzgeist«, lachte Vera. »Sie erkennen unsere Versäumnisse.«

»Die Hundehaken sind nicht Vorschrift«, lachte auch Max. »Für die fehlenden Preisetiketten aber hätten Sie bestraft werden können.«

»Ich nicht. Meine Chefin.«

»Die, ja.« Er lachte nicht mehr, blickte herum. »Der wird bald jede Mark leid tun, die sie hier reingesteckt hat.«

»Warum?«

»Weil sie zumachen muß.«

Moritz stand abrupt auf und lauschte mit gespitzten Ohren. Hinter dem Vorhang, dem seine Aufmerksamkeit galt, war ein kurzes, schwer zu definierendes Geräusch vernehmbar geworden. Irgendein menschlicher Laut. Ein Laut der Entrüstung oder so was.

Vera und Max hatten nichts wahrgenommen. Dazu hätten sie das scharfe Gehör eines Hunden haben müssen.

»Platz, Moritz!« befahl Max.

Nicht gerne setzte sich der Hund wieder. Dieser Ausdruck war ihm einer der unsympathischsten, seit er sich Fremdsprachenkenntnisse hatte aneignen müssen. Seine Aufmerksamkeit richtete er aber nun noch verstärkt auf den Vorhang.

»Ich kann Ihnen nur raten«, sagte Max zu Vera, »sich rechtzeitig nach einer anderen Stellung umzusehen.«

»So schwarz wie Sie sehe ich nicht.«

»Doch, doch, glauben Sie mir, das geht nicht gut. Ich habe das auch Ihrer Freundin schon gesagt.«

»Sie hat es mir berichtet, ja.«

»Wie geht's ihr denn?«

»Besser als sie denkt.«

»Besser als sie denkt, was heißt das?« Max schien besorgt. »Fühlt sie sich krank?«

»Nicht körperlich. Eher seelisch. Sie bildet sich etwas ein, das nicht zutrifft.«

»Hat sie Liebeskummer?«

»Nein, bestimmt nicht.«

Andere Möglichkeiten schienen ihn nicht zu interessieren, denn er sagte: »Ich halte Sie auf, oder?«

»Nein, nein«, versicherte sie ihm eifrig. »Ich stehe Ihnen gerne zur Verfügung. Wir haben ja noch gar nicht über Ihre Wünsche gesprochen. Was darf es sein?«

»Nichts.« Er lächelte ein bißchen verlegen. »Ich kam eigentlich nur zufällig vorüber. Verbindet sich damit ein Kaufzwang?«

Ein Zwang nicht, dachte Vera, aber einem Druck solltest du dich schon ausgesetzt fühlen.

»Keineswegs«, erwiderte sie. »Für Sie nicht. Sie hätten ja auch gar keine Verwendung für Dinge, die wir führen, nachdem Sie alleinstehend sind.

Er nickte.

»Oder existiert vielleicht doch eine junge Dame, die von Ihnen mal wieder ein Geschenk erwartet?«

Er schüttelte verneinend den Kopf.

»Keine Freundin?«

»Nein.«

»Auch keine Schwester?«

Das überraschte ihn.

»Eine Schwester?«

»Ja.«

»Eine Schwester habe ich, aber geschenkt habe ich der noch nie etwas.«

»Wie üblich. Ist sie nett?«

»Reizend.«

»Und warum geben Sie ihr das nicht zu erkennen?«

Er starrte sie zweifelnd an.

»Ich bitte Sie! Als Bruder...«

»Auch einem Bruder würde dabei kein Zacken aus der Krone fallen.«

Das arbeitete kurz in Max, dann sagte er vergnügt: »Eigentlich haben Sie recht. Warum nicht? Die haut das glatt um, wenn sie das Päckchen öffnet. Sie lebt in der Schweiz, ist dort verheiratet. Was würden Sie mir für sie empfehlen?«

»In ein Paket geht alles mögliche hinein...«

»Ein Päckchen sagte ich«, bremste er sie grinsend.

»Auch ein Päckchen kann allerhand fassen«, entgegnete sie ebenso vergnügt. »Denken Sie mal an Edelsteine...«

»Großer Gott!« rief er in gespieltem Entsetzen.

»Aber die führen wir leider nicht«, beruhigte sie ihn. »Was wir führen und für Sie geeignet sein könnte, sind z. B. Handschuhe.«

»Handschuhe?«

»Unsere Auswahl ist nicht groß, aber exquisit.«

»Lassen Sie mal sehen...«

Vera kam seinem Wunsche nach und legte ihm das ganze Sortiment des Hauses vor. Es bestand nur aus zehn Paaren, doch von jedem einzelnen wurden Veras Worte, was die Qualität betraf, nicht Lügen gestraft. Vera war ein Naturtalent als Verkäuferin. Die kleine Anzahl der Paare grenzte aber Veras Spielraum ganz empfindlich ein.

»Welche Größe?« fragte sie ihn.

Er stutzte.

»Woher soll ich das wissen?«

41

»Ungefähr?«

Er zuckte die Achseln, dann fiel sein Blick auf Veras Hände, mit denen sie sich auf den Ladentisch stützte. Erleichtert sagte er: »Wie die Ihren... ja, ganz wie die Ihren, glaube ich...«

»Sind Sie sicher?«

»Ja«, nickte er und setzte, Vera in die Augen blickend, hinzu: »Ich erinnere mich jetzt erst, wie hübsch die Hände meiner Schwester sind.«

Vera hatte etwas übrig für solche Komplimente, die nicht plump, sondern raffiniert waren, intelligent. Ach, dachte sie, wenn der nur hinter mir her wäre und nicht hinter Sonja.

Oder sollte mich mein Gefühl, das ich ursprünglich hatte, doch trügen? Schön wär's.

Das knappe Sortiment wies nur zwei Paar Handschuhe mit der geeigneten Größe auf: eines aus rotem Saffianleder, das andere aus grünem.

Veras Blick ging über die ganze Reihe der auf dem Ladentisch liegenden Handschuhe hinweg.

»Ich kenne ja die Vorlieben Ihrer Schwester nicht«, sagte sie, »aber ich persönlich lasse mich, was die Farben für Lederwaren angeht, immer wieder von Rot oder Grün gewinnen.«

»Dieses hier«, meinte Max, auf ein braunes Paar zeigend, von dem er hätte sehen müssen, daß es zwei Nummern zu groß war, wenn er für so etwas Augen im Kopf gehabt hätte, »wär' auch nicht übel.«

In Veras Miene tauchte ein leiser Zug der Verachtung auf.

»Wie Sie meinen. Ich darf Sie aber darauf aufmerksam machen, daß von braunen und schwarzen Handschuhen die Schubladen jeder Dame überquellen. Das sind eben die Allerweltsfarben.«

»Stimmt auch wieder.« Max griff nach den roten Handschuhen. »Also gut, dann die...« Sein Blick fiel auf die grünen. »Oder die...?«

Vera sollte entscheiden.

»Was meinen Sie?« fragte er sie.

»Schwer zu sagen«, antwortete Vera. »Trägt Ihre Schwester generell gern Rot? Oder Grün? Das wäre ausschlaggebend. Können Sie sich daran erinnern?«

»Nein.«

»Typisch Bruder. Vielleicht trägt sie beide Farben gern und –«

»O nein«, kam er ihr zuvor. »Ich weiß, worauf Sie hinaus wollen. Ich will mich aber hier nicht finanziell ruinieren. Ihre Chefin kann sich zu Ihnen beglückwünschen. Sie sind eine Superverkäuferin.«

»Finden Sie?«

»Unbedingt. Schade, daß Ihr Talent in diesem Laden verkümmern muß.«

»Fangen Sie nicht schon wieder damit an. Tun Sie lieber etwas, um der von Ihnen vermuteten Pleite vorzubeugen.«

»Ich? Wie denn?«

»Indem Sie sich von mir dazu überzeugen lassen, doch die beiden Paare zu kaufen.«

Lachend gab er sich geschlagen.

»Meinetwegen«, sagte er, »packen Sie sie ein... unter *einer* Bedingung...«

»Unter welcher? Preisnachlaß kann ich Ihnen leider keinen gewähren. Das behält sich die Chefin vor.«

»Ich will keinen Preisnachlaß.«

»Sondern?«

»Sie zum Essen einladen.«

Veras Augen leuchteten auf.

»Mich?«

Er nickte, wobei er sagte: »Das hat jetzt nichts mit Ihrer Galavorstellung als Verkäuferin zu tun.«

43

»Mit was dann?«

»Mit Ihrer Person.«

»Gefällt Ihnen die?« Eine echte Vera-Frage war das.

»Sehr.«

»Anders hätte ich Ihre Einladung auch gar nicht angenommen«, lachte Vera, die in ihrem Fahrwasser war. Ihr
Lachen wirkte ansteckend.

»Sie haben sie also schon akzeptiert?« freute sich auch
Max.

»Ich brauche nur noch Ihren Termin.«

»Wie wär's gleich morgen abend?«

»Nein«, erwiderte Vera rasch, »morgen geht's nicht,
aber übermorgen, da könnte ich...«

Ist die verrückt? dachte Sonja in ihrem Kämmerchen.
Übermorgen wollten doch wir beide zum Essen gehen.

»Also am Mittwoch«, sagte Max.

»Ja«, war Vera zu vernehmen. »Paßt Ihnen das?«

»Durchaus. Wann und wo darf ich Sie abholen?«

»Nach Geschäftsschluß hier. Um 18.00 Uhr. Oder ist Ihnen das zu früh?«

»Nein«, entgegnete Max und setzte, eine kleine Über-
dosis seines Charmes versprühend hinzu: »Es kann mir
gar nicht früh genug sein.«

»Reizend«, sagte Vera. »Aber noch früher geht's nicht.
Ich kann meine Freundin nicht im Stich lassen.«

»Ihre Freundin?«

Vera biß sich auf die Lippen. Da hatte sie sich vergalop-
piert.

»Meine Chefin«, korrigierte sie sich.

»Ihr Verhältnis mit der scheint ja außerordentlich gut zu
sein.«

»Ist es auch.«

»Apropos Freundin... ich meine jetzt Ihre richtige
Freundin, nicht die Chefin... kommt die auch öfters hierher?«

»Doch... ja«, antwortete Vera zögernd. »Wieso?«

»Grüßen Sie sie von mir.«

»Mache ich, wenn ich es nicht vergesse...«

Der bedeutungsvolle Unterton entging Max. Vera überreichte ihm die Handschuhe, die sie während des Gesprächs in schönes Seidenpapier eingewickelt hatte. Gerade dies hatte ihr mehr Schwierigkeiten bereitet als der ganze Verkauf. Das mußte eben auch gelernt sein, und deshalb hätte ein geschulteres Auge als das von Max erkennen können, daß es mit der Qualifikation Veras als Verkäuferin doch nicht soweit her war.

Max beglich seine Rechnung, erinnerte Vera an den Mittwoch, sagte, daß er sich sehr auf den Abend freue, ließ sich von ihr dasselbe versichern, schüttelte ihr zum Abschied die Hand und wandte sich seinem Hund zu.

»Komm, Moritz, wir –«

Er sprach ins Leere. Moritz war verschwunden.

»Moritz, wo bist du?«

Ergebnislos schweiften Max' Blicke durch den Laden. Auch Vera entdeckte den Hund nicht. Sie wußte aber, wo er sich nur befinden konnte. Dies zu verraten, war ihr freilich verwehrt.

Max sah ratlos Vera an.

»War die Tür offen?« fragte er sie.

»Nein.«

»Er kann sich doch nicht in Luft aufgelöst haben?«

Übrig blieb nur eine Möglichkeit in Verbindung mit dem Vorhang im Hintergrund. Als Max dies erkannte, rief er zornig: »Moritz, komm raus, du Mißgeburt! Was hast du dort zu suchen?«

Der Vorhang bewegte sich. Moritz erschien mit zufriedener Miene, er zwängte sich durch den Spalt zwischen den zwei Vorhangteilen. Lebhaft schwänzelnd kam er auf Max zu. Er hatte eine ihm angenehme Bekanntschaft erneuert. Daß der Raum hinter dem Vorhang nicht leer war, hatte er längst gewußt und deshalb einen günstigen Moment, in dem er sich von seinem Herrn aus den Augen gelassen sah, genutzt um der Sache auf den Grund zu gehen. Leicht enttäuscht war er nur von der eindeutigen Zurückhaltung der Dame gewesen, welcher er seine Aufwartung gemacht hatte. Sie hatte sich strikt bemüht, jedes Geräusch, das entstehen konnte, zu vermeiden. Nicht einmal das Fell hatte sie ihm beklopft. Doch daß ihr Herz trotzdem für ihn schlug, hatte sie aber nicht verbergen können. So etwas spürt ein Hund durch alle Mauern der Zurückhaltung hindurch. Letzlich war das auch der Grund, warum bei Moritz die Zufriedenheit die Enttäuschung überwog.

Auf Max wirkte diese Zufriedenheit des Hundes provokativ, was deutlichen Ausdruck in dem Ausruf fand: »Wenn dich nur endlich der Teufel holen würde!«

Noch draußen auf der Straße setzte sich die Schimpfkanonade, die von Moritz ignoriert wurde, fort.

Vera hatte die beiden zur Tür geleitet und stand, als sie sich wieder dem Ladeninneren zuwandte, Sonja gegenüber. Zu ihrer Überraschung hatte sie sich gleich eines Angriffs ihrer Freundin zu erwehren, die hervorstieß: »Das ging aber schnell, meine Liebe!«

»Nicht wahr«, antwortete Vera. »Daß ich dem gleich die beiden Paare verkaufen konnte, macht mich selber ganz stolz.«

»Das meine ich nicht.«

»Was dann?«

»Wie leicht du dich von dem einladen ließest.«

Diesbezüglich wollte sich Vera jedoch nichts einreden lassen. Kurz erwiderte sie in einem Ton, der Sonja eigentlich hätte warnen müssen: »Warum nicht?«

»Ich mache das einem Mann schwerer.«

»Ich nicht – wenn's der Richtige ist.«

»Und das ist der?«

»Er könnte es, möchte ich zumindest sagen, sein, meine Liebe. Das liegt nur noch an ihm.«

»Und nicht mehr an dir?«

»Nein.«

»Was weißt du denn von ihm? Nichts – nicht einmal seinen Namen.«

»Doch. Erinnerst du dich nicht? Er hat sich dir und mir vorgestellt.«

»Ich erinnere mich, ja, an Max und Moritz erinnere ich mich... an diesen Zusammenhang. ›Max‹ sagte er. Und das genügt dir jetzt? Findest du nicht auch, daß dazu noch ein Familienname gehört, meine Liebe?

Wenn Frauen in rascher Reihenfolge zu oft und zu betont ›meine Liebe‹ zueinander sagen, ist das ein Zeichen für Gefahr.

»Meine Liebe«, erwiderte Vera, »ich hätte gar nichts dagegen, wenn er sich möglichst bald nur noch mit meinem Vornamen begnügen würde.«

»Vera, ich bitte dich!«

»Sonja, was willst du?«

»Darf ich dich dann wenigstens daran erinnern, daß du den Mittwoch schon vergeben hattest. *Wir* beide wollten doch am Mittwoch essen gehen. Das schien dir ganz und gar entfallen zu sein.«

»Keineswegs.«

Sonja schluckte.

»Wie bitte?«

»Das war mir durchaus nicht entfallen.«

»Wie konntest du selbst ihm dann diesen Termin vorschlagen?«

»Weshalb?« Vera blickte Sonja ziemlich kühl an. »Darf ich dir das unverblümt sagen?«

»Bitte.«

»*Du* läufst mir nicht weg, dachte ich – aber *er* vielleicht schon, wenn ich nicht rasch zugreife. Verstehst du?«

»Sehr freundlich, danke. Dann hätte sich aber der morgige Dienstag noch mehr angeboten?«

»Nein.«

»Warum nicht?«

»Weil ich da zum Friseur muß.«

Sonja betrachtete verwundert Veras Haare.

»Das warst du doch erst vor kurzem? Reicht das nicht?«

Endlich lächelte Vera auch wieder.

»Nicht«, erwiderte sie dabei, »wenn man mit einem solchen Mann ausgeht.«

Kopfschüttelnd sagte Sonja nichts mehr und beendete das Gespräch, das zwischen den beiden Freundinnen einen Schatten hinterließ.

Am Mittwoch regnete es den ganzen Tag. Max erschien mit dem Auto bei Vera. Unmittelbar vor dem Geschäft zu parken, war untersagt. Trotzdem stellte Max den Wagen im Halteverbot ab und riskierte eine gebührenpflichtige Verwarnung.

Vera sperrte die Ladentür hinter sich ab. Sie habe Schlüsselgewalt, sagte sie. Die Chefin verlasse sich auf sie.

Der Regen zwang sie zur Eile, um ins schützende Wageninnere zu gelangen.

»Sauwetter, verdammtes!« schimpfte Max, ehe er den Motor startete.

»Wir leben in München«, meinte Vera resigniert.

»Stimmt, das vergesse ich oft.«

»Wenigstens leide ich nicht unter dem Föhn.«

Max fuhr los.

»Sie sind aber keine Einheimische«, sagte er dabei.

»Nein, ich komme aus Bremen.« Vera lachte kurz. »Sehen Sie aber in mir keine Hanseatin. Diesem Eindruck müsse ich immer entgegentreten, verlangen meine Eltern von mir.«

»Wieso?«

»Weil sie Schlesier sind, die das nie vergessen wollen.«

»Dann erinnern sie mich an meine Eltern.«

»Sind die auch Schlesier?«

»Nein, Sudetendeutsche.«

Eine rote Ampel zwang zum Anhalten. Während sie standen, sagte Max: »Mein bester Freund hier kommt aus Berlin.«

»Meine Freundin auch.«

»Welche? Die, die ich kenne?«

»Ja.«

Er grinste.

»Wissen Sie, was ich mir schon manchmal gedacht habe?«

»Was?«

»Ich möchte hier mal gerne einen richtigen Münchner kennenlernen. Das scheint aber nicht so leicht zu sein.«

»Einen kenne ich«, berichtete Vera. »Unseren Hausmeister.«

Das löste bei beiden Gelächter aus. Die Ampel sprang auf Grün.

»Wohnen Sie denn hier in diesem Viertel?« fragte Max.

»Nein, ich wohne überhaupt nicht in der Stadt, sondern außerhalb.«

»Wo?«

»In Ottobrunn.«

»Ottobrunn kenne ich. Ein Kollege hat dort ein Haus. Er lädt mich manchmal ein.«

»Ein Einheimischer?«

»Nein, auch nicht. Er kommt aus Göttingen.«

»Das bestätigt ein Umfrageergebnis von dem ich kürzlich gelesen habe.«

»Welches?«

»Daß jeder fünfte Deutsche am liebsten hier leben würde.«

»Die armen Bayern!« rief Max aus. »Es kann sein, daß die letzten von ihnen noch auswandern müssen!«

Wieder zwang eine rote Ampel seinen Fuß auf die Bremse. Vera guckte angestrengt durch die vom Regen überströmte Scheibe. Sie hielt Ausschau nach einem Straßenschild, um sich zu orientieren, wo sie waren, konnte aber keines entdecken.

»Wohin fahren wir eigentlich?« fragte sie.

»Zum Kreitmair.«

»In Keferloh?«

»Ja, also ganz in Ihrer Nähe.«

Von Keferloh nach Ottobrunn ist es wirklich nur ein Katzensprung. Nicht schlecht, dachte Vera, der weiß was er will; er disponiert rasch um.

»Ist das Zufall?« fragte sie. »Wollten Sie von Anfang an in dieses Lokal?«

»Nein«, gab er ohne weiteres zu. »Erst seit Sie mir gesagt haben, daß Sie in Ottobrunn wohnen. Vorher hatte ich an den Augustinerkeller in der Innenstadt gedacht.«

»Sie wollen mich also heute noch bis zu meiner Haustür bringen?«

»Was denn sonst?«

Was denn sonst? dachte Vera. Nicht nur bis zu meiner Haustür willst du mich bringen, und ich hätte auch gar nichts dagegen, Süßer, weiß Gott nicht, aber...

»Dachten Sie, ich verfrachte Sie in die S-Bahn?« fuhr er fort.

»Nein.«

»Der einzige Nachteil bei dem Ganzen ist nur, daß ich ständig an den Führerschein denken muß und deshalb kaum was trinken darf.«

»Sie Armer.«

Hast du eine Ahnung, dachte Vera. Da gibt's noch einen ganz anderen Nachteil, einen für uns beide. Ich hätte wissen müssen, daß der Mittwoch ein verkehrter Termin ist... und auch die folgenden Tage der Woche noch. Aber ich wollte möglichst rasch zupacken, und jetzt sitzen wir beide in der Tinte. Es wird nicht leicht sein, dir das beizubringen.

Als das Ziel vor ihnen auftauchte, ließ der Regen nach. Ganz Keferloh, das im Südosten Münchens liegt, wenige Kilometer vor den Toren der Stadt, besteht eigentlich nur aus dem ›Kreitmair‹, einem Großgasthof, der sich mit seinen hingestreuten Baulichkeiten mitten zwischen Wiesen und Feldern ausbreitet. Die Preise sind aber keineswegs ›ländlich‹; sie erreichen beachtliche Höhen; dafür ist jedoch das, was dem Gast aufgetischt wird, meistens auch in Ordnung.

Vera aß eine Seezunge, ihr Verehrer Kalbsnierchen. Dabei setzte Vera dazu an, endlich etwas zu klären. Sie fragte: »Mögen Sie keinen Fisch, Herr...«

»Max«, half er ihr.

»Max und...?«

»Was und?«

»Haben Sie keinen Familiennamen?« ging sie zur Offensive über.

»Doch: Max.«

Vera stutzte, errötete. Nun befand *sie* sich in der Defensive.

»Ach so«, meinte sie.

»Ich hatte mich Ihnen doch vorgestellt.«

»Mit ›Max‹, ja.«

»Und das führte zu einem Mißverständnis?«

»Ja, wir hielten das für Ihren Vornamen. Daß das etwas anderes sein könnte als der Vorname, daran dachten wir einfach nicht. Das kann einem manchmal passieren. Wir waren dumm, entschuldigen Sie.«

»Wer ›wir‹?«

»Meine Freundin und ich.«

»Sie beide haben über mich gesprochen?«

Vera nickte.

Daraufhin hätte ihm eigentlich etwas Intelligenteres einfallen können als die uralte Floskel, die ihm über die Lippen rutschte: »Hoffentlich nur Gutes.«

»Natürlich«, erwiderte Vera. Auch sie glänzte damit nicht unbedingt.

Er lächelte sie an.

»Weil wir gerade dabei sind«, sagte er, »Sie heißen Vera, nicht?«

»Das wissen Sie doch.«

»Und wie noch?«

Ungläubig schaute sie ihn an.

»Wissen Sie das nicht?«

»Tut mir leid, Sie haben es mir noch nicht gesagt.«

Rasch erforschte sie ihr Gedächtnis und mußte feststellen, daß er die Wahrheit sagte.

»Ist denn das die Möglichkeit?« staunte sie über sich selbst.

»Was mögen Sie die ganze Zeit von mir gehalten haben?«

»Nur das Beste«, beruhigte er sie. »Manchmal läuft etwas eben so.«

Vera schüttelte den Kopf.

»Ich verstehe es trotzdem nicht. Ich glaubte, Ihnen eine Nachlässigkeit unter die Nase reiben zu können; in Wirklichkeit hätte ich mich bei der eigenen Nase fassen müssen.«

»Lassen Sie uns«, schlug er vor, »die gegenseitigen Lükken, über die wir gestolpert sind, ein für allemal schließen. Ich mache den Anfang und teile Ihnen mit, daß mein Vorname Albert ist, und Sie folgen meinem Beispiel und verraten mir...«

»...daß mein Familienname Lang ist«, fiel Vera ein. »Womit freilich meine ursprüngliche Frage, die alles ausgelöst hat, immer noch nicht beantwortet ist.«

52

»Welche?«

»Ob Sie keinen Fisch mögen?«

»Nein.«

Der Moment forderte dazu heraus, daß sie beide schallend lachten.

Das Lokal war trotz des schlechten Wetters gut besetzt. Es hatte einen guten Ruf in München, und die Leute, die sich diese Preise leisten konnten, kamen mit dem Auto heraus.

Vera hatte schon zum Fisch Wein getrunken und blieb nach dem Essen dabei. Albert zog Bier vor, sattelte aber nach dem zweiten Glas, der Promille-Grenze wegen, auf Kaffee um.

»Sie scheinen in der Richtung eisern zu sein, Herr Max«, meinte Vera.

»Albert«, sagte er, »würde mir besser gefallen als ›Herr Max‹, Fräulein Lang.«

»Und mir Vera.«

»Gut, Vera.«

»Gut, Albert.«

»Ich *muß* in der Richtung eisern sein. Wenn mir die Fahrerlaubnis flötenginge, würde mich das in meinem beruflichen Ansehen ziemlich schädigen.«

Und was machst du beruflich? fragte sich Vera im stillen, doch darauf wurde ihr keine Antwort zuteil. Albert schwieg sich aus. Irgendeine Absicht verband er damit nicht. Es schien ihm einfach nicht wichtig zu sein, darüber zu reden. Wichtig schien ihm zu sein, den Kontakt mit Vera zu intensivieren.

»Ich würde Sie gerne öfter sehen«, sagte er zu ihr.

»Dem steht nichts im Wege.«

»Danke«, freute er sich. »Sind Sie gern am Wasser?«

»Sie meinen, ob ich gern schwimme?«

»Oder segle?«

»Offen gestanden nein«, bekannte Vera. »Ich wäre als

53

Kind einmal beinahe ertrunken. Seitdem habe ich eine Scheu vor dem Wasser.«

»Schade.«

»Aber mich Ihnen anzuvertrauen, dagegen hätte ich keine Bedenken.«

»Ich würde auf Sie aufpassen wie auf meine eigene Mutter«, versprach er.

»Dann könnten wir es ja einmal versuchen.«

»Ich habe ein Boot am Starnberger See, zusammen mit meinem Freund, jenem Berliner, den ich schon erwähnte. Eigentlich gehört das Boot ihm, er hat es geerbt, aber ich unterhalte es. Er ist junger Künstler und knapp bei Kasse, wissen Sie. Konnte sich noch nicht durchsetzen.«

»Was macht er denn?«

»Er malt.«

»Oje«, seufzte Vera. »Davon gibt's viele.«

Albert bestellte das zweite Kännchen Kaffee. Die Kellnerin, die seinen Wunsch entgegennahm, blickte ihn mitleidsvoll an. Sie kannte sich aus, besaß sie doch selbst auch den Führerschein, den man ihr schon einmal für sechs Monate entzogen hatte.

Kellnerinnen sind eine bayerische Spezialität, der man anderswo kaum begegnet. Gegenüber Kellnern sind sie besonders in Altbayern weit in der Überzahl.

»Heute nacht werden Sie kein Auge zumachen können, Albert«, sagte Vera, auf das frische Kännchen Kaffee zeigend, das ihm gebracht wurde.

»Ich höre dann auf damit.«

Vera schüttelte den Kopf.

»Das glaube ich nicht.«

»Wieso nicht?«

»Oder ich müßte mich sehr in Ihnen täuschen.«

»Inwiefern?«

»Weil ich Sie jetzt schon an meiner Haustür sagen

höre, ob Sie nicht noch auf eine Tasse Kaffee mit reinkommen können.«

Das verblüffte ihn.

»Vera«, bekannte er, »ich gebe zu, daß war meine Absicht. Sie haben sich also nicht in mir getäuscht, ich bin keine Ausnahmeerscheinung. Sie verstehen es aber glänzend, einen sozusagen schon zu entwaffnen, ehe man zur Attacke angetreten ist. Das haben Sie hiermit geschafft. Ich verspreche Ihnen, daß ich jeden Versuch unterlassen werde, meinen Fuß über ihre Schwelle zu setzen.«

»Das zu erzielen, war jedoch nicht meine Absicht.«

»Wie bitte?«

»Ich bewirte Sie gerne noch ein bißchen, aber...«

»Aber?«

Vera hatte Schwierigkeiten, damit herauszurücken. Unter Verlegenheitsanzeichen sagte sie: »Aber nicht einschließlich des Frühstücks, Albert.«

Als er daraufhin nichts sagte, weil er etwas verwirrt war, wie das jeder andere auch gewesen wäre, fragte sie ihn: »Verstehen Sie mich nicht?«

Er räusperte sich.

»Ich versuche zu verstehen, daß ich mir nicht gewisse Illusionen machen darf, obwohl Sie durchaus bereit sind, solche Illusionen in meinem Inneren zu nähren, indem Sie mir an der Haustür noch nicht den Abschied geben wollen. Ist das richtig?«

»Ja«, nickte sie, seufzte und setzte hinzu: »Sie verstehen aber überhaupt nicht, warum das so sein muß.«

»Doch«, stieß er hervor.

»Warum?«

»Weil ich Ihnen nicht in ausreichendem Maße gefalle.«

Vera blickte ihn ein Weilchen stumm an, schüttelte dann den Kopf und sagte: »Sie sind unmöglich, Albert.«

»Wieso?«

»Sie zwingen mich zu Erklärungen, die auch heutzutage immer noch keineswegs Sache eines Mädchens sind.

»Zum Beispiel?«

»Daß erstens das Maß, von dem Sie sprechen, mehr als ausreichend ist –«

»Aber Vera«, unterbrach er sie, nach ihrer Hand greifend, »dann ist ja alles okay. Das beruht doch auf Gegenseitigkeit. Was willst du denn mehr?«

»Damit sind wir bei ›zweitens‹, Albert: Daß ich dir das nämlich trotzdem heute nicht zeigen kann, obwohl ich es gerne möchte. Eine Frau –«

Er glaubte schon zu wissen, was sie sagen wollte.

»Das ginge dir zu schnell, meinst du?«

»Nein. Laß mich ausreden. Eine Frau kann das einem Mann nicht zu jedem Zeitpunkt zeigen. Pro Monat gibt es ein paar Tage –«

»Vera!«

Endlich, endlich hatte er begriffen. Diese Männer, dachte Vera, bis man denen etwas klarmachen kann...

»Tut mir leid, Albert«, sagte sie achselzuckend.

»Das muß dir doch nicht leidtun, Vera.«

Die alte Vera kam zum Durchbruch.

»Doch, doch«, widersprach sie, »tut es schon. Und wenn ich das sage, denke ich mehr an mich selbst als an dich.«

Beide merkten jetzt erst, daß sie spontan angefangen hatten, sich zu duzen. Natürlich dachte keiner daran, das rückgängig zu machen.

»Du bist ein tolles Mädchen, Vera«, sagte Albert lachend.

»Toll zu toll gesellt sich gern«, antwortete sie vergnügt.

Vera Lang war also nicht nur ein sehr, sehr hübsches, temperamentvolles Mädchen, sondern auch ein außerordentlich intelligentes, witziges. Für das Spiel, das hier mit ihr getrieben wurde, war sie jedenfalls viel zu schade.

Als Albert die Kellnerin rief, um zu bezahlen, sagte er zu ihr: »Wir waren nicht das letzte Mal hier.« Vera anblickend, fuhr er fort: »Oder möchtest du mir da widersprechen?«

»Keinesfalls.«

Einer von der schnellen Truppe, dachte die lebens- und vor allem berufserfahrene Kellnerin. Als die zwei hereinkamen, siezten sie sich noch, jetzt duzte er sie bereits und in einer halben Stunde liegen sie miteinander im Bett.

So kann sich auch die erfahrenste Kellnerin täuschen...

Im Freien stellten Vera und Albert überrascht fest, daß es vollständig zu regnen aufgehört hatte. Albert schaute hinauf zum Himmel, der sternenklar war. Ein leichter Wind wehte.

»Prima«, sagte er. »Das verspricht Segelwetter für Anfänger.«

Im Auto fragte er Vera, zwischen ihr und der Fahrbahn hin und her blickend: »Du hast doch keine Angst?«

»Mit dir nicht, das sagte ich doch schon.«

»Auch auf meinen Freund ist Verlaß. Wir werden zu zweit auf dich aufpassen.«

»Dann kann mir ja nichts passieren.«

Plötzlich rollte der Wagen langsamer dahin. Albert vergaß, Gas zu geben. Er schien über etwas nachzudenken.

»Du«, sagte er in der Tat, »ich überlege gerade, daß mir das vielleicht gar nicht so angenehm sein könnte...«

»Was?« fragte ihn Vera.

»Wenn Karl – so heißt er – dich allzu sehr ins Visier nimmt.«

Vera lachte erfreut.

»Eifersüchtig?«

»Der ist nicht zu unterschätzen – gerade derzeit nicht.«

»Warum derzeit nicht?«

»Weil ihn momentan keine am Bändchen hat. Er ist, wie man so schön sagt, frei. Und das kann jederzeit dazu füh-

ren, daß bei ihm, wenn sich ihm eine Gelegenheit auf-
zudrängen scheint, entsprechende Aktivitäten einsetzen.«

Vera lachte immer noch.

»Keine Sorge. Das wäre alles buchstäblich vergebliche
Liebesmüh', falls ich diejenige sein sollte, die er an-
peilt.«

Albert schüttelte den Kopf.

»Trotzdem, Vera«, sagte er. »Ich würde lieber auf
Nummer Sicher gehen. Aber wie?«

Nach drei, vier Sekunden schlug er sich mit der flachen Hand gegen die Stirn.

»Du hast doch eine Freundin...«

Vera wußte nicht gleich, worauf er hinauswollte.

»Und?« fragte sie.

»Besorgen wir ihm doch die zur Sicherheit.«

Mit einem einzigen Wort zerstörte Vera die Hoffnungen Alberts: »Unmöglich!«

Er sträubte sich, das zu glauben.

»Mein Vorschlag wäre doch die ideale Lösung. Keine
Versuchung für den, ein Auge auf dich zu werfen. Wir
zwei ein Paar, die zwei ein Paar – das ist doch immer
das Beste. Ich sagte dir schon, daß ich über das Boot
nicht allein verfügen kann. Mit von der Partie wäre er
also immer. Zu dritt ist das aber eben nicht die richtige
Sache, auch wenn man nur schwimmen geht oder sich
ins Strandcafé setzt. Verstehst du, was ich meine?«

»Sicher, aber...«

Das Eisen schien heiß genug zu sein. Er schmiedete
drauf los.

»Kein aber! Wir bringen die zwei zusammen, das ist
das einzig Senkrechte! – Es sei denn«, unterbrach er
sich, »die ist nicht frei...«

»Doch, das ist sie. Trotzdem mußt du dir das aus dem
Kopf schlagen, Albert.«

»Warum?«

»Die kannst du nicht so verkuppeln. Die ist dafür nicht der Typ.«

»Verkupppeln!« Er ließ für einen Moment das Steuer los und hob beide Hände empor zum Wagendach. »Wer spricht denn vom Verkuppeln? Das ist doch ganz und gar nicht meine Absicht, im Gegenteil...« Wenn du nur ahnen würdest, wie das glatte Gegenteil meine Absicht ist, dachte er, ehe er fortfuhr: »Wir bringen sie zusammen, sagte ich. Mehr nicht. Was sie dann selber draus machen, ist ihre Sache. Karl ist ein prima Kumpel, deine Freundin vielleicht auch. An eine solche Verbindung dachte ich. Was glaubst du, wie viele Verbindungen dieser Art du unter Seglern antriffst?«

»Sonja ist auch kein Kumpel-Typ.«

»Sonja?«

Vera biß sich auf die Lippen, aber nun war es schon passiert.

»Ja«, nickte sie.

»Ich denke, so heißt deine Chefin?«

»Auch meine Freundin.«

Warum nicht? dachte er. So unglaublich ist dieser Zufall nun auch wieder nicht.

»Sprich trotzdem mit ihr, Vera«, sagte er. »Versuch sie herumzukriegen.«

Als Vera nichts erwiderte, meinte er ein zweites Mal: »Es wäre die ideale Lösung.«

»Meinetwegen, ich rede mit ihr«, gab sie seufzend nach. »Aber versprechen kann ich mir nichts davon.«

Nun fuhr Albert wieder schneller. Das nächtliche Ottobrunn mit seinen Lichtern kam in Sicht. Der Ort, der vor 20 Jahren noch ein verschlafenes Dorf gewesen war, nannte sich zwar immer noch ›Dorf‹, hatte sich jedoch in unheimlichem Tempo entwickelt und zählte mittlerweile 20000 Einwohner. Der weitaus größte Teil davon waren

Zugewanderte aus allen Regionen der Bundesrepublik. Insofern bildete der Ort ein Spiegelbild vieler anderer ehemaliger bayerischer Dörfer.

Vera lotste Albert zu ihrer Wohnung, die in einem sanierten Altbau unweit der Durchgangsstraße nach Rosenheim lag.

»Ziemlicher Straßenlärm hier, wie?« meinte Albert, nachdem er aus dem Wagen gestiegen war und sich, kurz herumblickend, ein Urteil über die Örtlichkeit gebildet hatte.

»Nur im Sommer«, antwortete Vera. »Im Winter nicht.«

»Im Sommer allerdings«, grinste er, »wenn die ganzen Preußen auf dem Durchmarsch sind...«

»Die Preiß'n, sagen die Bayern«, korrigierte ihn Vera verhalten lustig.

»...glaubt man's oft nicht mehr aushalten zu können«, schloß er.

»Weißt du mir etwas Besseres, Albert?«

Nein, das nicht, dazu war die ganze Wohnungssituation in und um München zu katastrophal.

Vera steckte den Schlüssel ins Haustürschloß.

»Wie willst du dich entscheiden?« fragte sie. »Kommst du noch mit rein oder nicht?«

Er rang mit sich, faßte dann aber den richtigen Entschluß, den er freilich in frivole Worte kleidete, indem er sagte: »Nein, es hätte ja doch keinen Zweck.

»Zweck hätte es keinen«, bestätigte Vera trocken. Schade, dachte sie dabei.

Schade, dachte er genauso.

Dabei blickten sie einander an.

»Danke für den netten Abend«, meinte nach einem Weilchen Vera leise.

»War er nett, Vera?«

»Findest du nicht, Albert? Auch ohne... Zweck?«

»Doch, sehr nett. Auch ohne... Zweck.«

»Dann sind wir uns einig«, sagte Vera, stellte sich plötzlich auf die Zehen, küßte ihn zwar nur kurz, aber dennoch beträchtlich heiß auf den Mund, stieß die Haustür auf und schlüpfte hinein.

»Vera!« rief er ihr durch den offenen Spalt leise nach.

»Ja?«

»Wann sehen wir uns wieder?«

»Wann du willst.«

»Und wo?«

»Du weißt, wo ich zu finden bin.«

Die Tür klappte zu. Albert stand da und horchte. Jenseits der Tür eilte ein leichter Schritt die Treppe hinauf. Wenigstens weiß ich, dachte er, daß sie nicht im Erdgeschoß wohnt. Viel ist das allerdings nicht. Sie kommt aus Bremen. Ihre Eltern sind Schlesier. Leben die noch? Ja, sie sagte so etwas. Hat sie Geschwister? Das sagte sie nicht. Wie alt ist sie? Weiß ich auch nicht. Was macht sie?... Was sie macht? Blöde Frage. Sie ist Verkäuferin. Eine sehr gute. Eine sehr, sehr gute sogar. Und trotzdem, eine Verkäuferin würde man in ihr nicht vermuten.

Damit will ich nichts gegen Verkäuferinnen sagen. Dieser Beruf erfordert, wenn man in ihm stark sein möchte, viel Geschick, Können, Intelligenz und –

Ein Fenster im zweiten Stockwerk wurde hell. Der Lichtschein fiel herunter auf die Straße, zeichnete ein Rechteck auf den Asphalt. Albert trat ein paar Schritte von der Haustür weg und blickte hinauf. Ein Schatten bewegte sich hinter dem Fenster, die Vorhänge wurden zugezogen.

In der zweiten Etage wohne ich auch, dachte Albert. Müllschlucker hat die aber keinen hier. Wie mag's mit Garage stehen? Oder fährt sie gar keinen Wagen? Wahrscheinlich nicht, sonst wäre davon heute irgendein Wörtchen aus ihrem Mund laut geworden. Aber was

61

sind das für blöde Fragen? Was interessiert mich das alles? Keinen Deut.

Er wandte sich ab, ging zu seinem Wagen und fuhr nach Hause.

Schon um sieben Uhr am nächsten Morgen wurde zwischen zwei Herren ein lebhaftes Telefonat geführt. Der eine hielt den Zeitpunkt für ganz normal, der andere empfand ihn als unmenschlich.

Die Gesprächsteilnehmer waren Dr. Albert Max und Karl Thaler, seines Zeichens Kunstmaler, den das schrille Läuten seines Apparats aus tiefem Schlaf gerissen hatte.

»Bist du wahnsinnig, Mensch?« begann er, den Hörer am Ohr, nachdem er den Übeltäter erkannt hatte.

»Habe ich dich etwa geweckt?« fragte Max unschuldig.

»Was willst du mitten in der Nacht?«

»Ich muß dich sprechen, es ist wichtig.«

»Was kann so wichtig sein, mir das anzutun?« stöhnte Thaler.

»Ich habe ein Mädchen für dich.«

Der Kunstmaler schwieg. Das hatte ihm die Sprache geraubt.

»Hallo, bist du noch da?« fragte Max.

»Ja«, ächzte Thaler.

»Warum antwortest du nicht? Was sagst du zu meiner Überraschung?«

»Du hast ein Mädchen für mich?«

»Sehr richtig, ein Superexemplar.«

»Ich danke dir. Zu den zwei Weibern, die ich schon am Hals hängen habe, hast du mir noch ein drittes zugedacht. Vielen Dank.

»Ein Mann wie du verkraftet ohne weiteres drei.

»Nee, nee, mein Lieber«, lehnte Thaler ab. »Du weißt

genau, wie mir Erna und Charlotte schon zusetzen. Sagtest du nicht selbst vor wenigen Tagen, daß du nicht in meiner Haut stecken möchtest?«

»Und das hast du geglaubt? In Wirklichkeit war ich doch grün vor Neid.«

»Davon habe ich nichts gesehen.«

»Das konntest du auch nicht«, lachte Max, »weil wir da auch miteinander telefoniert haben.«

»Quatsch nicht lange. Mein Bedarf an Weibern ist mehr als gedeckt. Deshalb würde ich dich bitten, mich mit deiner Idee nicht mehr länger zu belästigen. Ich bin wirklich noch schrecklich müde.«

Zum Beweis dafür gähnte Thaler laut in die Muschel.

»Karl!«

»Was denn noch?«

»Bist du mein Freund?«

»Ja . . . aber nur bis zu einer gewissen Grenze. Nicht, indem ich mir noch eine dritte aufladen lasse.«

»Dann servier die anderen zwei ab.«

»Wenn das so einfach wäre«, seufzte Thaler, »hätte ich's längst getan.« Seine Stimme hob sich. »Aber ich frage mich: Was soll der Unsinn überhaupt? Was führst du im Schilde? Das möchte ich jetzt wissen. Du bist doch da irgendwo, irgendwie am Drehen?«

»Keineswegs.«

»Ich kenn' dich doch.«

»Dein Verdacht kränkt mich. Die Sache ist absolut korrekt. Nichts Schiefes dabei. Ich habe ein sehr, sehr hübsches Mädchen kennengelernt, das mich interessiert –«

»Warum willst du sie dann mir aufzwingen?« unterbrach Thaler.

»Karl, hör endlich zu. Ich habe, wie gesagt, ein tolles Mädchen kennengelernt, das gern mit mir – also mit uns beiden – auch ans Wasser ginge. Sie möchte aber unbedingt ihre beste und einzige Freundin dabeihaben. Die beiden haben einander noch nie allein gelassen. Vielleicht gefällt der dann unser Sport gar nicht und sie bleibt von selbst rasch wieder weg. Dann wäre das Problem sowieso gelöst. Das muß sich aber erst herausstellen. Bis dahin müßtest du dich opfern, Karl.«

»›Opfern‹, sagst du wohl ganz richtig!«

Max räusperte sich.

»Täusch dich nicht. Erinnere dich, ich habe von einem Supermädchen gesprochen.«

»Um mir die Zähne lang zu machen.«

»Nein, Karl.«

»Nein?«

»Wenn ich sagte, ein ›Supermädchen‹, so meinte ich auch ein ›Supermädchen‹.«

»So?«

»Absolute Spitze, sage ich dir.«

»Hast du sie denn auch schon gesehen oder erzählte dir das nur deine neue Flamme?«

»Ich habe sie auch schon gesehen.«

»Und warst so sehr von den Socken?«

»Total.«

Es zeigte sich, daß Karl Thaler ein flexibler Mensch war. Er hielt nicht bis in alle Ewigkeit an einem ursprünglich vertretenen Standpunkt fest.

»Also gut«, entschied er, »du kannst auf mich zählen. Ich werde mir die zu Gemüte führen, damit du mit der deinen auch auf deine Rechnung kommst. Bin ich ein Freund?«

Eine kleine Pause entstand. Dann sagte Max: »Ganz so habe ich das eigentlich nicht gemeint, Karl.«

»Was hast du nicht ganz so gemeint, Albert?«

»Daß du dir die gleich, wie du es ausdrückst, zu Gemüte führst.«

»Was denn sonst, Mann? Ich verstehe dich nicht. Wozu hast du mir den Mund wäßrig gemacht?«

»So weit wollte ich aber nicht gehen.«

»Wie weit denn nur?«

Max räusperte sich wieder einmal, wie viele Menschen das tun, wenn ein Dialog schwierig wird. Man kann das häufig beobachten.

»Karl«, sagte er dann vorwurfsvoll, »mußt du denn immer sofort mit einer ins Bett gehen?«

»Höre ich recht?« rief der Kunstmaler. »Das fragst *du* mich? Ausgerechnet *du?*«

»Es kommt immer auf das Mädchen an, Karl. Ich gebe zu, die meisten warten darauf direkt ungeduldig, ja. Aber nicht jede.«

»Aha. Und hier liegt sozusagen ein Ausnahmefall vor?«

»Ja.«

»Das kann ich ja nachprüfen.«

»Nein, Karl!« antwortete Max schärfer, als er wollte.

Das Erstaunen des Malers wuchs. Er blickte nicht mehr durch. Ohne zu ahnen, daß er damit einen Nagel auf den Kopf traf, antwortete er: »Das kommt mir ja langsam so vor, als ob du an dieser interessiert wärst.«

»Erraten.«

»Was? Ich denke, du bist auf die andere scharf?«

»Nur zum Schein.«

»Albert!« rief Karl. »Du überforderst meine intellektuellen Fähigkeiten. Würdest du deshalb bitte auf mein geistiges Niveau herabsteigen und versuchen, mir in allgemeinverständlicher Form die nötige Aufklärung zu liefern?«

»Hör zu, Karl...«

Albert Max legte seinem Freund die Strategie dar, die er sich ausgedacht hatte. Das rief manche launige Zwischenbemerkung des Malers hervor, jedoch keinen einzigen Einwand der Entrüstung. An Moral oder ähnliches dachte Thaler so wenig wie Max. Moral kann man von Männern in solchen Dingen anscheinend nicht erwarten.

65

Zuletzt fragte der Kunstmaler amüsiert: »Wie heißen die zwei denn?«

»Sonja und Vera.«

»Und welche von denen ist die, die du leimst?«

»Vera.«

»Aha. Und Sonja ist die, die ich für dich warmhalten soll?«

»Genau.«

»Steile Zähne sind beide?«

»Beide.«

»Dann mache ich mit. Ich behalte mir aber eines vor ...«

»Was?«

»Daß ich mich, sobald es geht, an dieser Vera schadlos halte. Alle beide dürfen mir nicht verwehrt bleiben, das sage ich dir. Irgend etwas muß ich ja vom Ganzen auch haben.«

»Einverstanden«, sagte Max.

Nach diesem Telefonat legte sich Karl Thaler noch einmal aufs Ohr und setzte seinen unterbrochenen Schlaf eines Gerechten wieder fort. Dasselbe hätte gern auch Albert Max getan, konnte es aber nicht, denn sein Beruf verweigerte ihm den dazu nötigen Müßiggang. Er mußte hart arbeiten.

Nachdem er aufgelegt hatte, blickte er auf die Uhr.

»Moritz!« rief er seinen Hund. »Komm, wir gehen frühstücken. Unser Morgenspaziergang muß heute ausfallen. Dazu ist es schon zu spät.«

Im Stammcafé nahm bis zu einem gewissen Zeitpunkt alles seinen gewohnten Verlauf. »Das übliche?« fragte der alte Kellner. »Das übliche«, nickte Max, sich setzend. Nach fünf Minuten stand das übliche auf dem Tisch. Dann aber hüstelte der Ober in ganz unüblicher Weise.

Sein Gast blickte auf, sagte: »Was gibt's, Herr Augustin?«

»Erlauben Sie eine Frage, Herr Doktor?«

»Natürlich.«

»Entsinnen Sie sich unseres kürzlichen anomalen Gesprächs?«

»Anomal?«

»Anomalen zwischen einem Kellner und einem Gast.«

»Meinen Sie das Gespräch über jene beiden jungen Damen, denen ich begegnet war?«

»Und von denen Sie so sehr beeindruckt waren, ja.«

»Ja, ich erinnere mich, sehr gut sogar. Sie gaben mir einen Tip.«

»Den ich hiermit widerrufen möchte, Herr Doktor.«

Max, der bisher unentwegt gelächelt hatte, veränderte seinen Ausdruck.

»Warum?« fragte er.

»Es war ein schlechter Tip, Herr Doktor.«

»Es handelt sich doch um eine positive Erfahrung aus Ihrem eigenen Leben?«

»Positiv verlief damals nur der erste Teil. Der zweite nicht. Ich hatte auf den vergessen, als ich mit Ihnen sprach. Inzwischen ist er mir wieder eingefallen.«

»Und was war das Negative daran?«

»Daß er fast mit einem Selbstmord endete.«

Der Schock für Albert Max war durchaus zu bemerken. Max verschlug es sekundenlang die Sprache; ein bißchen flatterten auch die Augenlider. Er rauchte selten, vor dem Frühstück nie, aber nun erlag er dem Bedürfnis, sich rasch eine Zigarette anzuzünden. Dann freilich war das Schlimmste überwunden. Er sagte: »Da kann man wieder einmal sehen, wie sich die Zeiten geändert haben. So verrückt sind die Frauen heute nicht mehr.«

»Meinen Sie?« antwortete der Kellner.

»Ich bitte Sie, Herr Augustin, in Amerika und Israel rükken viele von denen schon zur Armee ein. Kann sein, daß es auch bei uns bald soweit ist. Daran können Sie ersehen, aus welchem Holz die heute geschnitzt sind.«

Moritz wartete schon lange auf das Zeichen des Kellners, mit in die Küche zu kommen. Nachdem ihm das einmal erlaubt worden war, hatte er sich innerhalb weniger Tage ganz und gar daran gewöhnt. Er kannte das nicht mehr anders. Es war ihm zum Gewohnheitsrecht geworden.

»Komm«, sagte zu ihm der Ober, sich seiner Pflicht erinnernd, und schlug den Weg zur Küche ein.

Albert Max ließ sich das Frühstück schmecken.

Sonja Kronen und Vera Lang blätterten gemeinsam die neue Ausgabe einer Zeitschrift mit viel Mode, Reise und Erholung durch. Sie hatten Zeit dazu. Von Kunden wurden sie nicht gestört, obwohl der Geschäftsgang langsam, ganz langsam angefangen zu haben schien, sich etwas zu beleben.

Vera zeigte auf eine Seite in der Zeitschrift und fragte Sonja: »Glaubst du, daß die Röcke wirklich wieder kürzer werden?«

»Kommt darauf an, wer sich durchsetzt, die Franzosen oder die Italiener. Vorläufig steht die Partie noch unentschieden, und die Frauen wissen nicht, welchem Diktat sie sich zu beugen haben.«

»Zuletzt doch wieder dem der Franzosen, schätze ich.«

»In Rom und Florenz werden die aber auch von Jahr zu Jahr stärker. Paris muß sich vorsehen.«

Vera blätterte weiter und stieß auf einen Bericht über ›Abenteuer-Reisen‹. Da krochen Leute in Höhlen herum.

»Nicht mein Geschmack«, sagte Sonja und verlor ihr Interesse an der Zeitschrift. Sie wandte sich ab und blickte durch die Scheibe der Tür hinaus auf die Straße.

»Aber das hier«, hörte sie nach einem Weilchen Vera hinter sich sagen, »das finde ich toll.«

»Was?« fragte Sonja über die Schulter.

»Segeln.«

»Segeln«, meinte Sonja mit erwachendem Interesse, »könnte auch mich reizen.«

Sie kam von der Tür zurück.

»Schau dir diese Bilder an, Sonja.«

Ausgezeichnete Fotos und spritzige Bildunterschriften, die von Fachleuten stammten, wirkten zusammen, um in den beiden Mädchen Entzücken zu erregen und ihnen Begeisterungsausrufe zu entlocken.

»Und ich Schaf«, sagte dann aber Vera plötzlich, »hätte beinahe abgelehnt.«

»Was hättest du beinahe abgelehnt?« fragte Sonja.

»Da mitzumachen.«

»Beim Segeln?«

»Ja.«

Sonja blickte Vera erstaunt an.

»Davon weiß ich ja gar nichts.«

»Das ist ja auch noch ganz neu. Interessierst du dich denn dafür?«

»Sehr.«

»Ich wurde dazu eingeladen und hätte dir das auf alle Fälle noch gesagt. Ich hätte mit dir sogar darüber sprechen müssen, weil ich gefragt wurde, ob du nicht auch mitmachen möchtest.

»Ich?«

»Hättest du Lust?«

»Doch, doch. Sind das alte Bekannte von dir?«

»Alte Bekannte... nicht«, antwortete Vera zögernd.

»Wer denn?«

»Zwei Männer. Den einen habe ich zwar selbst noch nicht gesehen, aber den anderen kennst auch du.«

»Wen denn?«

»Max.«

Sonja starrte Vera an.

»Der?«

»Ja«, nickte Vera und setzte eifrig hinzu: »Max ist sein

Familienname und nicht Vorname. Das hast du ihm doch angekreidet? Ich auch, aber damit haben wir ihm beide unrecht getan. Sein Vorname lautet Albert.«

Sonja schien vollständig verändert.

»Das weißt du schon alles, seit du mit ihm aus warst«, sagte sie unfreundlich. »Ich stelle fest, daß das Tempo, das du von Anfang an mit dem eingeschlagen hast, nicht langsamer geworden ist.«

»Sonja!« explodierte Vera. »Was geht dich das an?«

»Nichts, meine Liebe.«

»Dann streite nicht schon wieder mit mir über den!«

»Vera, ich will doch nur, daß du sozusagen sparsamer mit dir umgehst. So wie früher. Was ist plötzlich mit dir los? Ein Mädchen wie du hat es doch nicht nötig, sich einem an den Hals zu schmeißen.«

»Laß das meine Sorge sein. Im übrigen will ich dir verraten, daß ich auch früher nicht so ganz sparsam mit mir umgegangen bin, wie du dich ausdrückst. Und ich hatte mein Vergnügen dabei. Nimm das zur Kenntnis, meine Liebe.«

»Ich nehme es zur Kenntnis.«

»Mein Ausgang mit dem —«

»Euer Ausgang interessiert mich nicht«, unterbrach Sonja. »Du hast mir davon bisher nichts erzählt und ich habe dich auch nicht danach gefragt. Warum halten wir es nicht weiterhin so? Das wäre mir lieber.«

»Bitte, wie du willst. Ich hätte ja auch nicht davon angefangen, weil das nun wirklich meine Privatangelegenheit ist. Ich wurde aber gebeten, die Einladung zum Segeln an dich weiterzureichen. Daß sich das als Schlag ins Wasser erweisen wird, war mir von vornherein klar, und ich habe das Albert auch angekündigt.«

»Hoffentlich hast du ihm wenigstens verschwiegen, wer ich bin?«

»Ja, das habe ich. Dein Geheimnis, daß du die Besitzerin des Ladens hier bist, blieb gewahrt.«

Etwas versöhnlicher gestimmt, sagte Sonja: »Danke, Vera. Siehst du, allein deshalb kann das nicht in Frage kommen für mich. Ich möchte nicht, daß der entdeckt, von mir an der Nase herumgeführt worden zu sein. Wie sähe das denn aus?«

»Wie das aussähe?« Vera stieß verächtlich die Luft durch die Nase. »Wie ein kleiner Spaß, ein völlig unwichtiger. Gelacht würde ein bißchen darüber, mehr nicht. Die Sache hat doch nicht das geringste Gewicht. Dieser mißt doch nur du irgendwelche Bedeutung bei.«

»Darüber gehen unsere Auffassungen auseinander, Vera.«

»Ziemlich weit, Sonja, das sehe ich.«

Sonja Kronen schwieg eine Weile, überlegte. Ein kleines Lächeln brach in ihrem Gesicht durch.

»Vera«, sagte sie, die Hand ausstreckend, »ich sehe ein, daß ich zu weit gegangen bin. Selbstverständlich kannst du machen, was du willst, und ich verspreche dir, daß du in Zukunft in dieser Richtung von mir kein Wort mehr hören wirst, über das du dich ärgern könntest. Kurz und gut: Meiden wir dieses Thema. Einverstanden?«

»Einverstanden«, nickte Vera, Sonjas Hand ergreifend.

Zwei Indianer hätten jetzt eine Friedenspfeife geraucht.

So einfach war das aber zwischen Sonja und Vera nicht...

Solange sich Vera im Laden Sonjas nützlich machte, bestand die Gefahr, daß die Tür aufging und als erster Moritz hereindrängte, dem als zweiter Max folgte. Wenn dann auch Sonja anwesend war, ließ es sich kaum mehr vermeiden, daß Farbe bekannt werden mußte. Und warum sollte Sonja – als Geschäftsinhaberin – nicht anwesend sein?

Dennoch war sie es zweimal nicht. Beim erstenmal hatte sie, als Max erschien, eine Sache beim Gewerbeamt zu erledigen.

»Tag, Vera«, sagte Max, »du siehst süß aus, noch besser, als ich dich in Erinnerung hatte.«

»Das sagst du jedesmal«, lachte Vera.

»Dein Aussehen steigert sich ja auch noch immer.«

»Danke. Wie geht's dir?«

»Seit ich dich kenne, blendend. Und dir?«

»Genau dasselbe kann ich auch sagen.«

»Auch mein Freund ist schon neugierig auf dich. Er kann's nicht mehr erwarten, dich kennenzulernen.«

»Das hängt von dir ab.«

»Er soll sich mehr auf deine Freundin konzentrieren. Hast du schon mit ihr gesprochen?«

»Ja.«

»Und?«

»Wir müssen uns eine andere suchen.«

Er blickte sie ungläubig an.

»Sie will nicht?«

»Nein.«

»Dann hast du ihr das nicht richtig schmackhaft gemacht.«

»Ich gab mir alle Mühe.«

Seine Enttäuschung war groß. Er führte auch seinen Freund ins Feld, den er vorschob, indem er meinte: »Was wird Karl sagen? Ich habe ihm das Ganze schon als geritzt dargestellt, und er plante bereits eine Einstandsfeier.«

»Ich hatte dich aber gewarnt, Albert, das mußt du zugeben.«

»Was heißt gewarnt?«

»Ich sagte dir, daß die ein anderer Typ sei.«

Er warf das Steuer herum.

»Laß *mich* mit ihr reden.«

Sie schüttelte den Kopf. Wenn du wüßtest, dachte sie dabei, wie wenig Zweck gerade das hat.

»Das kannst du dir sparen, Albert«, sagte sie.

»Warum?«

»Die will unter keinen Umständen.«

»Vielleicht doch.«

Seine Hartnäckigkeit weckte leises Mißtrauen in ihr.

»Warum bist du denn gar so versessen auf die?«

»Versessen?«

»Anders kann ich das nicht nennen.«

Gewarnt wich er zurück.

»Du irrst dich, Vera. Warum sollte ich auf die versessen sein? Ich dachte nur wieder an meinen Freund. *Der* ist das!«

»Der hat sie doch noch gar nicht gesehen.«

»Aber ich habe sie ihm geschildert.«

»In allen prächtigen Farben?«

»Ja«, spielte er diese Partie gewagt weiter. »Verdient sie das denn nicht?«

»Doch.«

»Ist die nicht fantastisch?«

»Sicher.«

»Muß das nicht jeder zugeben? Auch du?«

»Ja.«

Veras Ton war immer widerwilliger geworden.

»Siehst du«, sagte er, »so habe ich sie meinem Freund dargestellt: als Spitzenprodukt; sie sei das schönste Mädchen, das er sich vorstellen könne.«

Veras Ausdrucksweise verlor das Damenhafte!

»Hoffentlich hast du dir keinen abgebrochen dabei?«

»Nein«, erwiderte er mit undurchdringlicher Miene, grinste dann plötzlich und fuhr fort: »Es gibt nur eine einzige, sagte ich auch noch zu ihm, die sie übertrifft: eine gewisse Vera Lang...«

Die Sonne ging wieder auf in Veras Gesicht.

»...aber die kommt für dich nicht in Frage, Freundchen, sagte ich«, schloß er.

»Albert!«

»Ja?«

»Möchtest du heute abend zu mir kommen?« fragte Vera, die sich ganz rasch einen Dank ausgedacht hatte.

»Nach Ottobrunn?«

»Ja.«

»Leider kann ich das nicht, Vera.«

»Auch nicht«, lockte sie ihn, »wenn ich dir sage, daß die Einladung diesmal das Frühstück mit einschließt?«

»Auch dann nicht, Vera«, bedauerte er. »Ich muß nach Frankfurt.«

»Heute noch?«

»Mit der Abendmaschine. Ich kann das nicht mehr verschieben.«

»Schade«, seufzte Vera.

»Ich melde mich, sobald ich zurück bin.«

»Wann ist das der Fall?«

»In zwei, drei Tagen. Genaueres kann ich noch nicht sagen.«

Was macht er in Frankfurt? fragte sich Vera. Das Normale wäre es doch, wenn er sich nun darüber ein bißchen äußern würde. *Ich* würde das jedenfalls tun. Nächste Woche muß ich nach Wien. *Ich* werde ihm sagen, wozu. Oder nein, ich werde es ihm nicht sagen. Er sagt es mir ja auch nicht.

»Was geschieht eigentlich mit deinem Hund, wenn du verreist?« fragte sie ihn.

»Das ist immer ein Problem«, antwortete er. »Ich habe zwar ein paar Leute an der Hand, die ihn mir abnehmen, aber bis auf eine alte Dame stecken die alle auch in Berufen, von denen sie oft gezwungen werden, herumzukutschieren. Und mit der alten Dame macht er, was er will.«

»Könnte ich da mal einspringen?«

»Vera«, sagte er grinsend, »ich weiß genau, wie du zu dem Köter stehst – mit vollen Recht, betone ich. Deshalb wärst du die Allerletzte, der ich ihn zumuten würde.«

»Du könntest mich trotzdem in Anspruch nehmen. Für dich mache ich ja alles.«

»Lieb von dir, aber, wie gesagt, ich hoffe, nie darauf zurückkommen zu müssen.«

»Rufst du mich aus Frankfurt mal an?«

»Gerne. Dann mußt du mir aber deine Telefonnummern geben, sowohl die vom Geschäft hier als auch deine private.«

Vera schrieb ihm beide auf einen Zettel, den er einsteckte.

»Jetzt muß ich aber gehen«, sagte er dann, und automatisch lief Moritz, der diese Worte längst verstehen gelernt hatte, zur Tür.

Moritz hatte sich vorher nur gelangweilt. »Platz!« hatte ihm sein Herr befohlen, als die beiden hereingekommen waren in den Laden, und Moritz hatte sich die ganze Zeit nicht vom Fleck gerührt, hatte dies nicht einmal versucht. Der Vorhang im Hintergrund hatte ihn heute nicht interessiert. Das konnte nur darauf zurückzuführen sein, daß der Raum hinter dem Vorhang leer war.

Albert stellte an der Tür einen flüchtigen Versuch an, Vera zu küssen. Das Unternehmen mißglückte, da nicht nur auf seiten Alberts der richtige Druck fehlte, sondern auch Vera sanften Widerstand leistete. Die verbale Begründung, die sie lieferte, lautete: »Nicht im Geschäft.«

So begnügten sie sich damit, sich die Hände zu schütteln.

»Und du glaubst«, fragte Albert als letztes, »daß mit der wirklich nichts zu machen ist?«

»Mit meiner Freundin?«

»Ja.«

»Nein, bestimmt nicht.«

»Normal ist die nicht, wie?«

»Ihr werdet doch noch eine andere auftreiben können?«
Er zuckte unsicher mit den Achseln.

»Wiedersehen«, sagte er. »Mach's gut.«

»Paß auf dich auf«, lächelte Vera, trat mit ihm auf den
Bürgersteig hinaus und blickte ihm nach. Nach wenigen
Schritten drehte er sich noch einmal um und winkte. Sie
winkte zurück. »Ruf mich an!« rief sie ihm nach. Er nickte
und hatte dann seine ganze Aufmerksamkeit auf Moritz
zu richten, der ihm schon wieder weit voraus war.

Der Aufenthalt in Frankfurt dehnte sich aus, er nahm fast
eine ganze Woche in Anspruch. Die Verhandlungen, die
Albert Max zu führen hatte, erwiesen sich als schwieriger,
als zu erwarten gewesen war. Albert rief deshalb Vera
zweimal an, das erstemal abends, als sie schon zu Hause
in ihrer Wohnung war. Sie freute sich sehr, daß er sein
Versprechen hielt.

»Wo bist du gerade?« fragte sie ihn.

»In meinem Hotelzimmer. Warum?«

»Ich höre Musik.«

»Hier haben alle Zimmer Radio.«

»Bist du allein?«

»Nein«, lachte er, »bei mir befindet sich eine ganz heiße
Frankfurterin.«

»Ich hoffe, du lügst.«

Er hatte nicht gelogen.

»Wie steht's denn umgekehrt?« fragte er. »Wer befindet
sich bei dir?«

»Niemand.«

»Ich hoffe, du lügst nicht.«

Sie hatte gelogen.

Beide waren sie nicht allein. Veras Fall war aber doch
ein anderer als der Alberts.

»Ich habe eine Bitte an dich, Vera«, fuhr Albert fort.

»Ja?«

»Ruf doch meinen Freund an. Ich habe es schon ein paarmal versucht, er meldet sich nicht, und morgen werde ich dazu überhaupt keine Zeit haben. Heute hat's auch keinen Zweck mehr. Wie ich ihn kenne, hockt er wieder in irgendeiner Kneipe herum und kommt erst spät nach Hause. Könntest du mir also helfen?«

»Aber natürlich. Sag mir seine Nummer, ich schreibe sie mir auf...«

Er gab sie ihr, sie notierte sie sich, dann fuhr er fort: »Sag ihm, daß ich ihn wieder mal bitten muß, sich um Moritz zu kümmern. Ich werde hier aufgehalten –«

»Du wirst aufgehalten?« unterbrach sie ihn.

»Ja, das wollte ich dir auch sagen. Es wird noch zwei, drei Tage länger dauern, bis ich zurückkomme...«

»Oh!« rief sie.

»Es läßt sich nicht ändern, Vera, es tut mir leid. Sag also Karl, daß er den Hund zu Bruckner nach Milbertshofen bringen muß. Mo –«

»Wohin?« unterbrach Vera erneut.

»Zu Bruckner in Milbertshofen... Bruckner wie Anton Bruckner, der große Musiker... Moritz befindet sich zur Zeit bei Hahn –«

»Wo?«

»Bei Hahn... Hahn wie der Gockel auf dem Mist. Karl weiß das schon, Vera, er kennt die Adressen alle. Das Ehepaar Hahn bekommt übermorgen Besuch von einem befreundeten Ehepaar mit zwei kleinen Kindern. Denen darf kein Hund in die Nähe kommen, aus hygienischen Gründen nicht, sagen die Eltern. Deshalb muß Moritz weg. Das Vieh treibt mich noch zum Wahnsinn. Ich dachte ja, da ich bis übermorgen längst wieder in München sein würde, dann hätte sich das ganze Problem nicht ergeben. Erledigst du den Anruf, Vera?«

»Ganz bestimmt, Albert.«

»In Zukunft werde ich mich damit sowieso nicht mehr belasten.«

»Was willst du denn machen?«

»Ich weiß nun, was mir, wenn ich zurück bin, mit dem Hund vorschwebt.«

»Was denn?«

»Eine Radikallösung.«

»Albert!« rief Vera. »Du kannst ihn doch nicht etwa töten lassen?«

»Warum kann ich das nicht? Du siehst ja, daß ich mich aus München nicht mehr herauswagen kann. Soll ich denn eher meinen Beruf wechseln?«

»Es gibt doch auch noch andere Möglichkeiten?«

»Vera«, wunderte sich Albert, »was ist plötzlich in dich gefahren? Seit wann schlägt dein Herz für diese Mißgeburt?«

»Das tut mein Herz gar nicht, im Gegenteil, ich verabscheue den Köter.«

»Dann sind wir uns ja einig und du begleitest mich, wenn ich ihn zum Abdecker bringe.«

»Niemals!«

Das war ein Aufschrei aus Veras Mund.

»Warum nicht, Vera? Wo bleibt deine Konsequenz?«

»Ach«, erwiderte sie, »bleib mir vom Hals mit deiner Konsequenz. Du sprichst mit einer Frau und nicht mit einem Mann. Das muß dir alles sagen.«

»Ihr seid alle gleich«, lachte er, wobei er zur Seite blickte. Er lag zugedeckt im Bett. Eng neben ihm räkelte sich unter der gleichen Decke eine Frau. Sie war nackt, wie er selbst auch. Ihre Hände wußten, wie sie's bei ihm anstellen mußten, daß er endlich aufhörte zu telefonieren. An sich störte es sie nicht, daß er mit einem Mädchen in München sprach. Sie sah in dieser keine Konkurrentin. Es war nur so, daß es ihr einfach zu lange dauerte. Sie liebte Albert Max nicht, sondern schlief nur gerne mit ihm, wenn er – egal aus welchen Gründen – nach Frankfurt kam und sie anrief. Sie war verheiratet, sogar gut verheiratet, leider aber war ihr Mann nicht mehr in der Lage, ihre Ansprüche im Schlafzimmer, die immer noch wuchsen, voll und ganz zu erfüllen. Was hätte sie also machen sollen? Die Überwindungskraft, sich selbst ein bißchen mehr auf Sparflamme zu setzen, besaß sie nicht und wollte sie auch gar nicht besitzen. Ihre Hand fuhr zwischen Alberts Knie und glitt langsam an der Innenseite eines Oberschenkels hoch. Als die Finger ihr Ziel erreichten, stöhnte Albert auf.

Vera hatte gerade gesagt: »Interessieren würde es mich aber schon sehr, warum der Hund nicht bei deinem Freund Unterschlupf finden kann. Das wäre doch das Nächstlieg-«

Pause.

»Albert... warst du das?«

»Was?«

»Von dem dieser Laut im Hörer kam.«

»Welcher Laut?«

»Hast du das nicht gehört?«

»Nein.«

»Komisch... Dann muß ich mich getäuscht haben, oder es war wieder irgendeine Störung...«

»Du warst gerade dabei, mich zu fragen, warum Karl den Hund nicht nimmt...«

»Ja.«

»Das kann der nicht. Ihn besucht nämlich oft eine Katze aus einem der unteren Stockwerke, die ihm sein Atelier von Mäusen freihält. Und Moritz stürzt sich auf jede Katze, die er sieht. Dagegen bin ich einfach machtlos. Auch ein Grund, mich seiner zu entledigen.«

»Darüber sprechen wir noch, wenn du zurück –«

Kurze Pause.

»Da, das gleiche wieder, Albert. Das mußt du doch hören?«

79

»Nein«, sagte Albert, hustete und fuhr fort: »Aber jetzt muß ich Schluß machen, Vera. Mich will nämlich jetzt um diese Zeit heute noch ein wichtiger Mann anrufen, der das nicht dreimal versucht, wenn er nicht durchkommt. Das verstehst du doch?«

»Aber natürlich, Liebling. Warum hast du das nicht eher gesagt? Leg rasch auf. Ich küsse dich...«

»Ich küsse dich auch...«

»*Mich* küßt du jetzt, nicht die!« sagte eine geile Stimme neben Albert, als der Hörer auf der Gabel lag. »Und das soll erst der Anfang sein...«

Diese Entwicklung glich jener in Ottobrunn aufs Haar, nur hinkte letztere der in Frankfurt ein bißchen nach. Und Vera nahm an der in ihrer Wohnung auch mit etwas geringerer Begeisterung teil, als Albert an der in seinem Hotelbett.

Bei Vera befand sich ein alter Freund, der ganz überraschend bei ihr aufgetaucht war. Die beiden hatten einmal geglaubt, einander heiraten zu wollen, dann aber eingesehen, daß sie damit zu weit gegangen wären. Sie hatten sich deshalb entschlossen, den entscheidenden letzten Schritt nicht zu tun, behielten jedoch die angenehme Angewohnheit bei, von Zeit zu Zeit miteinander zu schlafen. Er hatte inzwischen eine andere zum Standesamt geführt, liebte diese sogar, schätzte aber auch die Abwechselung. Bei Vera hatte er damit bisher leichtes Spiel gehabt. Vera kämpfte zwar manchmal gegen sich selbst an, hatte aber dabei nur selten Erfolg. Ihr Verlangen nach Sex war einfach stärker als ihr Bestreben, ihm zu widerstehen.

»Conny«, sagte sie, auf das Telefon weisend, zu dem Mann, der ihr das Wohnzimmer vollqualmte, »weißt du, wer das war?«

»Dein Neuer, schätze ich.«

»Der Endgültige.«

»Gratuliere.«

»Deshalb bist du heute umsonst gekommen.«

»Vera«, stieß er baß erstaunt hervor, »du willst doch nicht sagen, daß du plötzlich nicht mehr an unserer entzückenden Gewohnheit festhalten willst?«

»Doch, das will ich sagen.«

»Vera!«

Vera schüttelte fest entschlossen den Kopf.

»Aber warum denn, Vera?«

»Weil ich ihn liebe, Conny.«

»Na und? Denkst du, daß ich meine Frau nicht liebe? Habe ich dir je etwas anderes gesagt?«

»Nein.«

»Na also«, nickte er, »deshalb kann doch das zwischen uns weitergehen.«

Conny drückte die halbe Zigarette, die er in den Fingern hielt, im Aschenbecher aus, erhob sich aus seinem Sessel, kam um den Tisch herum und setzte sich neben Vera auf die Couch. Er hatte eine sehr starke männliche Ausstrahlung. Auf Vera hätte aber nach ihrer Periode auch der Briefträger eine starke männliche Ausstrahlung gehabt. Das war nicht zu leugnen.

Conny legte seinen Arm um Veras Schulter.

»Ich will doch dem nicht den Platz in deinem Herzen streitig machen«, sagte er.

Es geht nicht um mein Herz, dachte Vera erbebend.

Conny, zwar noch ein relativ junger Mann, aber schon ein alter Fuchs, spürte das. Er küßte sie aufs Ohr. Vera erbebte noch stärker.

»Nicht, Conny«, bat sie ihn.

»Doch, Vera«, flüsterte er ihr ins Ohr, in das heiß sein Atem drang.

»Conny…«

»Vera…«

Connys Druck auf Veras ganzen Oberkörper wuchs.

»Nicht«, bat sie ihn ein letztes Mal.

»Doch...«
Vera sank hintenüber...

Das zweite Mal rief Albert um die Mittagszeit Vera im Geschäft an, erreichte sie jedoch nicht auf Anhieb.

Eine Damenstimme meldete sich: »Boutique Sonja... Bitte?«

»Tag, Vera«, sagte Albert. »Bist du erkältet oder was? Deine Stimme klingt anders.«

»Hier ist nicht Vera. Kann ich ihr etwas bestellen? Wer sind Sie denn?«

»Max.«

Einen Moment herrschte Stille, dann sagte die Dame, die nicht Vera war, merklich kühler: »Fräulein Lang ist noch bei Tisch. Sie müßte aber bald zurück sein. Versuchen Sie's doch in ein paar Minuten noch einmal.«

»Mache ich, danke... Hallo...«

Nichts.

»Hallo... Wer sind *Sie* denn?«

Die Leitung war tot.

Verärgert legte Albert Max auf. Er hatte den Eindruck, abgefertigt worden zu sein. ›Abgefertigt‹, ja, das war der richtige Ausdruck. Er mußte sich nicht fragen, von wem. Von der Besitzerin natürlich. In dem Laden dort, dachte er geringschätzig, wimmelt es ja nicht gerade von Personal. Wenn die einzige Verkäuferin zum Essen geht, muß die Chefin einspringen; eine zweite Verkäuferin steht ja in diesem Laden nicht zur Verfügung.

Laden? Das mußt du dir abgewöhnen, ermahnte er sich innerlich spöttisch. Das ist neuerdings kein Laden mehr – eine Boutique ist das, wie ich höre. Wundert mich, daß sie das nicht schon beim Start war. Bißchen verspätet, der Einfall...

Nach einer Zigarettenlänge rief er wieder an. Nun war Vera an der Strippe.

»Man hat mir gesagt, daß du's schon versucht hast«, erklärte sie.

Das wundere ihn aber, antwortete er.

»Was wundert dich?« fragte sie ihn.

»Daß man so freundlich war, dir das mitzuteilen.«

»Was hast du?« fragte sie. »Du sagst das so gereizt?«

»Gereizt ist übertrieben, aber überrascht hat mich die Art von der schon. Sag mal, ist die zu dir auch so?«

»Vom wem sprichst du?« fragte Vera vorsichtig.

»Von deiner Chefin.«

Erkannt hat er die also nicht, dachte sie und richtete danach ihr Gespräch ein.

»Ich kann mich über sie nicht beklagen, Albert.«

»Seit wann betrachtet sie sich denn als Besitzerin einer Boutique?«

Vera lachte.

»Seit gestern. Unser Schild ist schon umgeändert.«

»Was ich von dem ganzen Betrieb – wie immer ihr ihn nennt – halte, weißt du.«

»Wann kommst du zurück, Süßer?«

Vera dachte an den Ausrutscher mit Conny und hatte ein schlechtes Gewissen.

»Übermorgen, Süße.«

»Prima. Ich freue mich. Weißt du schon, mit welcher Maschine?«

»Nein, warum?«

»Ich würde dich gerne in Riem abholen.«

»Das wirst du noch oft genug tun können.«

»Bist du denn soviel unterwegs?«

»Ich will nicht übertreiben. Manchmal komme ich monatelang, wie man so schön sagt, nicht vor die Tür. Weißt du, was das heißt?«

»Was denn?«

»Daß du dich darauf gefaßt machen mußt, mich bis zum Überdruß am Hals zu haben.«

83

»Ein herrlicher Überdruß!« jubelte Vera.

»Warte nur!« drohte er fröhlich.

Er dachte nicht an seine Frankfurter Gespielin und konnte deshalb auch kein schlechtes Gewissen haben.

»Hast du Karl angerufen?« fragte er.

»Selbstverständlich«, berichtete sie eifrig. »Gleich am nächsten Morgen –«

»Oje, davor hätte ich dich warnen müssen!« warf er dazwischen.

»Ja«, fuhr sie fort, »er scheint einen anderen Turnus als unsereins zu haben. Ich mußte mich sehr bemühen, bis es mir gelang, im Gespräch mit ihm sozusagen Fuß zu fassen. Zuerst hat er mich, dich und besonders deinen Hund tausendmal verflucht.«

»Du darfst ihm nicht böse sein, Vera. Er ist ein guter Freund. Solche Dinge sagt er nur, wenn er im Schlaf gestört wird.«

»Sei unbesorgt, Albert, diesen Eindruck hatte ich auch. Zuletzt fand ich ihn sogar ausgesprochen entzückend.«

»Entzückend?«

»Er will mich malen.«

Ja, dachte Albert, das sagt er jeder. In Öl. Und nackt.

»Hoffentlich hat er nicht vergessen, sich um Moritz zu kümmern, Vera.«

»O nein, das hat er noch am gleichen Tag getan.«

»Das nimmst du an?«

»Nein, das weiß ich.«

»Woher weißt du das?«

»Weil er mich angerufen und mir Vollzugsmeldung erstattet hat.«

»Hat er das?«

»Ja.«

»Nur das?«

»Was ›nur das‹? Ich weiß nicht, was du meinst.«

»Vera, ich kenne den doch. Warum sagst du mir nicht,

84

daß er dich bei der Gelegenheit auch eingeladen hat, ihn in seinem Atelier zu besuchen?«

»Hältst du das für wichtig, Albert? Wichtig ist, daß ich nicht hingehe – oder erst später, in deiner Begleitung. Dann kann ich mir ja die Höhle des Löwen, wie er selbst sagte, ansehen.«

Das war für beide Grund zum Lachen.

»Hat das mit deinem wichtigen Mann geklappt?« fragte dann Vera.

»Mit welchem wichtigen Mann?«

Albert hatte keine Ahnung, mit welchem wichtigen Mann etwas geklappt haben sollte.

»Der dich abends noch anrufen wollte«, sagte Vera.

»Wo?«

»In deinem Hotelzimmer.«

»Ach der!« Albert klatschte sich mit der flachen Hand so laut gegen die Stirn, daß es Vera von Frankfurt bis München hören konnte. »Nein, stell dir vor, der rührte sich erst am nächsten Abend. Und ich habe die halbe Nacht auf seinen Anruf gewartet. Aber so sind diese Leute. Ein zweites Mal passiert mir das mit dem nicht mehr, das sage ich dir.«

»Daß dich das geärgert hat, kann ich mir lebhaft vorstellen aber...«

Vera brach ab. Es war ihr nicht entgangen, daß die Ladentür aufging. Eine vollschlanke Dame mittleren Alters kam zusammen mit einem langbeinigen Teenager herein.

»Du, Liebling«, sprach Vera hastig in die Muschel, »ich muß aufhören, Kundschaft kommt. Wann sehen wir uns wieder? Übermorgen sagtest du, nicht? Melde dich bitte gleich. Mach's gut.«

»Mach's gut«, antwortete auch Albert, aber Vera hatte schon aufgelegt.

Die Vollschlanke und der langbeinige Teenager waren

85

Mutter und Tochter. Letztere hieß Sabine. Sie trug Jeans und ein T-Shirt, unter diesem ganz deutlich nichts.

Aus Sabines unbeteiligtem Gesichtsausdruck ging hervor, daß ihr nichts ferner gelegen hatte, als dieses Geschäft hier zu betreten. Das war nur der Wunsch der Mutter gewesen, um dessen Erfüllung ein längerer Kampf zwischen ihr und ihrer Tochter hatte ausgefochten werden müssen. Die beiden wurden nicht nur von Vera in Empfang genommen, sondern auch von Sonja, die ja ebenfalls anwesend war.

»Ich hätte gern ein hübsches Kleid für meine Tochter«, gab Sabines Mutter bekannt, als sie nach ihrem Begehr gefragt worden war.

Um die nötige Eingrenzung vorzunehmen, erkundigte sich Sonja: »An was hätten Sie denn gedacht, gnädige Frau... an ein Kleid für den Sommer, den Winter, den Abend... welches Material...?«

Mutters liebevoller Blick wanderte zur Tochter.

»Woran hast du denn gedacht, mein Kind?«

Sabines Antwort war barsch.

»Du mit deinem ewigen ›Kind‹! Du weißt, ich will das nicht hören!«

»Entschuldige, Sabine.«

»Außerdem stammt diese überflüssige Idee, ein Kleid zu kaufen – ›Kleidchen‹ sagst du sogar meistens – nur von dir. Wir alle tragen heute Hosen.«

»Davon hast du doch schon ein halbes Dutzend – und kein einziges passendes Kleid mehr.«

»Wozu denn ein Kleid? Seit Wochen gehst du mir damit auf die Nerven!«

»Sabine, bitte, nicht diesen Ton! Was wurde gestern abend zwischen uns vereinbart? Daß du mich heute in die Stadt begleiten wirst zum Einkaufen. Hast du mir das in die Hand versprochen oder nicht?«

»Weil du dir sonst noch die Augen aus dem Kopf geweint hättest.«

»Und was war mit Vater? Der hat nicht geweint, und trotzdem mußtest du ihm das gleiche versprechen. Wie du in einem Rock aussiehst, würde er gerne mal sehen, sagte er.«

Sonja und Vera verfolgten diesen zeitgemäßen Dialog zwischen Mutter und Tochter, der ein Teil dessen war, was unter der Bezeichnung ›Generationenkonflikt‹ läuft, mit Sorge. Besonders Sonja fürchtete, daß hier ein erhofftes Geschäft noch lange nicht unter Dach und Fach war. Doch dann klappte es zur allgemeinen Überraschung relativ rasch. Sabine blickte auf die Uhr. Sie wußte, daß sie einen unaufschiebbaren Termin mit einer Freundin in einem Schallplattenladen hatte. Sie verzichtete deshalb auf weitere Renitenz, und so wurde innerhalb einer Viertelstunde das Kleid, das ihrer Mutter am besten gefiel, gekauft. Sabine verzichtete auch auf jede eigene Prüfung. Im Schrank, sagte sie sich, würde der Fetzen auf alle Fälle gut hängen.

Während Sonja das Kleid zusammenlegte, richtete sie an ihre Kundinnen die übliche Frage: »Haben die Damen noch einen Wunsch?«

Sabine schüttelte verneinend den Kopf.

Ihre Mutter sagte jedoch: »Ja.«

Dann begann sie ein Geheimnis zu lüften, über das sie bis zu diesem Augenblick ihrer Tochter gegenüber kein einziges Wort verloren hatte. Sie fuhr fort: »Sie haben doch sicher auch BHs?«

»Natürlich«, nickte Sonja.

»Mutter«, ließ sich Sabine vernehmen, »dazu werde ich ja nicht mehr gebraucht. Ich bin in einer halben Stunde mit Gerda verabredet, deshalb möchte ich hier keine Zeit mehr verlieren und –«

»Die paar Minuten wirst du schon noch opfern müssen«, unterbrach ihre Mutter sie.

»Wozu denn? Draußen trennen wir uns doch ohnehin gleich.«

»Aber hier drinnen brauchen wir noch deine Größe.«

Vollkommen ahnungslos antwortete Sabine: »Meine Größe? Wozu?«

Was hat meine Größe, dachte sie, mit einem BH für Mutter zu tun?

Sabine schätzte die Lage absolut falsch ein.

»Wir wollen uns nicht auf unser Augenmaß allein verlassen«, sagte ihre Mutter. »Deshalb ist eine Anprobe nötig.«

Kurze Stille trat ein.

»Mutter!« stieß Sabine dann hervor.

»Ja?«

»Soll das etwa heißen, daß dieses... dieses Ding für mich gedacht ist?«

Die alte Dame, die wußte, wie schwer die Geburt war, die hier vonstatten gehen sollte, setzte zu einer längeren Darlegung an.

»Sabine«, sagte sie, »sieh mal, du bist jetzt in einem Alter –«

»Mutter!«

»In einem Alter –«

»Mutter, spar dir deine Worte! Dieser Wahnsinn kommt für mich nicht in Frage!«

»Welcher Wahnsinn? Weißt du denn, von was du sprichst?«

»Doch, doch, sehr gut weiß ich das. Du willst mich zum Gespött aller machen.«

»Zu was?«

»Zum Gespött aller.«

»Aber Kind, was ist das für ein Unsinn? Für jedes anständige Mädchen aus gutem Hause kommt doch einmal die Zeit, in der sie einen BH trägt.«

»Nicht mehr heute. Wo hast du deine Augen? Vor hundert Jahren, ja, in deiner Zeit –«

»Sabine, ich verbitte mir das, ich bin noch keine hundert Jahre alt!«

»Aber deine Ansichten sind es.«

»Meine Ansichten sind diesbezüglich auch die Ansichten deines Vaters.«

»Hat er das gesagt?«

»Ja.«

»Dann glaube ich ihm das nicht.«

»Du glaubst deinem Vater nicht?«

»Nein, weil ich nämlich weiß, wie gern gerade seine Jahrgänge da bei uns hingucken.«

»Sabine!« Die Mutter stampfte mit dem Fuß auf den Boden. »Bist du verrückt?«

Über und über rot geworden, wandte sie sich an Sonja und Vera.

»Haben Sie das gehört, meine Damen?« Sie sandte einen anklagenden Blick empor zum Himmel. »So spricht die heutige Jugend über die Generation, der sie alles verdankt. Wo soll das noch hinführen, frage ich Sie.«

Sabine blieb hart.

»Mutter«, ergriff wieder sie das Wort, »ich ziehe so etwas nicht an. Die Jungs würden sich totlachen.«

»Welche schon?« erwiderte die Mutter wegwerfend.

»Alle!«

Die alte Dame begriff langsam, daß sie auf verlorenem Posten stand. Sie lieferte nur noch ein Rückzugsgefecht.

»Alle?« sagte sie. »Dann beglückwünsche ich dich zu deinem Umgang.«

»Der ist schon in Ordnung.«

»Ich möchte doch wenigstens annehmen, daß die Betreffenden gut genug erzogen sind, um über solche Dinge mit euch nicht auch noch zu sprechen.«

»Über welche Dinge?«

»Zum Beispiel über das Thema, welches hier zur Debatte steht.«

»Aber klar, Mami«, erklärte Sabine erheitert. »Gerade darüber sprechen sie besonders gern mit uns.«

89

Mami blickte nur noch stumm Sonja und Vera an, die beide sehr mit sich zu kämpfen hatten, um nicht laut lachend herauszuplatzen.

»Kann ich jetzt gehen?« fragte Sabine.

»Mit wem, sagtest du, bist du verabredet?« erwiderte ihre Mutter ohne rechtes Interesse.

»Mit Gerda.«

»Kenne ich die?«

»Nein.«

»Wann kommst du nach Hause?«

»Das weiß ich noch nicht.«

»Sag ihr schöne Grüße.«

»Wem?«

»Deiner Freundin.«

»Die kennst du doch gar nicht.«

»Ach so«, besann sich, leicht verstört, Sabines Mutter. »Nein, dann nicht.«

»Wiedersehen, Mami«, sagte das Mädchen, nickte auch Sonja und Vera zu und strebte zur Tür.

»Wiedersehen, mein Kind.«

Gut, daß Sabine das nicht mehr hörte, sonst hätte sie noch einmal Veranlassung gesehen, mit ihrer Mutter ein Hühnchen zu rupfen.

Drei Tage darauf entdeckte Sonja an ihrer Ladentür wieder einen alten Bekannten.

»Vera«, stieß sie hervor, »du bekommst Besuch.«

Dann suchte sie rasch ihr altes Versteck hinter dem zweiteiligen Vorhang am Ende des Ladens auf.

Vera lief zur Tür, um Moritz hereinzulassen und um dessen Besitzer in Empfang zu nehmen. Letzteres war ihr natürlich das weitaus Wichtigere. Wie üblich, war Moritz seinem Herrn und Gebieter ein gutes Stück voraus.

Albert Max winkte schon von weitem. Vera stand in der geöffneten Tür und winkte strahlend zurück. Er sieht gut aus, dachte sie, als sie ihn herannahen sah. Ein verdammt hübsches Mädchen, fand er bei jedem Schritt, den er die Distanz zu ihr verkürzte. Dann das übliche Frage- und Antwortspiel:

»Wie geht's?«

»Danke gut. Und dir?«

»Auch danke. Hast du mich vermißt?«

»Sehr. Du mich auch?«

»Unheimlich.«

Und so weiter...

Drinnen im Laden suchte Max seinen Hund. Herumsehend fragte er: »Wo ist Moritz?«

Fast im gleichen Augenblick gab er sich selbst die Antwort, indem er seinen Blick auf den Vorhang im Hintergrund richtete.

»Moritz!«

Nichts.

»Moritz, was willst du da drinnen schon wieder? Komm raus, oder ich hole dich, dann kannst du was erleben!«

Der Hund erschien zögernd. Aus seinem Benehmen war zu schließen, daß er den Aufenthalt hinter dem Vorhang gerne noch länger ausgedehnt hätte.

»Platz!« befahl ihm aber sein Gebieter und fragte Vera: »Was habt ihr denn da hinten Interessantes, weil es ihn dauernd da hinzieht?«

Vera zuckte mit den Achseln.

»Lieferscheine, Rechnungen, alte Kartons...«

Albert schüttelte den Kopf.

»Daß er dafür was übrig hat, ist mir neu.«

»Hattest du einen guten Flug?« lenkte ihn Vera ab.

»Ja. Es ist ja nur ein Sprung von Frankfurt hierher.«

»Wann bist du zurückgekommen?«

»Gestern abend.«

»Du hättest mich noch anrufen können.«

»Das wollte ich auch, aber erst mußte ich mich um den

91

Hund kümmern, damit ihn Karl wieder vom Hals hatte, und dann war's zu spät. Du wärst nur aus dem Schlaf gerissen worden.«

»Das hätte mir nichts ausgemacht.«

»Was machst du heute abend?«

»Nichts Besonderes. Mich auf die Couch setzen und in die Glotze gucken. Warum?«

»Weil ich mich dann gerne auch auf die Couch setzen würde.«

»Auf meine?«

»Ja.«

»Das läßt sich machen«, lachte Vera.

»Aber nicht, um in die Glotze zu gucken.«

»Das wird sich zeigen.«

»Wann kann ich dich abholen? Wie gewohnt? Oder dauert's für dich hier auch mal länger?«

»Nein, im Gegenteil, komm lieber eine Stunde eher, dann können wir gemeinsam noch einkaufen gehen, wenn du auf etwas Besonderes Lust hast. Wir essen doch bei mir, oder?«

»Gern, aber kannst du so ohne weiteres früher weg? Was sagt deine Chefin dazu?«

»Die wird schon damit einverstanden sein.«

»Bist du sicher?«

»Ja.«

»Ich könnte mir aber von der eher vorstellen, daß sie dir Schwierigkeiten macht.«

»Ach nein«, sagte Vera vergnügt, »die weiß das schon, wenn ich sie hernach sehe. Wir schaun uns nur gegenseitig an, das genügt.«

»Bitte«, gab er seinem Zweifel Ausdruck, »nimm mich nicht auf den Arm. Erzähl mir nicht, daß die über telepathische Fähigkeiten verfügt.«

Lachend erwiderte Vera: »Hol mich nur ab, und du wirst feststellen, daß alles in Ordnung ist.«

»Hast du mit deiner Freundin nochmal gesprochen?«

»Wegen des Segelns?«

»Ja.«

Vera schüttelte den Kopf.

»Das hat keinen Zweck, Albert, ich weiß es hundertprozentig.«

»Dann werden wir uns doch eine andere suchen müssen.«

»Das sagte ich dir ja schon.«

Albert kam noch einmal auf den gemeinsamen Abend, der geplant war, zu sprechen.

»Was trinkst du am liebsten?« fragte er und setzte hinzu: »Ich würde das deshalb gerne wissen, weil für die Getränke ich aufkommen möchte und sie vorher schon besorgen könnte.«

»Es ist alles da«, sagte sie.

»Auch Champagner?«

»Ja.«

Darüber dachte er noch nach, als er sich von ihr schon wieder verabschiedet hatte und auf dem Weg zu seinem Freund war. Für eine Verkäuferin, sagte er sich, ist die gutgestellt. Champagner hat nicht jede vorrätig. Außerdem kann sich der Schmuck, den sie trägt, auch sehen lassen. Das fiel mir von Anfang an auf. Verdient sie denn so gut? Oder sind das Erbstücke? Läßt sie sich von Männern beschenken?

Karl Thaler war überrascht, schon wieder Max und Moritz vor seiner Tür zu entdecken, als es geläutet hatte und er öffnete.

»Kommt herein«, sagte er. »Was gibt's denn?«

»Hast du eine Viertelstunde Zeit, Karl?«

»Was ich massenhaft habe, ist Zeit, mein Lieber«, erwiderte der Maler.

Als sie alle saßen – Karl auf einem alten Stuhl, Albert auf einem alten Sofa, Moritz auf einer alten Matte zwischen Ofen und Schrank –, sagte Albert: »Ich war bei Vera.«

»Hat sie dir gesagt, daß ich sie malen will?« entgegnete Karl.

»Das sagte sie mir schon am Telefon, als ich noch in Frankfurt war. Heute sprachen wir über etwas anderes.«

»Über was denn?«

»Daß das nicht läuft mit ihrer Freundin.«

»Auf die du scharf bist?«

»Der Fall ist klar: Die will von mir nichts wissen. Nun mußt du ran.«

»Ich denke, das soll meine Aufgabe bei Vera sein«, meinte Karl grinsend.

»Schon, aber erst müssen wir die andere soweit kriegen, daß sie den Kontakt mit uns aufnimmt. Und das liegt jetzt bei dir.«

»Und wie soll ich das machen?«

»Suche ihre Bekanntschaft, laß alle deine Minen springen, damit sie anbeißt.«

»Ich könnte mir natürlich vorstellen«, grinste Karl Thaler, »daß sie das sehr rasch tun würde. Aber was hättest du davon? In deinem Sinne wäre das doch gerade nicht?«

»Laß das meine Sorge sein. Ich werde sie dir dann schon zur rechten Zeit wieder ausspannen.«

»Du meinst, wenn sie uns beide in unmittelbarer Nähe hat, kann der Vergleich zwischen dir und mir nur zu deinen Gunsten ausfallen?«

»Ich wollte das nicht so deutlich sagen, aber nachdem du es selbst getan hast, möchte ich dir nicht widersprechen.«

Das Gelächter, das die zwei anstimmten, bewies die dicke Freundschaft, die sie verband.

»Du sagst, suche ihre Bekanntschaft«, meinte Karl dann. »Wie denn?«

»Über Vera.«

»Die muß ich doch auch erst noch kennenlernen.«

»Höchste Zeit dazu. An ihrem Arbeitsplatz besteht die beste Gelegenheit dazu. Geh hin, vielleicht haben wir Glück und du begegnest dort auch der anderen. Ich habe da nämlich einen Verdacht...«

»Welchen?«

»Moritz benimmt sich so auffällig. In dem Laden siehst du im Hintergrund einen dicken, zweiteiligen Vorhang, der einen Raum abtrennt, in dem sich manchmal jemand aufhält, den Moritz kennt. Das sieht man ihm an. Und wen kann er denn dort schon kennen? Vera und Sonja, die beiden Mädchen, denen er dort begegnet ist.«

»Aber dann müßte die sich vor dir sogar verstecken. Warum denn das?«

Albert zuckte die Achseln.

»Das weiß ich auch nicht.«

»Und wenn du dich irrst? Wenn es nicht Sonja ist, von der sich Moritz angezogen fühlt?«

»Dann bietet sich über Vera vielleicht eine andere Gelegenheit, an sie ranzukommen. Das schaffst du schon. Ich glaube aber, daß mein Verdacht zutrifft. Ich kenne doch meinen Hund. Der verteilt seine Sympathien und Antipathien allzu deutlich. Vera ignoriert er, auf Sonja stand er vom ersten Augenblick an. In beiden Fällen beruhten die jeweiligen Gefühle auf Gegenseitigkeit.«

»Was macht denn Sonja beruflich?«

»Keine Ahnung. Warum interessiert dich das?«

»Weil mir auffällt, daß die sich, wenn deine Theorie stimmt, so häufig bei Vera in deren Laden aufhält. Hat sie denn dazu die Zeit?«

»Anscheinend ja.«

»Dann ist sie entweder arbeitslos, oder sie hat es nicht nötig, überhaupt etwas zu tun.«

»Das kannst du alles klären.«

Karl Thaler nickte sein Einverständnis, wobei er sagte:

»Na schön, ich werde das in den nächsten Tagen in Angriff nehmen.«

»Und weshalb nicht schon heute? Weshalb nicht gleich?« fragte Albert Max.

»Jetzt gleich?«

»Ja.«

»Warum hast du es gar so eilig?«

»Weil das Verhalten von Moritz, von dem ich eben sprach, erst eine halbe Stunde zurückliegt. Die könnte also noch dort sein.«

»Also gut«, sagte Thaler kurzentschlossen, »dann will ich mal sehen...«

Sonja fand den jungen Mann, der wenig später bei ihr zur Tür hereinkam, bemerkenswert. Er war groß und schlank, sah gut aus, wirkte intelligent und fröhlich und ausgeruht. Gekleidet hätte er allerdings besser sein können. Die Turnschuhe, in denen er herumlief, gaben Sonja sogar einen kleinen Stich. Die müßte man ihm auf alle Fälle abgewöhnen, fand sie und war sich gar nicht des Interesses bewußt, das sie somit spontan an einem jungen Mann nahm, den sie vorher noch nie gesehen hatte.

»Guten Tag«, sagte er. »Sind Sie Fräulein Vera Lang?«

Sonja schüttelte enttäuscht den Kopf. Sie ärgerte sich. Über was? Nun, über ihre Enttäuschung.

»Fräulein Lang muß jeden Augenblick wiederkommen«, sagte sie. »Sie lief nur schnell rüber zur Bank, um Wechselgeld zu holen.«

Stumm blickte der junge Mann Sonja an. Die Frage, die ihm ins Gesicht geschrieben stand, lautete: Und wer sind Sie, wenn Sie nicht Vera Lang sind?

Eine Antwort darauf blieb ihm versagt. Sonja deutete statt dessen auf einen Hocker, wobei sie meinte: »Nehmen Sie doch Platz, wenn Sie auf sie warten wollen.«

»Danke«, sagte er und setzte sich. Da er die Beine

übereinanderschlug, traten seine Turnschuhe besonders augenfällig in Erscheinung. Sonja mußte wegsehen.

Wer ist sie? fragte sich Karl Thaler. Entweder die Chefin oder die Freundin. Nach Lage der Dinge aber wahrscheinlich die Chefin, denn anders hätte Vera den Laden kaum im Stich lassen können. Doch wie die aussieht, könnte sie auch die Freundin sein. Ein tolles Weib. Albert hätte nicht übertrieben, wenn er die gemeint hat.

Sonja blickte zur Tür.

»Ich glaube, da kommt sie schon«, sagte sie.

Auch die verdient Note eins, dachte Thaler, als er das Mädchen sah, das den Laden betrat. Mit unverhohlener Anerkennung im Blick erhob er sich. Vera beachtete ihn aber nicht. Ihre ganze Aufmerksamkeit galt der Geldtasche, die sie in der Hand trug und nun gerne loswurde, indem sie sie Sonja überreichte.

»Danke«, sagte Sonja und fuhr, mit einem Kopfnicken zu dem jungen Mann hin, fort: »Der Herr hier wartet auf dich.«

Nun erst richtete Vera ihren Blick auf den ihr Unbekannten.

»Ja?« sagte sie dabei fragend.

»Guten Tag, Fräulein Lang«, begann er munter. »Ich bin Karl Thaler...«

Vera schaltete sofort.

»Ach ja«, meinte sie erfreut, »der Mann, der mich malen will, ohne mich gesehen zu haben.«

»Letzteres stimmt nun nicht mehr«, lachte er. »Und wieder kann ich nur, wie so oft, den Hut vor mir selbst ziehen. Was hatte ich am Telefon doch für einen Instinkt!«

Sie schüttelten sich die Hände und waren sich vom ersten Augenblick an sympathisch. Dann drohte Thaler in gespieltem Tadel mit dem Zeigefinger.

»Wir zwei könnten längst dabei sein, der Kunst zu die-

97

nen, aber Sie schlugen ja meine Einladung in den Wind, Sie sind nicht erschienen.«

»Ich bitte um Verzeihung«, antwortete Vera. »Es mangelte mir an Zeit.«

»Nun denn, meine Dame, Sie sehen, daß schließlich wieder einmal der Berg zu Mohammed kam, nachdem Mohammed nicht zum Berg gekommen ist.«

Ein charmanter Mann, dachte Vera. Aber auch ein Luftikus. Das spürt man.

Sonja hatte sich in ihr Refugium zurückgezogen, wo sie, wie gewöhnlich, Ohrenzeugin jedes Wortes, das die zwei da draußen im Laden wechselten, wurde, ob sie das nun wollte oder nicht. Den jungen Mann, der Thaler hieß, konnte sie immer noch nicht einordnen. Nun sollte ihr das aber gleich möglich sein.

»Ihr Freund war heute auch schon bei mir«, hörte sie Vera sagen.

»So?« antwortete Thaler.

»Zusammen mit Moritz.«

»Die beiden sind ja unzertrennlich.«

»Gezwungenermaßen.«

»So sieht's aus, ja.«

»Sie müssen sich öfter um den Hund kümmern, habe ich erfahren.«

Thaler seufzte: »Was bleibt mir anderes übrig.«

Das Telefon läutete. Vera ging dran. Der Apparat stand nicht im Refugium, sondern im Laden. Das wäre auch gar nicht anders möglich gewesen, denn wenn Vera – oder Sonja – allein gewesen wäre, hätte sie im Refugium eventuelle Kundschaft nicht im Laden unbeobachtet lassen und ans Telefon eilen können.

Eine Lieferfirma rief an. Die Besitzerin wurde verlangt.

»Einen Moment bitte«, sprach Vera in die Muschel, legte den Hörer auf das Tischchen und rief laut: »Sonja, für dich!«

98

Karl Thaler ließ sich nichts von alledem entgehen. Freilich erwies sich das Telefonat selbst nicht als ergiebig für ihn. Sonja sagte nur ja oder nein, und zum Schluß meinte sie, daß sie sich darüber noch kein Urteil erlauben könne.

Solange Sonja telefonierte, schwiegen Vera und Karl, um nicht zu stören. Das hätte es Karl erleichtert, sich nichts entgehen zu lassen, wenn es nur etwas gegeben hätte, daß es wert gewesen wäre, vermerkt zu werden.

Nachdem Sonja aufgelegt und sich wieder zurückgezogen hatte, sagte Karl zu Vera: »Der Anfang wäre gemacht. Wie geht's nun weiter?«

»Welchen Anfang meinen Sie?« erwiderte Vera.

»Der Anfang unserer Bekanntschaft. Oder erscheint Ihnen diese nicht fortsetzungswürdig?«

»Doch, doch«, beteuerte Vera lächelnd.

»Mir auch«, pflichtete er bei. »Deshalb frage ich Sie, ob Sie Lust hätten, mit mir ein wüstes Lokal aufzusuchen..«

»Ein wüstes Lokal?«

»Meine Stammkneipe. Die sollen sich dort auch einmal davon überzeugen, was wahre Schönheit unter den Frauen ist.«

Vera lachte.

»Etwas weniger Wüstes hätten Sie nicht auf Lager?«

»Mal sehen. Ihr grundsätzliches Einverständnis wäre also schon vorhanden?«

»Warum nicht?«

»Ganz richtig, warum nicht? Und wann?«

»Wann denn?«

»Am besten gleich heute abend.«

»Nein«, bedauerte Vera, »das geht nicht; heute abend« – sie stockte – »habe ich zu tun.«

Sie legte sich keine Rechenschaft darüber ab, warum sie ihm verschwieg, daß sie mit seinem Freund ›zu tun‹ hatte. Das war aber auch gar nicht notwendig. Sollte Albert selbst entscheiden, ob Karl das etwas anging oder nicht.

Das Telefon läutete wieder, und Vera erlebte als Überraschung, daß sie quasi zwischen zwei Mühlsteine geriet – Mühlsteine freilich, die ihr nichts zuleide taten. Albert Max war am Apparat.

»Vera«, begann er, »hast du schon mit deiner Chefin gesprochen? Klappt das mit uns beiden heute?«

»Ja.«

»Das wollte ich wissen. Deshalb rief ich an. Mich ließ das nicht in Ruhe. Gibt's sonst noch etwas?«

»Ja.«

»Was?«

»Rate mal, wer gerade bei mir ist?«

»Keine Ahnung.«

»Dein Freund.«

»Welcher? Ich habe nicht nur einen.«

»Dein bester.«

»Karl Thaler?«

»Ja.«

»Das gibt's doch gar nicht«, zweifelte er mit völlig überraschter Stimme. »An den hätte ich zuletzt gedacht. Der schläft doch am Tag und wird nur nachts munter. Was will er denn? Sei vorsichtig mit dem.«

»Du kannst beruhigt sein.«

»Gib ihn mir doch bitte mal.«

Vera drückte dem unausgelasteten Kunstmaler den Hörer in die Hand.

Albert Max sprach am anderen Ende des Drahtes nun mit unterdrückter Stimme, damit von dem, was er sagte, niemand – außer sein Freund – etwas mitbekommen konnte.

»Wie läuft's, Karl?«

»Teils, teils.«

»Steht Vera neben dir?«

»Fast.«

»Dann spreche ich noch leiser.« Er dämpfte seine

100

Stimme sosehr, daß er beinahe gar nicht mehr zu verstehen war, als er fortfuhr: »Und drück dich vorsichtig aus, damit ihr... du weißt schon... nichts in die Nase steigt.«

»Mach' ich.«

»Seid ihr zwei allein?«

»Nein.«

»Aha, dann war die andere also, wie ich es erwartet habe, noch da, als du hinkamst?«

»Das weiß ich nicht.«

»Was weißt du nicht?«

»Ob da eine Identität besteht.«

»Was soll der Quatsch? Ob da eine Identität besteht? Welche Identität? Zwischen wem?«

»Zwischen...« Thaler brach ab. »Das kann ich dir so nicht sagen.«

»Ich verstehe, du kannst nicht offen sprechen. Weißt du was? Du kommst anschließend hier bei mir in der Kanzlei vorbei und berichtest mir. Ja?«

»Ja.«

»Bis nachher. Gib mir Vera nochmal...«

Im Eifer des Gefechts vergaß er dann, seiner Stimme wieder normale Lautstärke zu verleihen, als er zu Vera sagte: »Heute sieht's nicht nach Regen aus, deshalb –«

»Albert«, unterbrach sie ihn, »ich verstehe dich kaum, du bist plötzlich so weit weg...«

»Ich verstehe dich gut«, erwiderte er laut.

»Ich dich jetzt auch wieder. Was wolltest du sagen?«

»Daß es heute nicht nach Regen aussieht. Ich muß deshalb nicht wieder das Risiko auf mich nehmen, den Wagen im Halteverbot vor eurer Ladentür zu parken. Ich kann mir also ein erlaubtes Fleckchen suchen und hole dich dann zu Fuß ab.«

»Gut, Albert.«

»Tschüß.«

»Tschüß.«

Mit einem mißbilligenden Fingerzeig auf das Telefon sagte dann Karl Thaler zu Vera: »Wir wurden unterbrochen...«

»Ja«, nickte sie, »als wir uns fragten, wann wir zusammen ausgehen könnten.«

»Wie wär's morgen?«

»Ich weiß nicht...«, sagte sie unentschlossen, da sie an Müdigkeitserscheinungen dachte, mit denen sie vielleicht würde kämpfen müssen, wenn das heutige Zusammensein mit Albert so ausfallen würde, wie sie es sich vorstellte.

»Und übermorgen?« fragte Karl.

»Ja, übermorgen ging's auf alle Fälle«, stimmte Vera zu. Sie mußten sich also nur noch über das Wie und das Wo und den genauen Zeitpunkt, zu dem er sie abholen sollte, einigen.

Schon das Wie fiel bei einem Karl Thaler aus dem Rahmen. Ohne irgendein Anzeichen der Verlegenheit sagte er: »Das wird Ihnen etwas Neues sein, meine Dame: Ich verfrachte Sie in die Straßenbahn, ich habe nämlich kein Auto.«

»Ich habe eines«, erklärte Vera.

»Dann fahren wir mit dem«, meinte er gelassen. »Und wann?«

»Nicht so spät. Nach Geschäftsschluß. Gegen halb sieben, würde ich sagen. Ja?«

»Gut«, nickte er. »Und zwar hier, nehme ich an.«

Damit war seiner Ansicht nach auch die letzte Frage geklärt, die des Wo.

Zu seiner Überraschung erwiderte jedoch Vera: »Nein, nicht hier, sondern am Lenbachplatz beim UNION-Filmverleih. Wissen Sie den?«

»Ja.«

»Melden Sie sich beim Pförtner. Er wird mir Bescheid sagen.«

Erstaunt entgegnete Karl: »Sind Sie dort so bekannt?«
»Ja«, nickte Vera.

Mit dieser Neuigkeit platzte der Maler wenig später bei seinem Freund Albert Max herein, als er, wie verabredet, in dessen Kanzlei erschien. In einem Nebenraum klopften zwei Stenotypistinnen, die für Max arbeiteten, auf ihren Schreibmaschinen herum. Die Knattergeräusche der Maschinen waren auch durch die geschlossene Tür deutlich zu hören.

Albert Max war in eine Akte vertieft, als Karl Thaler plötzlich vor ihm stand und ihn aufschreckte mit der Frage: »Was hat die mit dem UNION-Filmverleih zu tun?«

»Wer?« antwortete Max.

»Vera Lang.«

Max schob die offene Akte auf seinem Schreibtisch zur Seite, stützte die Ellenbogen auf, verschränkte die Hände vor seinem Gesicht, legte das Kinn auf die Daumenspitzen und sagte:

»Ich verstehe nicht.«

»Ich auch nicht«, erklärte Thaler und wiederholte: »Was hat Vera Lang mit dem UNION-Filmverleih zu tun?«

»Sagtest du Vera Lang?«

»Ja.«

»Und UNION-Filmverleih?«

»Ja.«

Max legte die Unterarme auf die Schreibtischplatte. Dadurch fiel sein Kinn etwas herunter, weil es sich der stützenden Daumen beraubt sah.

»Vera Lang hat mit dem UNION-Filmverleih nichts zu tun«, erklärte er.

»Dann hör zu«, sagte Karl Thaler, nachdem er kurz aufgelacht hatte. »Ich treffe mich mit der übermorgen nach Geschäftsschluß. Und weißt du wo? Bei diesem komischen Filmverleih!«

Etwas verwundert war Albert Max darüber schon auch,

103

doch er sagte nach kurzer Überlegung: »Die gibt halt dort etwas ab, ein Modeangebot oder so was...«

»Meinst du?«

»Ja, warum nicht, das wäre doch naheliegend?«

»Dann frage ich dich, wie du mir erklären kannst, daß die dort prominent ist.«

»Prominent?«

»Jeder kennt sie«, trug Thaler dick auf und bemühte sich, im folgenden seiner Stimme das Falsett eines Damenorgans zu verleihen: »›Melden Sie sich beim Pförtner. Er wird mir Bescheid sagen.‹«

Nun blickte Max seinen Freund stumm an. Allerlei ging ihm durch den Kopf, darunter manches, über das er sich früher schon Gedanken gemacht hatte.

»Albert«, sagte der Kunstmaler nach einer Weile, »du hast gedacht, mit der dein Spielchen treiben zu können. Vorläufig aber, glaube ich, bist du derjenige, der irgendwie verladen wird. Hast du nicht auch diesen Eindruck?«

Alberts Stimme klang etwas belegt, als er antwortete: »Ich begreife nur nicht, was die davon hätte, sich als Verkäuferin auszugeben, wenn sie möglicherweise gar keine ist.«

Doch das war noch nicht alles.

Ihm sei überhaupt der ganze Laden dort rätselhaft, fügte Albert hinzu.

»Mir auch«, pflichtete Thaler bei. »Ich konnte am Telefon nicht deutlicher werden, als ich von der Identität sprach. Damit meinte ich, daß ich nicht wissen konnte, ob die, die ich antraf, auch die war, die du hinter dem Vorhang vermutet hast. Letztere konnte ja schon gegangen sein, ehe ich erschien, und erstere konnte neu gekommen sein. Verstehst du?«

»Wie sah die aus, die du angetroffen hast?«

Karl Thaler setzte zu einer Beschreibung Sonjas an, wurde jedoch schon nach wenigen lobpreisenden Sätzen von Albert Max unterbrochen, der ausrief: »Das genügt! Sie ist es!«

»Wer ist sie?«

»Veras Freundin.«

»Bist du sicher?«

»Natürlich. Warum soll ich nicht sicher sein? Ein Mädchen, das so aussieht, gibt's nur einmal. Weshalb fragst du?«

»Weil ich bei der eher auf ›Chefin‹ getippt hätte.«

»Chefin?« stieß Albert Max nur hervor.

Der Maler nickte.

»Wie kommst du darauf?« fragte Max.

Der Maler zuckte die Achseln.

»Ich weiß nicht... irgendwie... ihr Auftreten... das roch nach Besitzrechten... wenn du verstehst, was ich meine.«

Und wieder blickte Max seinen Freund stumm an, wieder ging ihm manches durch den Kopf.

Eine der Stenotypistinnen kam herein und legte mit einem »Bitte, Herr Doktor...« zur Unterschrift einen Brief, den sie nach Tonbanddiktat geschrieben hatte, auf den Tisch. Wartend blieb sie stehen. Ihr war gesagt worden, daß der Brief sehr eilig sei.

»Was ist denn?« fragte Max sie unfreundlich.

»Der Brief muß heute noch raus«, erwiderte sie.

»Wer sagt das?«

»Sie.«

»Blödsinn!«

Das brachte das Fäßchen zum Überlaufen. Die Stenotypistin hatte sich in den letzten Tagen von ihrem nervösen Chef schon mehrmals ungerecht behandelt gefühlt und wollte das nicht mehr länger hinnehmen. Sie war eine moderne Arbeitnehmerin, mit der Gewerkschaft und einem gut verdienenden Ehemann im Rücken, der ihr erst gestern wieder, als sie vor ihm über ihren Chef Klage geführt

105

hatte, gesagt hatte: »Laß dich doch von dem kreuzweise...«

Nun war es also soweit.

»Sie haben das sogar zweimal gesagt«, gab sie Max contra.

»Was habe ich zweimal gesagt?«

»Daß der Brief heute noch raus muß.«

Max verlor die Beherrschung.

»Das ist mir jetzt scheißegal, ob ich das gesagt habe!« explodierte er. »Verschwinden Sie!«

»Wie bitte?«

»Verschwinden Sie!«

Dr. Albert Max meinte damit, daß die junge Frau sich wieder in ihren Arbeitsraum und an ihre Schreibmaschine verfügen möge, um den nächsten Brief zu tippen. Er erwartete also dies und nichts anderes, mußte jedoch eine herbe Enttäuschung erleben. Die Gescholtene strebte wortlos zur Ausgangstür.

»Wohin wollen Sie?« rief Max ihr nach.

»Ich verschwinde«, antwortete sie mit halber Drehung über ihre Schulter zurück.

»Aber...«

Dr. Max verstummte. Mehr verlauten zu lassen, wäre auch zwecklos gewesen, denn schon war die Tür hinter dem verheirateten Gewerkschaftsmitglied zugefallen, und Max suchte Rat bei seinem Freund, indem er ihn fragte: »Was sagst du dazu?«

Karl Thaler war ein unterbeschäftigter Künstler. Deshalb konnte in seiner Brust gar kein anderes Herz schlagen als ein linksorientiertes.

»Wie war die denn?« antwortete er.

»Als Arbeitskraft?«

»Ja.«

»Ausgezeichnet. Die beste, die ich je hatte.«

»Dann irre ich mich nicht.«

»Wieso? Was meinst du damit?«

»Daß du dich soeben ins eigene Fleisch geschnitten hast.«

Albert Max verstummte. Er machte innerlich für das Geschehene nicht sich verantwortlich, sondern die elende Linksbewegung, verwünschte die Gewerkschaft, haderte mit der sozialistischen Vergiftung der Völker, der er all dies in die Schuhe schob, und sagte schließlich zu Thaler: »Es kommt auch wieder mal eine andere Zeit, warte nur.«

»Hast du einen geeigneten Anwalt? Einen Spezialisten?«

»Wozu brauche ich einen Spezialisten? Wie meinst du das?«

»Für deine Verhandlung vor dem Arbeitsgericht.«

»Du denkst, die zieht auch noch vors Arbeitsgericht?«

»Bombensicher«, meinte Thaler mit vergnügter Miene.

Max haute mit der Faust auf den Schreibtisch. »Da siehst du es, soweit sind wir gekommen!«

Ein Themawechsel war angebracht, weil sonst Gefahr bestand, daß sich die beiden, die in völlig unterschiedlichen politischen Lagern standen, noch in die Haare geraten wären. Albert Max war ein sogenannter ›Schwarzer‹, Karl Thaler ein ›Roter‹. Die dominierende Übereinstimmung zwischen den beiden bestand jedoch darin, daß sie Demokraten waren, und auf diesem Boden blühte ihre Freundschaft, über die sich die meisten Bekannten nur wundern konnten in einer Zeit, in der Toleranz ein mehr und mehr verkümmerndes Pflänzchen war.

»Du triffst dich also mit Vera«, sagte Max zu Thaler, der erwiderte: »Ja, übermorgen. Ich strebte das ja heute schon an, aber das ging ihr zu schnell; sie hatte keine Zeit.«

»Sagte sie dir, was sie heute macht?« fragte Max.

»Nein. Sie habe zu tun, meinte sie.«

Max grinste vor sich hin.

Nach einem Weilchen sagte er: »Wichtiger wäre ja gewesen, daß du dir die andere angelacht hättest.«

»Dazu bot sich keine Gelegenheit.«

»Du mußt aber das immer im Auge behalten.«

»Bleibt denn deine Absicht bestehen?«

»Natürlich.«

»Auch wenn sich herausstellt, daß die nicht Veras Freundin ist, sondern ihre Chefin?«

»Was könnte das daran ändern, daß sie mir gefällt? Außerdem ist doch beides möglich: daß sie die Chefin und Freundin ist.«

»Und warum sagt man dir das nicht?«

Diese Frage hatte Gewicht, das ließ sich nicht leugnen. Max zuckte mit den Schultern und seufzte.

»Das weiß ich nicht, Karl.«

Sonja und Vera führten, nachdem sich Karl Thaler von Vera verabschiedet hatte, zusammen wieder ein Gespräch, in dem ein bißchen Zündstoff schwelte. Es fing damit nicht Sonja an, die sich an ihr Versprechen, sich nicht mehr in Veras Privatangelegenheiten einzumischen, halten wollte. Es fing Vera an, die sagte: »Dir steht deine Verwunderung ins Gesicht geschrieben.«

»Meine Verwunderung? Worüber?«

»Über mich.«

»Ich weiß nicht, was du willst.«

»Komm, tu nicht so. Ich kenne dich, du bist schockiert über mein Verhalten.«

»Dein Verhalten ist deine Sache, Vera, darüber haben wir uns geeinigt und –«

»Du kannst nicht verstehen«, unterbrach Vera ihre Freundin, »daß ich die Einladung von dem angenommen habe.«

Sonja schwieg.

»Heute mit dem... übermorgen mit dem... beide sind befreundet... das ist dir unbegreiflich«, fuhr Vera fort.

Sonja brach ihr Schweigen immer noch nicht.

»Für dich käme so etwas nicht in Frage – oder?« ließ Vera nicht locker.

»Nein!« stieß Sonja hervor.

»Warum nicht?«

»Weil man das nicht tut.«

Etwas Besseres war Sonja in der Eile nicht eingefallen. Prompt ergoß sich Veras Spott über sie.

»Ach, weil man das nicht tut. Weißt du, was man noch alles nicht tut? Ich kann dir zwei Beispiele nennen: Meine Oma besuchte mich kürzlich und stellte entsetzt fest, daß ich eine eigene Wohnung habe. Ein behütetes junges Mädchen, sagte sie, mietet sich keine Wohnung, in der sie unbeaufsichtigt ist. Und als ich ihr von dir erzählte, sagte sie: ›Ein behütetes junges Mädchen führt kein eigenes Geschäft. Das überläßt sie den Männern.‹«

»Vera«, leistete Sonja einen Widerstand, der irgendwie matt wirkte, »du willst mich doch nicht mit deiner Großmutter auf eine Ebene stellen?«

»Manchmal verleitest du mich dazu.«

»Es ist ein Unterschied zwischen einem Geschäft, das ich führe, und Männern, die du reihenweise verkonsumierst.«

»Von letzterem zu sprechen, ist noch verfrüht – jedenfalls, wenn du die beiden meinst, deren Einladungen ich angenommen habe.«

»Ja, die meine ich! Und du wirst mir zugeben, daß jeder von denen dasselbe will von dir!«

»Ich hoffe es.«

»Vera!!«

»Dann ist es ja immer noch meine Entscheidung, wer von den beiden es kriegt.«

»Wahrscheinlich jeder«, sagte Sonja.

Vera, keineswegs beleidigt, schüttelte den Kopf.

»Das glaube ich nicht, Sonja.«

»Soll das heißen, daß du dich mit einem begnügen willst?«

Vera wiegte den Kopf. Das bedeutete: Sicher ist das noch nicht. Sonjas Empörung amüsierte Vera.

Sonja meinte es ernst, als sie fortfuhr: »Man sollte dir dein Spiel vereiteln, meine Liebe.«

»Dazu müßte erst mal jemand in der Lage sein«, spottete Vera.

Wütend antwortete Sonja: »Und das traust du niemandem zu?«

»Nein, meine Liebe.«

»Ich aber!«

»Wem denn?« fragte Vera. Mit unkontrollierter Geringschätzung in der Stimme setzte sie hinzu: »Dir vielleicht?«

Das war der entscheidende Schritt, den sie damit, ohne es eigentlich zu wollen, zu weit gegangen war. Sonja wurde plötzlich ganz ruhig, nickte, ging in ihr Refugium, gewann dort innerliche Klarheit, kam nach drei Minuten wieder zum Vorschein und sagte freundlich zu Vera: »Die ließen mich doch durch dich fragen, ob ich beim Segeln mitmache?«

Die Überraschung für Vera war erklärlicherweise groß. »Ja, warum?«

»Weil du ihnen sagen kannst, daß das der Fall ist.«

»Aber Sonja, wieso denn das so plötzlich?«

»Oder noch besser, gib mir von einem der beiden die Telefonnummer, dann sage ich ihm das selbst.«

»Und dein Versteckspiel? Wer ist Sonja Kronen? Wem gehört die Boutique? Und so weiter... Was ist damit?«

»Das fliegt dann auf, klar.«

»Spielt das auf einmal keine Rolle mehr für dich?«

»Schon«, nickte Sonja, setzte jedoch rasch in leichtem Ton hinzu: »Aber du selbst sagtest ja, daß ich dem viel zu-

110

viel Gewicht beimesse. Herr Max würde sich nur amüsieren.«

»Vielleicht doch nicht. Ich würde mir das an deiner Stelle noch einmal überlegen.«

»Sag mal«, wunderte sich Sonja, »warum willst du mir auf einmal das Ganze ausreden? Ursprünglich hast du doch einen ganz anderen Standpunkt vertreten?«

»Ich bin nur überrascht. Ausreden will ich dir gar nichts.«

»Dann gib mir die Nummer von einem der beiden.«

Veras Wahl fiel auf Karl Thaler. Sie schrieb dessen Telefonnummer auf einen Zettel und überreichte ihn Sonja, die ihrer Entschlossenheit Ausdruck verlieh, indem sie, ohne zu zögern, den Maler sofort anrief. Aber es wurde nicht abgehoben. Auch noch zwei weitere Versuche, die Sonja in größeren Zeitabständen folgen ließ, schlugen fehl.

»Am sichersten erreichst du ihn morgen früh, wenn alle Welt schon arbeitet und er noch schläft«, sagte Vera.

Nach dem Mittagessen hatte Sonja Geschäftsbesuch zu verzeichnen, der einen unerwarteten Verlauf nahm und von dem die beiden Mädchen, deren Beziehungen sich zu lockern drohten, wieder richtig zusammengeschweißt wurden.

Herr Becker kam, Ernst Becker. Er galt als wichtiger Vertreter einer Firma, von der Sonja Kronen, so lange sie finanziell noch auf wackligen Beinen stand, abhängig war. Sonja stand bei der Firma in der Kreide. Becker hatte sich sehr für Sonja eingesetzt. Das Resultat waren längere Zahlungsziele gewesen.

Sonja fand deshalb Becker erklärlicherweise sehr sympathisch. Er machte hohe Umsätze, verdiente dadurch viel Geld, aß und trank gerne gut und teuer, ergo wog er, obwohl er kaum mittelgroß war, mehr als zwei Zentner, schwitzte ständig, und er hätte Grund gehabt, mehr auf sein Herz zu achten. Das gleiche galt auch für seine Frau, die eine Unmenge Süßes in sich hineinstopfte und nicht verstehen konnte, daß sie unaufhaltsam zunahm und an Atemnot litt, obwohl sie doch ›keine Kartoffeln, kein Brot und auch nur ganz wenig Fleisch zu sich nahm‹. Die Liebe zwischen ihr und ihrem Mann blühte nur noch auf ihrer Seite. Ernst Becker schätzte an seinen Geschäftsreisen am meisten die Möglichkeiten, die sie ihm boten, seine Ehe vergessen zu können. Dazu war es aber in seinem Alter unerläßlich notwendig, daß er Partnerinnen fand, die erstens schöner waren als seine Gattin – nichts leichter als das – und zweitens jünger, viel, viel jünger. Sonja Kronen erfüllte beide Voraussetzungen.

Nachzutragen wäre noch, daß Ernst Becker ein Mann war, der, wenn er sich ein Ziel gesetzt hatte, dieses nicht mehr aus den Augen ließ und keine Skrupel hatte, bei Gelegenheit zur Sache zu kommen.

Sonja gab ihrer Freude Ausdruck, als sie ihn hereinkommen sah. Lächelnd ging sie ihm entgegen und sagte, daß sie den ganzen Tag schon das Gefühl gehabt habe, etwas Angenehmes zu erleben.

Sie schüttelten sich die Hände. Becker kannte Vera nicht und schenkte ihr auch keine Beachtung. Diejenige, welche er im Visier hatte, war Sonja und keine andere. Er wollte keine Zeit verlieren und teilte Sonja mit, daß er sie gerne zum Essen eingeladen hätte.

»Tut mir leid«, bedauerte Sonja, »heute abend besuchen mich zwei Damen vom Skigymnastikkurs.«

Becker teilte ihr daraufhin mit, daß sie sich in einem Irrtum befinde. Er denke an eine Einladung zum Mittagessen.

»Zum Mittagessen? Jetzt?« erwiderte Sonja überrascht.
»Ja.«

Sonja bedauerte erneut. Damit komme er zu spät, verriet sie ihm. Zu Mittag habe sie schon gegessen.

»Aber ich noch nicht«, sagte er lächelnd. »Sie können mir wenigstens Gesellschaft leisten.«

Sonja fühlte sich ein bißchen überfahren. Doch was sollte sie machen? Den netten Herrn Becker, dem sie allerhand verdankte, wollte sie nicht vor den Kopf stoßen.

Becker war sich seiner Sache sicher. Er ging schon voraus zur Tür, drehte sich dort um und wartete auf die nachkommende Sonja, die sich noch rasch vor den Spiegel stellte, an ihren Haaren herumzupfte, ein bißchen Rouge auflegte, ihre Lippen nachzog und dann in ihren Sommermantel schlüpfte. Dabei sagte sie leise zu Vera: »Das paßt mir jetzt gar nicht. Ich hätte dich gerne schon gehen lassen, damit du Besorgungen machen kannst. Deinen letzten Tag bei mir habe ich mir anders vorgestellt. Wir hätten hier auch gemeinsam Kaffee trinken können. Deine Hilfe war mir soviel wert, Vera, ich weiß gar nicht, wie das werden wird, wenn morgen die Neue kommt. Wahrscheinlich –«

»Geh schon, Sonja. Der wartet«, fiel ihr Vera ins Wort.

»Ich bin auf alle Fälle noch da, wenn du zurückkommst. Ich werde ja hier abgeholt.«

»Vielleicht haben wir dann noch Zeit für ein Täßchen Kaffee«, raunte ihr Sonja noch rasch zu und lief zur Tür, die ihr von dem schwitzenden Herrn Becker galant aufgehalten wurde.

Draußen stand im Halteverbot der dicke Mercedes des Vertreters. Becker schien also gewußt zu haben, daß er sich nicht lange in dem Laden würde aufhalten müssen.

Der Daimler war nun wirklich ein Flaggschiff: Speziallackierung, Spezialleder, spezielles Wurzelholz, spezielle Knöpfe – darin ein schwitzender Regensburger, dieser Arnulf Becker mit der Knollennase und dem Fleischgesicht, der nicht genug bekommen konnte, Sonja zu erklären, was für eine ›Wahnsinnsschaukel‹ das doch sei und wie billig er sie im Grunde bekommen habe.

Die ›Wahnsinnsschaukel‹ glitt durch Schwabing, und zwar Richtung Norden.

Sonja ließ das Thema ›Superschlitten‹ an sich vorüberrauschen. Sie hatte andere Sorgen: »Sagen Sie mal, lieber Herr Becker... wie ist das eigentlich mit der Herbstkollektion? Ich habe den Katalog durchgesehen. Also diese Tweedsachen – wirklich beeindruckend... Bestehen da denn Lieferaussichten?«

»Die bestehen immer – grundsätzlich.«

»Wie bitte?«

Der Dicke hob leicht die rechte Hand. Graublonde Härchen wuchsen darauf. Daumen und Zeigefinger machten die Geste des Bezahlens.

»Das ist das Grundsätzliche, liebe Sonja.«

Sonja schwieg bedrückt.

»Aber wollen wir denn wirklich von Geschäften reden?«

Von was denn sonst – du Schwein mit Ohren... Sie dachte es, sagen konnte sie es nicht.

Sie hatten das Ungererbad erreicht. Hier gab es noch einige Restaurants. Doch er fuhr daran vorbei. Bereits kam der Nordfriedhof in Sicht.

»Wo fahren wir denn hin, Herr Becker?«

Doch Becker fummelte am Kassettenapparat. Die sinnlich-süße Melodie eines Schmacht-Saxophons füllte den Fahrgastraum – aus vier Lautsprechern, wie er nicht vergaß zu erklären.

Den Mittleren Ring hatten sie längst hinter sich, dort vorne kam schon die Autobahnbrücke in Sicht. Will der mit dir nach Regensburg? Was will er überhaupt?

»Hören Sie, Herr Becker!« Verzweifelt verlegte Sonja sich aufs Lügen: »Ich habe Hunger. Und hier gibt's doch nirgends mehr was zu futtern. Wo wollen Sie denn hin?«

»Gleich, gleich, liebe Sonja.« Beckers Hand senkte sich auf ihre Knie. Sie konnte ihr nicht ausweichen, sie konnte die Knie nur zusammenpressen. Doch nun bog er ab. Er lenkte den Wagen in eine Seitenstraße, dann eine weitere Seitenstraße; noch enger wurde es, Vorstadthäuschen hinter Vorstadtvorgärtchen. Hinter einer Buschreihe das Dach eines Bungalows.

Becker stoppte.

»Aber das ist doch kein Restaurant, Herr Becker.«

»Nein, liebe Sonja, das ist es nicht. Aber zu essen gibt's trotzdem.« Er grinste stolz: »Dafür hab ich gesorgt. Glauben Sie, ich lasse jemand verhungern? Sehen Sie mich doch an. Schließlich, ich muß ja auch an mich denken, nicht wahr?«

Sie kannte diesen Bauch. Sie kannte ihn zur Genüge. Sie sah keinen Grund, ihn erneut zu mustern. Und noch weniger Verlangen verspürte sie, mit diesem Fettwanst um die Mittagszeit ein völlig fremdes Haus zu betreten. Nun, vielleicht hatte er mit Freunden etwas arrangiert? Denn daß er eine Wohnung in München besaß, davon hatte Becker ihr nie etwas erzählt.

Er riß die Wagentüre auf, rannte über den Bürgersteig, öffnete ein dunkelgrün lackiertes Gartentor und verkündete: »Immer rein in die gute Stube, Sonja! Ich mache Sie mit einem Geheimnis bekannt, das ich nur mit wenigen teile – mein Münchner Paradies!«

»Aha«, nickte Sonja und dachte verzweifelt: Was soll ich da drin? Die schlimmen Ahnungen, die sie von Anfang an gehabt hatte, verdichteten sich. Sie sah einen Garten, sie sah Rosenbüsche, Liegestühle, einen weißen Tisch. Sie nahm sogar die grauenhaft kitschigen Vorhänge hinter den Fensterscheiben wahr – und ihr Hals zog sich zusammen.

»Herr Becker...«, begann sie hilflos.

»Aber bitte, bitte, Sonja! Bitte, einzutreten. Ich habe uns

nicht nur einen kleinen Imbiß vorbereitet, ich habe auch einen ausgezeichneten Champagner. Ich dachte mir nämlich...«

»Was?!« Am liebsten hätte sie ihm sein fettes Grinsen aus dem Gesicht geschlagen.

»Ja nun, ist doch ganz einfach. Ich dachte mir, was brauchen wir uns in ein Lokal zu setzen, bei diesem herrlichen Tag, unter lauter Leuten, die einem vermutlich gar nicht liegen... Wie soll man da vernünftig reden? Das gibt doch keine Atmosphäre, nicht wahr?«

Zu was braucht der eine Atmosphäre, überlegte Sonja verzweifelt.

»Da ist doch der Bungalow viel geeigneter. Ich meine: Für uns viel geeigneter...«

Und jetzt zwinkerte er auch noch mit den Augen.

Er schloß die Haustüre auf. Sie blieb stur stehen. »Was ist denn? Sehen Sie, ich habe das Haus hier von einem Freund zur Verfügung gestellt bekommen. Einem sehr guten Freund. Er mußte für ein Jahr in die USA. Geschäftlich. – Nun, sehen Sie selbst... Kommen Sie doch. Fantastisch, oder?«

Was Sonja sah, war ein großer Raum. Das Licht, das durch die zugezogenen Vorhänge sickerte, dämpfte noch gnädig die schrecklichen Farben der Kitschbilder an den Wänden. Sie schluckte. Dies war kein Wohnzimmer, dies war eine Kathedrale des schlechten Geschmacks. In seinem Freund hatte Becker weiß Gott einen würdigen Partner.

»Aber was sollen wir hier? Draußen ist es doch viel schöner.«

»Finden Sie? Finden Sie wirklich? – Nun, zumindest müßten wir uns zuerst mal in die Küche bemühen. Aber machen Sie sich mal gar keine Sorgen. Erst mal ein Gläschen Schampus, das hebt die Stimmung.«

»Schampus?«

»Champagner, Sonja, jawohl, Champagner! Und ein ganz feines Fläschchen.«

Auch noch, dachte sie ohnmächtig.

»Jetzt?«

»Natürlich. Und zwar sofort. Wann denn sonst? Schließlich, wir haben doch was zu feiern.«

»So?«

»Aber natürlich... Verstehen Sie denn nicht? Unsere Gemeinsamkeit ist doch eine Feier wert, Sonja. Das hätten wir längst tun sollen... Aber jetzt – endlich!«

Der Korken knallte, flog in hohem Bogen bis zur Zimmerdecke, der Sekt schäumte, und Becker schwenkte ihr das Glas vor der Nase. Sein Gesicht mit den Hängebacken war nur schattenhaft, aber das Funkeln in den Augen konnte sie erkennen. Mein Gott, dachte Sonja, das gibt's doch nicht, das träumst du bloß – und lachte.

»Das hier war längst fällig, Sonja! Und überhaupt, wieso sind wir eigentlich noch immer beim Sie? – Nun komm doch ein bißchen näher, Kleines! Laß uns anstoßen, alte Partner, alte Freunde, die wir nun mal sind.«

Doch Sonja kam nicht näher, Sonja wich zurück. Die eine Hand hielt das Glas, die andere tastete. Nicht zu fassen ist das alles. Herrgott nochmal, wo ist die verdammte Tür? Ihre Hand suchte, aber statt der Klinke bekam sie nur ein Stück Vorhangstoff zu fassen.

»Unsere Gemeinsamkeit – jawohl, Sonja«, blubberte Becker und rückte immer näher. »Schließlich ist die ausbaufähig. Und wie ausbaufähig die ist. Auf allen Ebenen... Nicht nur geschäftlich. Nun trink doch. Prost!«

Er stöhnte verzückt. »Na? Nach so 'nem Schlückchen wird's einem doch gleich besser, findest du nicht? – Übrigens, ich heiße Ernst.«

Als ob sie das nicht wüßte. Von ihr aus konnte er Stalin heißen oder Wolfgang Amadeus Mozart – sie wollte nur noch eines: Raus, weg! Und wußte nicht wie.

Sie saß in der Falle. Und Becker schickte sich gerade an, sie zuschnappen zu lassen: »Ach, Sonja, Sonjachen! – Die Herbstkollektion interessiert dich also? Die Tweedsachen. Sind ja nun auch wirklich hübsch, diese Sächelchen... Ja nun, darüber ließe sich reden – unter Freunden...«

Wenn der glaubt, er könne mich für ein paar Wollfetzen ins Bett kriegen! Ja, spinnt der?

Schon drückte Beckers Hand auf ihrer Schulter. Schwer war sie und fettgepolstert. Sie spürte eine Gänsehaut über den Rücken kriechen und drehte sich geschickt zur Seite.

»Wir wollten doch...«

»Aber natürlich«, kicherte Becker. »Und ob wir wollen! Aber was wir ganz bestimmt nicht wollen, ist jetzt über Geschäfte reden. Es gibt viel angenehmere Themen.«

»Aber draußen im Garten...«

»Im Garten? Was sollen wir denn im Garten? Da kann ja jeder zugucken. Oder stehst du da drauf, Sonjachen? – Nun, ich bin zu allem bereit! Aber sagen wir mal, da bin ich zu konventionell, ein Schlafzimmer halt' ich noch immer für den geeignetsten Ort...«

Sie schluckte. Die Sprache blieb ihr weg. Na gut, was hatte sie schon erwartet? Aber daß er gleich nach dem ersten Glas Sekt...

»Ich habe Hunger«, behauptete sie. »Und bestimmt nicht aufs Schlafzimmer.«

»Ach, sei nicht so materialistisch. Nachher schmeckt's doch viel besser. Mit dem Spaß wächst auch der Appetit.«

Nachher... Spaß?!

»Prost!« Er hatte sein Glas leer, schenkte sich schon wieder voll, hatte nun die Hand gegen die Wand gestemmt, sein Kopf schaukelte über ihr, den Atem konnte sie schon riechen, der Bauch drückte gegen ihre Hüfte – und es gab keinen Ausweg!

»Bitte, Ernst, – lassen Sie uns doch mal vernünftig reden.«

»Tu' ich doch die ganze Zeit. Was gibt's denn schon Vernünftigeres, als ein bißchen Freude zu haben nach dem ganzen Streß und der ganzen Schinderei, findest du nicht? Ah, da fällt mir noch etwas ein... Nächste Woche habe ich frei. Und weißt du, was ich mache? Ich fliege nach Ibiza. High life! Blauer Himmel, schicke Lokale. Ich gehe ins ›Residencia‹, das ist eines der besten Hotels dort drüben. Kenne ich schon. Traumhaft, sage ich dir. Ein Riesen-Swimmingpool, der Strand ganz in der Nähe, die Piste im Haus; wenn du tanzen willst, brauchst du überhaupt nicht rauszugehen. Das Ding ist so schick, man fühlt sich so sauwohl, daß man Monate dort verbringen könnte.«

Er fuchtelte mit dem Glas: »...daß wir Monate dort verbringen könnten, Sonjachen. Du und ich. Aber leider, Monate geht ja nicht. Aber 'ne Woche, die knapst du dir doch ab?«

Ihr Hals war trocken. Sie schob ihn zur Seite. Er folgte. Der verdammte Vorhang. Wo ging's hier bloß raus? Sie näherte sich wieder der Wohnzimmertür.

Da packte er sie am Handgelenk und sagte: »Nicht da – dort drüben.«

»Was dort drüben?«

»Aber das weißt du doch, Schätzchen...«

Auch noch Schätzchen!

Es war soweit. Das Wort wurde zum Funken, der das Pulverfaß zur Detonation brachte.

»Schätzchen sagen Sie zu mir? – Was denn noch?! Sie haben wohl nicht mehr alle im Kasten, Sie bescheuerter Schmierfink, Sie verfetteter Ehekrüppel! Ja gucken Sie mal in den Spiegel. Bilden Sie sich vielleicht ein, ich... ich würde mit Ihnen... Da würde ich mich ja eher erschießen, als mit einem wildgewordenen Vertreter wie Sie einer sind nach Ibiza oder auch nur ins Bett zu gehen!«

Sonja hörte ihre Stimme, Sonja hörte sich schreien,

nein, sie kreischte richtiggehend. Sie sah seine Hand und dachte, der packt dich jetzt – und schlug danach, schrie nochmal, schrie: »Schmieren Sie sich Ihre Kollektion über die Glatze! Stecken Sie sie in die Hose oder sonstwohin!«

»Sonja...«

»Nichts Sonja! Es ist ausgesonjat.«

Und damit war sie an der Tür.

Sie riß sie auf, rannte durch den Korridor, stieß die Eingangstür auf, war draußen, sah den dicken Mercedes, stolperte, hätte sich vor lauter Zorn beinahe noch den Fuß verknackst – nun, weh tat's trotzdem –, humpelte also, humpelte an Vorgärten und neugierigen Gesichtern vorbei, spürte die Tränen in den Augen und dachte: Wegen so einem Schwein auch noch zu heulen, das wär nun wirklich das letzte!

Wie lange sie, gepeinigt von Empörung, Zorn und Angst – ja, auch von Angst, denn ihr war klar, daß nach diesem Auftritt in Kürze Binnen-Briefe von Beckers Firma ins Haus standen –, wie lange sie also rannte, ein Chaos von wildem Zorn und Furcht im Kopf, sie wußte es nicht.

Irgendwann sah sie ein Taxi heranrollen. Sie humpelte auf die Fahrbahn und riß den Arm hoch.

Der Fahrer schob die Türe auf: »Ist was passiert, Fräulein?«

Passiert? O Gott, ja, es war etwas passiert.

Vera hatte den beiden nachgeblickt, als diese in den Wagen gestiegen waren. Sonja, dachte sie, das ist einer der Nachteile deiner Selbständigkeit, diesem schwitzenden Fettwanst nicht sagen zu können, iß doch du, was oder wo du willst – aber ohne mich!

Vera glaubte nicht an eine baldige Wiederkehr Sonjas. Der wird die schon festhalten, sagte sie sich, diese Typen sind doch alle gleich. Würde mich nicht wundern, wenn er drei

Stunden lang fressen würde, immer wieder die ›charmante Gesellschaft‹ betonend, in der das geschah.

Vera verschätzte sich in zweifacher Hinsicht: Erstens in der Zeit, die sie da bis zur Rückkehr Sonjas ansetzte, und zweitens überhaupt in der Person Beckers. Es lag nicht in dessen Charakter, so lange zu fackeln...

»Sonja!« rief Vera überrascht und erschrocken zugleich.

Das war schon nach fünfzig Minuten der Fall. Sonja taumelte mehr als sie ging durch die Tür. Blaß, zitternd machte sie einen beklagenswerten Eindruck. Herr Becker war nicht zu sehen. Sonja war allein zurückgekommen, in einem Taxi.

»Sonja!« wiederholte Vera, auf sie zueilend. »Was ist passiert?«

»Dieses Schwein!« stieß Sonja mit bebenden Lippen hervor und fiel auf einen Stuhl nieder. »Weißt du, was der von mir wollte?«

Die Frage beantwortete schon Sonjas Zustand. »Ich kann's mir denken«, sagte Vera deshalb. »Im Auto?«

»Nein, da noch nicht, aber schon beim Champagner ließ er die Katze aus dem Sack. Du hättest den hören sollen, wie unverblümt und schockierend er das tat.«

»Nicht nötig«, meinte Vera. »Dazu reicht meine Fantasie von alleine aus.«

Plötzlich stiegen Sonja auch noch Tränen in die Augen, und sie begann zu weinen. Das schnitt Vera ins Herz – das Herz einer guten Freundin.

»Aber Sonja«, bemühte sie sich, dieser Trost zu spenden, »beruhige dich doch, so schlimm ist das ja gar nicht. Der Kerl hat das gleiche versucht wie tausend andere auch. Und du, du hast ihm was gepfiffen. Richtig passiert ist also gar nichts. Oder hat er dich angerührt?«

»Nein«, schüttelte Sonja so heftig den Kopf, daß ihre Locken flogen. Allein diese Vorstellung widerte sie im nachhinein noch an.

»Na also.«

Sonjas Kopf hielt still.

»Aber so einfach ist die Sache nicht, Vera.«

»Warum nicht?«

»Ich bin der Firma von dem etliche tausend Mark schuldig. Und die will er nun eintreiben.«

»Er?«

»Ja.«

»Gehört ihm denn die Firma oder vertritt er sie nur?«

»Er vertritt sie nur, aber er hat bei ihr einen enormen Einfluß. Das weiß ich aus den Tagen, in denen er sich dafür stark machte, daß mir erst mal ohne Bezahlung geliefert wurde.«

»Und jetzt will er, daß dir die Schlinge um den Hals gelegt wird?«

»Nachdem ich abgelehnt habe, mit ihm zu schlafen – ja.«

Unter solchen Umständen drohte Veras Verständnis für Sonja zu schwinden. Wenn das so ist, dachte sie, warum hast du dich denn dann geweigert, mit ihm zu schlafen? Wie lautete doch der berühmte Rat jener britischen Herzogin, deren wählerisches Töchterchen vor der Hochzeitsnacht mit einem aus ebenbürtigem Hause stammenden miesen Bräutigam stand? Die Augen zumachen und an England denken.

Das kann ich aber jetzt Sonja nicht sagen, dachte Vera, dafür ist sie nicht der Typ. Die würde mich nicht begreifen.

Und Veras ganzer Zorn wandte sich wieder Herrn Bekker zu.

»Kerle wie den«, sagte sie, »müßte man kastrieren.«

»Was mache ich nur?« jammerte Sonja.

»Du kannst das Geld nicht aufbringen?«

»So schnell nicht.«

Vera überlegte. Sie überprüfte in Gedanken ihre eige-

122

nen Finanzen, kam aber zu keinem verheißungsvollen Ergebnis. Sie verdiente zwar gut, in ihrer Art lag es jedoch auch, keine Rücklagen zu machen, sondern das, was sie verdiente, unbesorgt auszugeben. Zum Sparen fühlte sie sich noch nicht alt genug. So kam es, daß sie u. a. über guten – wenn auch nicht reichlichen – Schmuck verfügte und in ihrem kleinen Keller immer einige Flaschen Champagner lagerten.

»Sonja«, sagte sie, »für dich kommt es, wenn die erste Mahnung eingetroffen sein wird, darauf an, eine Verzögerungstaktik einzuschlagen. Ist dir das klar?«

»Ja«, sagte Sonja.

»Und was brauchst du dazu?«

Das wußte Sonja mindestens so gut wie Vera.

»Einen Anwalt«, sagte sie mit deprimierter Miene.

»Genau, Sonja.«

»Und wer bezahlt mir den?«

Damit biß sich die Katze wieder in den Schwanz.

»Von denen rührt doch keiner einen Finger für dich«, fuhr Sonja fort, »wenn du nicht von Anfang an blechst. Oder willst du das bestreiten?«

Nein, daran, das zu bestreiten, dachte Vera, die das Leben kannte, durchaus nicht, und dennoch sagte sie, um ihrer Freundin Mut zu machen: »Unser Verleih beschäftigt ständig drei Anwälte. Vielleicht gelingt es mir, mit einem zu reden.«

»Ach Vera«, winkte Sonja ab, »wie oft hast du mir schon gesagt, daß die größten Materialisten, die bei euch herumrennen, eure Anwälte sind?«

»Von einem unter ihnen verspreche ich mir etwas, Sonja.«

»So?«

»Der ist hinter mir her, weißt du.«

»Vera«, meinte Sonja verlegen, »ich kann doch von dir nicht genau das, was ich dem Becker verweigert habe, verlangen – äußerstenfalls, meine ich. Gerade das hat mich doch in meine Lage gebracht.«

Endlich mußte Vera wieder lachen, und das war ein gutes Zeichen für die Situation, die dadurch zu versprechen schien, daß sie sich wieder verbesserte.

»Denk doch nicht schon wieder gleich an das Schlimmste, Sonja«, sagte Vera. »Zu was ich mich da wieder einmal aufschwingen muß, das ist sozusagen ein Balanceakt, bei dem es den Absturz zu vermeiden gilt. Darin habe ich Übung.«

Als sich Albert Max zum Rendezvous mit Vera Lang einfand, kam ihm diese schon auf der Straße entgegen, so daß er dachte, er habe sich verspätet, und sich deshalb entschuldigte. Doch Vera konnte ihn beruhigen. Er sei absolut pünktlich, versicherte sie ihm. Eine Stunde vor Geschäftsschluß möge er kommen, sei abgemacht gewesen, und genau daran habe er sich gehalten.

Ein Blick auf die Uhr bestätigte dies.

Der Grund, warum Vera schon auf der Straße Albert entgegenkam, war der, daß sie ein Zusammentreffen Alberts mit Sonja im Laden zu verhindern trachtete. Auf ein solches wollte sie ihn in Anbetracht der neuen Lage, die inzwischen herrschte, erst geistig vorbereiten.

Zunächst wurde eingekauft, und zwar bei Dallmayr. Das geschah gegen den Widerstand Alberts, über den sich Vera aber hinwegsetzte. Als Albert darauf bestehen wollte, sich wenigstens an der Bezahlung der Delikatessen zu beteiligen, lachte sie ihn nur aus. Sie sagte: »Ich habe *dich* eingeladen, nicht du *mich*.«

»Dann muß ich mit dir ein offenes Wort sprechen«, erwiderte er.

»Bitte, tu das.«

»Du glaubst also, daß Dallmayr der richtige Laden für dich ist?«

»Warum nicht?«

»Wieviel verdienst du im Monat?«

»Dreieinhalbtausend.«

Vera hatte dies kaum gesagt, als ihr klar wurde, daß sie einen Fehler begangen hatte. Sie biß sich auf die Lippen. Zu spät.

»Dreieinhalbtausend? Als Verkäuferin?« erwiderte er.

»Verkäuferinnen können am Umsatz beteiligt sein«, erklärte sie.

Das war natürlich der Blödsinn in Potenz.

»Aha«, sagte Albert. »Und wie hoch liegt der bei euch? Wie hoch insgesamt? Erreicht er schon dreieinhalbtausend? Scheinbar ja, denn du kassierst ja soviel. Aber was bleibt dann noch für die Firma?«

Vera saß in der Falle. Sie seufzte.

»Über das Ganze«, sagte sie, »muß ich mit dir heute abend noch reden. Ich hatte dies ohnehin vor.«

Sie hätte dem auch gar nicht ausweichen können, nachdem er sie in Zukunft nicht mehr in Sonjas Boutique erreichen konnte, sondern an ihrer echten Arbeitsstelle. Lieber wäre es ihr allerdings gewesen, wenn sie das Albert ohne Druck hätte mitteilen können, und nicht, nachdem er sie, wie jetzt, in die Enge getrieben hatte.

Auf der Fahrt nach Ottobrunn erkundigte sich Vera nach Moritz.

»Erinnere mich nicht an den«, sagte Albert.

»Warum? Hat er schon wieder was ausgefressen?«

»Sicher bellt er sich in der Wohnung, zur Freude der Nachbarn, gerade wieder die Lunge aus dem Hals, weil ich nicht da bin.«

»Er ist halt sehr anhänglich.«

»Ich habe keine andere Wahl, als ihn –«

»Sag nicht schon wieder, daß du ihn einschläfern lassen willst«, unterbrach Vera. »Gib ihn weg, an einen guten Platz, das geht auch.«

Albert lachte bitter.

»Ich setze dir eine Prämie aus, Vera, wenn du mir jemanden findest, der diese Mißgeburt haben will.«

Auch beim Abendessen in Veras Wohnung, das natürlich hervorragend war, wurde kurz noch einmal das Thema ›Moritz‹ gestreift. Es blieben Speisereste übrig.

»Was machst du mit denen?« fragte Albert.

Dumme Frage, dachte Vera.

»Ich gebe sie in den Müll«, sagte sie.

»Hast du was dagegen, wenn ich sie mir einpacke?«

»Für den Hund?«

»Ja«, erwiderte er ein bißchen verlegen. »Weißt du, es wär' wieder einmal etwas anderes für ihn.«

Vera nickte. Sie lächelte. Ich habe mir da wohl gewisse Sorgen gemacht, dachte sie, die überflüssig sind.

Als sie den Tisch abräumte, war es Zeit zur Tagesschau. Albert fragte, ob er den Fernseher einschalten dürfe. Aus diesem war dann zu erfahren, daß die Zahl der Konkurse in der Bundesrepublik wachse. Nach der Tagesschau wurde der Apparat wieder abgeschaltet.

Albert Max trank von jeher zum Essen am liebsten Bier, und das hatte er auch heute getan. Den Gefallen, zu Champagner überzugehen, erwies er Vera, die von Anfang an dieses Getränk hatte servieren wollen, erst nach dem Essen.

»Schmeckt er dir?« fragte sie ihn nach dem ersten Glas.

»Und wie!« antwortete er. »Er ist ja auch so ungefähr das Teuerste, was auf diesem Sektor angeboten wird. Siehst du, und das erinnert mich wieder an unser Gespräch, als wir aus dem Dallmayr herausgingen. Du wolltest es heute abend noch fortsetzen. Wann? Jetzt? Oder erst später?«

Vera zögerte nur einen kurzen Moment.

»Jetzt«, sagte sie dann entschlossen, zündete sich eine

Zigarette an und fing, als diese brannte, an: »Ich bin gar keine Verkäuferin...«

Dann verstummte sie auch schon wieder und blickte ihn erwartungsvoll an. Sie hatte gedacht, daß ihn diese Mitteilung sozusagen vom Stuhl reißen würde. Doch nichts geschah, nicht einmal der kleinste Laut der Überraschung entfloh Alberts Mund.

»Du sagst ja gar nichts?« fragte sie ihn perplex.

»Nein«, erwiderte er gleichmütig.

»Überrascht dich denn das nicht?«

»Daß du keine Verkäuferin bist?«

»Ja.«

»Du wirst lachen, etwas Ähnliches hatte ich mir schon gedacht.«

»Warum? War ich denn als solche so schlecht?« Vera war sichtlich enttäuscht. »Ich dachte, ich hätte das ganz gut gemacht.«

»Das hast du auch – bis auf ein paar Kleinigkeiten: dein Lebensstil zum Beispiel. Der gab zu Zweifeln Anlaß.«

»Soso«, sagte Vera und setzte hinzu: »Das werde ich mir merken müssen, wenn ich dort wieder einspringe...«

»Bei Sonja, meinst du?« fragte er.

»Ja.«

»Deiner Chefin?«

»Ja.«

»Und welche Sonja ist deine Freundin?«

»Die gleiche«, sagte Vera, wobei sie zugleich dachte: Und das *muß* ihn aber jetzt umhauen.

Doch wieder erfüllte sich ihre Erwartung nicht. Albert stellte nur eine absurde Frage.

»Führt sie Sozialbeiträge für dich ab?«

»Ob sie was tut?«

»Ob sie Sozialbeiträge für dich abführt?«

»Ich verstehe nicht.«

»Wenn sie das nämlich *nicht* tut, ist sie keine wahre Freundin.«

»Albert, was redest du da für Quatsch?«

»Außerdem macht sie sich damit auch noch strafbar.«

»Höf auf!«

»Das ist nicht so unwichtig, wie du vielleicht denkst.«

»Ich weiß, was du meinst, aber die muß vorläufig froh sein um jede Mark, die sie sich ersparen kann, und das ist einzig und allein für mich entscheidend. Verstehst du? Außerdem werden meine Sozialbeiträge von einer anderen Seite aus bezahlt.«

»Soso.«

Vera holte die Champagnerflasche aus dem Sektkübel. »Darf ich dir nachschenken?«

Er nickte, fragte sie aber dabei: »Von welcher Stelle werden deine Sozialbeiträge bezahlt?«

»Von meiner Firma, bei der ich regulär arbeite.«

»Nicht als Freundin?«

»Nein – ich sage ja: regulär.«

»Und was ist das für eine Firma?«

»Der UNION-Filmverleih.«

»Was machst du bei dem?«

»Ich bin die Pressechefin«, erklärte Vera und setze hinzu: »Das gehört alles zu der Generalbeichte, die ich dir heute sowieso ablegen wollte, denn bei Sonja werde ich vorläufig nicht mehr anzutreffen sein. Mein Urlaub, in dem ich ihr geholfen habe, ist zu Ende. Ab sofort findet man mich wieder beim UNION-Verleih. Du weißt, wo der ist?«

»Am Lenbachplatz, ja.« Albert schüttelte zweifelnd den Kopf. »Du hast der deinen ganzen Urlaub geopfert?«

»Fast den ganzen.«

»Wahnsinn!«

»Wieso Wahnsinn? Ich hoffe, du hast schon mal was von Freundschaft gehört?«

»Gewiß, aber was geschieht denn jetzt, nach deinem Ausfall in der Boutique?«

»Sonja hat eine echte Verkäuferin engagiert, die morgen anfängt.«

»Siehst du, das wäre von Anfang an das Richtige gewesen, dann müßte nicht jetzt erst wieder eine Neue eingearbeitet werden. Und außerdem hättest du etwas von deinem Urlaub gehabt.«

»Der reut mich aber nicht.«

Er schüttelte wieder den Kopf, während er sagte: »Wenn das deine Einstellung ist, dann kannst du ja das nächstemal auch bei mir einspringen.«

»Gerne«, sagte Vera rasch. »Als was?«

»Als Stenotypistin. Oder gar als Sekretärin. Jedenfalls nicht als Verkäuferin.«

»Hört sich passabel an.«

»Die Sozialbeiträge würden auch entrichtet.«

»Ist ja fantastisch«, lachte Vera. »Von wem?«

»Von deinem Interimschef.«

»Und was macht der?«

»Wie – was macht der?«

»Welchen Beruf übt der aus? . . . Damit ich mich auf ihn einstellen kann.«

Albert staunte.

»Das weißt du noch nicht?«

»Nein, es wurde mir noch nicht gesagt.«

Er dachte rasch nach und kam zu dem Ergebnis, daß sie recht hatte.

»Entschuldige«, sagte er daraufhin. »Ich bin Rechtsanwalt . . . aber«, unterbrach er sich, »habe ich dir das, ehe ich nach Frankfurt fuhr, nicht doch gesagt?«

Sie schüttelte den Kopf: »Nein.«

»Nicht? Das wundert mich sehr. Ich war der Meinung –«

»Rechtsanwalt bist du?« schnitt sie ihm das Wort ab.

»Ja.«

»Ein guter natürlich?«

»Der beste«, grinste er.

»Dann kann sie dich brauchen.«

»Wer ›sie‹?«

»Sonja Kronen.«

»Deine Freundin?«

»Ja.«

Albert Max wußte nicht gleich, was er darauf sagen sollte. Einerseits sah er ganz unerwartet die Gelegenheit, an das tollste Mädchen, dem er je begegnet zu sein glaubte, heranzukommen; andererseits war ihm klar, daß ihm für den beruflichen Einsatz, um den er dabei nicht herumkam, kein großes Honorar winkte – wenn überhaupt eines.

»Vera«, sagte er, »darf ich vorab etwas klären, ehe du fortfährst?«

»Bitte.«

»Ich bin kein Wohlfahrtsinstitut. Ich könnte es mir auch gar nicht leisten, eines zu sein. Meine Praxis ist noch jung, die Einrichtung kostet viel Geld, und ich –«

Vera winkte ab.

»Vergiß es.« Sie seufzte. »Dann müssen wir eben einen anderen finden. Wenn nur der Kerl, den ich dazu bringen könnte, nicht ein solcher... solcher... Schürzenjäger wäre.«

»Schürzenjäger?«

»Ein widerlicher.«

»Willst du damit sagen, daß...« Er brach ab und begann noch einmal: »Willst du damit auf eine bestimmte Art anspielen, wie der sich honorieren läßt?«

»Von attraktiven jungen Frauen, ja«, sagte Vera, »die mittellos sind.«

Albert Max unterließ es, zu erklären, daß er sich so etwas von einem Rechtsanwalt nicht vorstellen könne, sondern sagte vielmehr: »Wieder ein solches Schwein! Ich hoffe aber, daß sich deine Freundin auf so etwas nicht einläßt.«

Veras Seufzer wurden tiefer.

»Das mußt du mehr von *mir* hoffen als von ihr.«

»Wieso von dir?«

»Weil *ich* diejenige bin, die den kennt. Hinter mir ist der schon lange her. *Ich* müßte mich also für Sonja opfern – wenn ich das wollte«, setzte sie einschränkend hinzu.

Albert erhob sich, ging zum Fenster, blickte in die Dunkelheit hinaus, die sich inzwischen auf das Land herniedergesenkt hatte, faßte einen Entschluß und sagte, mit dem Rücken zu Vera: »Weder an dich noch an deine Freundin wird der seine schmutzigen Finger legen können! *Ich* mache das! Ich –«

Vera lachte laut auf.

Er drehte sich herum zu ihr.

»Warum lachst du?«

»Weil du sagtest, *du* legst deine schmutzigen Finger an uns.«

Nun lachte auch er.

»Du weißt, wie ich das meinte«, sagte er.

»Daß du Sonjas Mandat übernehmen willst?«

»Ja.«

»Obwohl du kein Wohlfahrtsinstitut bist?«

»Obwohl ich das nicht bin.«

Auch Vera stand auf und kam zum Fenster, wo sich die beiden nun gegenüberstanden. Sie legte ihm die Arme um den Hals, zog seinen Kopf zu ihr herunter und begann ihn nach Vera-Art zu küssen. Das war eine heiße Sache und harmonierte wunderbar mit der Albert-Art, in der er antwortete. Zwischendurch sagte Vera: »Du... du sollst... trotzdem... auf deine... Rechnung kommen...«

»Wie denn?«

»Durch... mein... Opfer.«

Er löste sich kurz von ihr.

»Aber dann wäre ich ja der gleiche wie der andere.«

»Nein.«

»Wieso nicht?«

Vera nahm das Spiel, das Albert unterbrochen hatte, wieder auf, verschärfte es noch, indem sie ihm den Reißverschluß der Hose öffnete. Unter Küssen, auf die sie dabei nicht vergaß, sagte sie: »Weißt du, etwas, das... man beim einen... verabscheut, aber beim anderen... ersehnt, kann nicht... das gleiche sein.«

Er hatte ihr schon die halbe Bluse aufgeknöpft, mit der anderen Hand streifte er ihr den Rock hoch.

Was war Reaktion, was Gegenreaktion? Vera mit dem Reißverschluß von ihm – Albert mit Veras Bluse und ihrem Rock?

Oder umgekehrt; fing er an, folgte sie ihm?

Keiner der beiden hätte die Frage beantworten können – oder wollen.

Als Vera fühlte, daß ihre Finger die erste Etappe erreicht hatten, läutete sie die zweite und dritte und alle folgenden ein, indem sie sagte: »Oh... der Trieb läßt aber auch hier nichts zu wünschen übrig.«

An Laszivität stand ihr Albert nicht nach.

»Dasselbe«, erklärte er, die Signale, die ihn über seine Finger erreichten, in Worte kleidend, »wollte ich soeben auch von dir sagen.«

Der Weg ins Schlafzimmer wäre ihnen zu weit gewesen, sie schafften noch die Strecke bis zur Couch, die dann wieder einmal den Nachweis zu erbringen hatte, daß sie auch für das, was nun erfolgte, geschaffen war.

Danach erst zogen sich beide vollständig aus; vorher hätte das jedem zu lange gedauert. Dann suchten sie Veras Schlafzimmer auf, dessen Mittelpunkt eines jener Betten war, von denen die Welt glaubt, daß sie ›französisch‹ sind. Sollte dem wirklich so sein, dann dürfen die

Franzosen für sich in Anspruch nehmen, daß sie die Völker nicht nur mit Napoleon, der Geißel Europas, beschert haben, sondern auch mit einem Erzeugnis, dem nur die positivsten Eigenschaften zuzusprechen sind.

Nackt, bei weitem noch nicht satt, aber nicht mehr ganz so heißhungrig wie zuvor lagen Vera und Albert nebeneinander und hörten gegenseitig den Geräuschen zu, die des Lebens sind. Albert atmete tief und langsam, Vera flacher und rascher als er. Sein Herz schlug kräftig, es pochte gegen die Rippen, an die Vera ihr Ohr preßte. Von ihrem eigenen Herzen hatte Vera den Eindruck, daß es hüpfte und sprang – vor Glück. Doch das tat es mehr oder minder immer, wenn sie mit einem Mann, in den sie verliebt war, im Bett lag.

Albert räusperte sich.

»Vera.«

»Ja?«

»Es war fantastisch.«

»Das finde ich auch.«

»Würdest du mir aber nun auch in Einzelheiten den Umstand schildern, dem ich das zu verdanken habe?«

»Den Umstand?« Ihre Stimme klang befremdet. »Was meinst du?«

Er schob sich auf einen Ellenbogen, stützte das Kinn auf die Hand und blickte auf sie hinunter.

»Ich sollte doch auf meine Rechnung kommen, sagtest du – und das bin ich. Aber wofür? In welcher Angelegenheit braucht mich deine Freundin?«

Vera setzte sich auf, dadurch blickte sie auf ihn hinunter, und er war wieder buchstäblich der Unterlegene.

»Sie wird erpreßt, Liebling.«

»Erpreßt?«

»Erpreßt, ja.«

»Mädchen«, stieß er hervor, »weißt du, was du da sagst?«

»Sehr gut weiß ich das.«

»Und warum geht sie dann nicht zum nächsten Polizei-
revier und erstattet Anzeige?«

»Nein, Albert«, meinte Vera daraufhin, »so einfach ist
das nicht...«

»Warum nicht?«

Vera berichtete vom Besuch des Vertreters Ernst Becker
in der Boutique Sonja. Sie ließ keinen guten Faden an ihm,
regte sich sehr auf und steigerte sich in eine allumfassende
Empörung hinein, in der sie zum Schluß ausrief: »Die sind
doch alle gleich!«

»Wer?« fragte Albert.

»Die Männer!«

»Komm, übertreibe nicht«, sagte er, »es gibt auch andere.«

»Wen?«

»Mich zum Beispiel.«

Dabei griff er nach ihr, zog sie an sich und drang rasch
und glatt in sie ein, was natürlich nur möglich war, weil
sie ihm keinerlei Widerstand entgegensetzte, sondern in
jeder Form die nötige Beihilfe leistete. Nun liebten sie sich
etwas weniger stürmisch, aber dafür um so kunstvoller.
Als es vorbei war, sagte Vera: »Es stimmt.«

»Was stimmt?« fragte er.

»Daß es auch andere gibt – dich zum Beispiel.«

Er grinste.

»Sollte das etwa anzüglich gemeint sein?«

»O nein, überhaupt nicht«, beteuerte sie unschuldig.

»Doch, doch, ich ahne, welcher Ausdruck dir auf der
Zunge liegt, um mein Gewissen mit ihm zu belasten.«

»Welcher denn?«

»Der Ausdruck ›paradox‹.«

»Paradox? Was heißt das?«

»Das weißt du genau.«

»Nein«, log sie. »Ich schwöre, ich weiß es nicht.«

Der alberne Dialog machte beiden Spaß.

»Paradox heißt widersinnig«, sagte er.

»Dann ängstigst du dich also, da ich zwischen deinen Worten und deinen Taten einen Widersinn sehen könnte?«

»So ist es.«

»Darf ich darüber nachdenken?«

»Wie lange?«

»Bis morgen früh.«

Nackt, Haut an Haut, schliefen sie ein. Das Licht blieb brennen. Das Eis im Sektkübel auf dem Wohnzimmertisch zerschmolz, der Champagner in der angebrochenen Flasche wurde schal. Die Zimmertüren standen offen. Der Kühlschrank in der Küche knackte vernehmlich durch die ganze Wohnung. Trotz all dieser Umstände schlummerten die beiden tief bis zum Sonnenaufgang. Vera regte sich als erste. Als dadurch auch Albert wach wurde, knüpfte er nahtlos an die letzten Worte, die zwischen ihnen vor dem Einschlafen gewechselt worden waren, an, indem er fragte: »Hast du nachgedacht?«

»Ja.«

»Bist du zu einem Resultat gekommen?«

»Ja.«

»Wie lautet es?«

Vera drängte sich an ihn, und das Resultat lautete so: »Sei bitte wieder paradox, Liebling.«

Eine eherne Lebensregel sagt: ›Erst die Arbeit, dann das Vergnügen.‹ Gar so ehern ist die aber nicht, sehr oft wird sie auch umgedreht: ›Erst das Vergnügen, dann die Arbeit.‹ Auch Albert und Vera fanden an diesem Morgen an der Umkehrung der Regel Gefallen, ehe sie – spät genug – gegen neun in die Stadt fuhren, um sich an den Stätten ihrer jeweiligen Pflicht einzufinden.

Unterwegs schob Albert etwas in Veras Manteltasche.

Vera fragte: »Was ist das?«

»Zweimal meine Karte«, erwiderte er. »Eine für dich, eine für deine Freundin. Sie soll mich anrufen, wenn sie Zeit hat, zu mir in die Kanzlei zu kommen. Dann gebe ich ihr einen Termin. Sag ihr aber, daß es falsch wäre, die Sache auf die lange Bank zu schieben. Diesem Kerl... wie heißt er? Becker? ...«

»Ja«, nickte Vera.

»... muß in den Arm gefallen werden, ehe er den Stein ins Rollen bringt. Also sag ihr: je eher, um so besser.«

»Mach' ich.«

Ehe sich die zwei in München trennten, fragte Vera: »Wann sehen wir uns wieder?«

Er zuckte die Achseln.

»Das kann ich jetzt noch nicht sagen. Ich rufe dich an.«

»Aber nicht übermorgen abend.«

»Warum nicht?«

»Da führt mich dein Freund aus.«

»Karl Thaler?« tat er erstaunt.

»Ja. Oder hast du dagegen etwas?«

»Nein, nein. Wohin geht ihr denn?«

»Das weiß ich nicht«, lachte Vera. »Er schlug mir ein wüstes Lokal vor, aber ich habe versucht, ihm das auszureden.«

»Ein wüstes Lokal?«

»Ja, seine Stammkneipe«, sagte sie. »Eure, schätze ich. Oder trifft das auf dich nicht zu?«

»Doch«, grinste er und setzte hinzu: »Aber daß du dich gegen die gesträubt hast, war instinktiv ganz richtig von dir.«

Sonja Kronen kam noch am gleichen Tag zu Albert Max in die Kanzlei. Sie sah darin keinen Canossagang, aber erklärlicherweise auch kein Unternehmen, das ihr Vergnügen bereitet hätte. Es wäre ihr lieber gewesen, davon Abstand nehmen zu können, doch dem Zwang der Verhältnisse, dem sie sich ausgesetzt sah, vermochte sie sich nicht zu entziehen. Die Situation, in der sie sich befand, ließ ihr keinen Ausweg offen.

»Herr Doktor«, sagte sie nach der Begrüßung, »ich bin Ihnen wohl eine Erklärung schuldig...«

»Nein.«

»Aber mein Versteckspiel Ihnen gegenüber...«

Er hob die Hand.

»Ich weiß«, sagte er, »wie so etwas manchmal entsteht... durch Zufall, der erst sogar Spaß macht, und dann kommt man nicht mehr aus der Sache raus... War es nicht so zwischen uns beiden?«

»Ja«, sagte Sonja erleichtert.

Nett von ihm, fand sie, wie er das aus der Welt schafft. Revanchist ist er keiner. Wenn er einer wäre, hätte er ja jetzt Gelegenheit gehabt, sich ein bißchen aufzuspielen. Er verzichtet darauf. Nett von ihm.

»Fräulein Kronen«, begann er sachlich, »was führt Sie zu mir?«

»Ich... ich dachte«, stotterte sie ein wenig, da sie sich von dieser Frage überrascht fühlte, »das hat Ihnen meine Freundin schon gesagt?«

»Sie werden erpreßt?«

»Ja.«

»Denken Sie?«

Noch überraschter starrte sie ihn an, dann erwiderte sie ziemlich gestelzt: »Ja... Oder zweifeln Sie an der Wahrheit meiner Worte?«

»Durchaus nicht«, versicherte er ihr mit einem beruhigenden Lächeln. »Aber was Sie die Wahrheit Ihrer Worte nennen, das ist Ihre subjektive Einschätzung eines Tatbestands, dem es möglicherweise an ausreichenden Merkmalen fehlt, um ihn strafrechtlich relevant zu machen. Verstehen Sie, was ich meine?«

»Nein«, seufzte Sonja.

»Also«, lachte er, »Sie werden rasch dahinterkommen, wenn Sie meine Fragen beantworten. Die eine oder andere mag Ihnen unangenehm erscheinen, aber ich muß sie Ihnen stellen, das läßt sich nicht umgehen.«

»Bitte, fragen Sie.«

»Hat der Kerl Ihnen wirklich das Messer auf die Brust gesetzt?«

»Ja.«

»Eindeutig?«

»Ja.«

»Er hat also das eine vom anderen abhängig gemacht.«

»Wie ... wie meinen Sie das: das eine vom anderen abhängig gemacht?«

Ein erstes Zögern hatte aufkommende Unsicherheit Sonjas erkennen lassen.

Albert Max fragte: »Hat er klipp und klar gesagt: ›Wenn Sie mir nicht sexuell gefällig sind, treibe ich Sie in den finanziellen Ruin.‹?«

»Nein«, entgegnete Sonja, »so hat er das natürlich nicht gesagt.«

»Nun«, konnte Albert einen Anflug von Ironie nicht unterdrücken, »wie hat er es denn natürlich gesagt?«

Prompt errötete Sonja ein bißchen.

»Er gab mir zu verstehen –«

»Er gab Ihnen zu verstehen«, fiel Albert ihr ins Wort. »Wie denn? Durch die Blume? Oder auf die harte Tour?«

»Ich weiß nicht, was Sie unter ›Blume‹ verstehen ... oder unter ›harter Tour‹? Wie weit geht das eine, wann fängt das andere an?«

»Was hat er wörtlich zu Ihnen gesagt?«

Sonja hatte ihr anfängliches Urteil über Albert schon revidiert. Inzwischen fand sie ihn nicht mehr nett. Zwar sah er noch genauso gut aus wie in der ersten Minute, aber seine Art behagte ihr nicht mehr. Sie empfand ihn als barsch, geschäftsmäßig, indiskret. Er heizt *mir* ein statt diesem Kerl, wegen dem ich hergekommen bin, dachte sie. Die Verwechslung, der Sonja erlag, war die zwischen einem Beichtvater und einem Rechtsanwalt. Unwillkürlich war ihr der seelische Trost, den sie erwartete, wichtiger als nüchterner juristischer Beistand. In einem Ton, der anfing, widerspenstig zu werden, antwortete sie: »Wörtlich hat er gesagt, daß seine Firma von mir Geld sehen will. Das war seine Einleitung.«

»Aha.« Albert nickte mehrmals. »Genauso habe ich mir das auch gedacht. Die Reihenfolge ist entscheidend...«

»Die Reihenfolge?«

Nach einer kurzen Pause, in der Albert seine Mandantin kopfnickend anblickte, sagte er: »Wollen Sie Hellseherei erleben? Soll ich Ihnen sagen, was dann bei ihm kam?«

Sie nickte, und er fuhr fort: »Dann erklärte er Ihnen, daß er sich für Sie einsetzen werde. Die Firma sehe das aber von ihren Vertretern gar nicht mehr gerne; er schade sich also damit selbst. Trotzdem wolle er es tun, freilich bedürfe es dazu einer entsprechenden Ermunterung Ihrerseits. Das wäre nicht mehr als recht und billig. Ganz umsonst gebe es nichts auf der Welt. Sollten Sie allerdings anderer Meinung sein, würde er sich aus allem raushalten und sich nicht selbst bei der Firma schädigen. Die Kugel, die jeden Augenblick ins Rollen zu kommen drohe, könne dann keiner mehr aufhalten. War es so, Fräulein Kronen?«

Sonjas Verblüffung war, während er gesprochen hatte, größer und größer geworden.

»Ja«, erwiderte sie. »Woher wissen Sie das alles?«

Er winkte mit der Hand und witzelte: »Ich sagte Ihnen ja, ich bin Hellseher.«

»Aber etwas haben Sie vergessen.«

»Was?«

»Daß er mir auch einen gemeinsamen Urlaub auf Ibiza vorgeschlagen hat. Auf seine Kosten.«

»Wie großzügig!« meinte Albert. »Und einen solchen Mann bezeichnen Sie als Erpresser.«

»Ist er denn das nicht?« antwortete Sonja, wieder unsicher geworden.

»Der dreckigste, den es gibt, Fräulein Kronen. Aber auch der ausgekochteste. Sehen Sie, das habe ich gemeint mit den Tatbestandsmerkmalen, die nicht ausreichen könnten. Vor Gericht kommen wir damit nicht durch. Dort muß eine Erpressung anders aussehen – härter, plumper, wenn Sie so wollen, verstehen Sie? –, wenn eine Verurteilung erreicht werden soll. Außerdem haben Sie keinen Zeugen, keine Beweise. Sie waren mit dem allein. Schriftliches existiert nichts. Dem würde es also nicht schwerfallen, alles abzustreiten und Sie sogar noch mit einer Gegenanzeige zu überziehen. Wegen falscher Anschuldigung. Das wäre das Resultat, das man befürchten müßte.«

»Aber wenn seine Firma nun wirklich in nächster Zeit auf Zahlung drängt, wäre das denn auch noch kein Beweis?«

»Kein starker, aber immerhin einer – vorausgesetzt Sie sind in der Lage, nachzuweisen, daß der Druck, der auf Sie ausgeübt wird, auf Initiative dieses Kerls zurückzuführen ist. Könnten Sie sich vorstellen, dazu imstande zu sein?«

»Nein«, antwortete Sonja deprimiert. »Ich sitze ja nicht in der Firma, um mir die nötigen Informationen beschaffen zu können.«

»Sehen Sie.« Er schüttelte den Kopf. »Von einer Anzeige verspreche ich mir deshalb nichts. Das muß anders laufen.«

»Wie denn?«

»Wir vermasseln ihm die Tour bei seiner Firma. Wir drohen ihm an, ihn bei der auszuhebeln, wenn das eintreten sollte, was er angekündigt hat – wenn also in nächster Zeit

Zahlungsaufforderungen an Sie ergehen. Ich schreibe ihm einen entsprechenden Brief, von dem ein Durchschlag bei mir hier liegenbleibt und im Bedarfsfalle an die Firma abgeschickt wird. Ob der Bedarfsfall akut wird oder nicht, habe er in der Hand, werde ich ihm mitteilen. Einverstanden, Fräulein Kronen? Das wäre mein Vorschlag, wie wir vorgehen sollten. Dazu bräuchte ich die Adresse des Ganoven von Ihnen. Das Betrübliche bei dem Ganzen ist freilich, daß dem Kerl das Gefängnis erspart bleibt.«

»Ach«, meinte Sonja erleichtert, »wenn mir nur mein Geschäft nicht in Gefahr gerät. Alles andere ist mir egal.«

Dann nannte sie ihm Beckers Privatadresse in Regensburg, die ihr bekannt war, weil sie der Vertreter schon früher mehrmals zu sich nach Hause eingeladen hatte – natürlich immer ›in allen Ehren‹, in Wirklichkeit aber stets dann, wenn seine rheumakranke Frau auf Kur war oder zu Besuch bei ihrer alten Mutter in Dresden weilte. Das geschah jedes Jahr zweimal.

»Herr Doktor«, sagte Sonja, nachdem diesem Punkt nun nicht mehr länger auszuweichen war, »was bin ich Ihnen schuldig?«

»Nichts«, antwortete er auf dieses klassische Beispiel einer pro forma-Frage.

»Aber –«

»Darüber habe ich mit Ihrer Freundin eine Vereinbarung getroffen, die Sie jeder Verpflichtung enthebt.«

»Davon hat sie mir nichts gesagt«, log Sonja.

Selbstverständlich hat sie dir das gesagt, dachte Albert. Du schwindelst. Das steht dir ins Gesicht geschrieben. Wenn die dir das nicht gesagt hätte, müßte ich daran zweifeln, daß ich die Frauen kenne.

Alberts Annahme stimmte. Vera hatte am Telefon Sonja gegenüber kein Geheimnis aus dem Geschehen in ihrer Wohnung in der vergangenen Nacht gemacht. Sie hatte darin die wirksamste Maßnahme gesehen, um Albert bei

141

Sonja zu blockieren, falls dazu Veranlassung bestehen sollte; falls nicht, um so besser.

»Ihre Freundin«, sagte Albert zu Sonja, »hat es mir unmöglich gemacht, mich an Ihrer Situation uninteressiert zu erklären.«

»Vera«, erklärte Sonja mit undurchdringlicher Miene, tut soviel für mich. Manchmal«, setzte sie hinzu, »zuviel.«

Sie blickte ihn an, er sie.

»Wie macht sich die Neue in Ihrem Laden?« fragte er dann.

»In meiner Boutique«, korrigierte sie ihn unnachsichtig. »Nun, so rasch kann man das noch nicht sagen. Es war ja heute erst der erste Tag für sie.«

»Hoffentlich werden Sie mit ihr zufrieden sein.«

»Das hoffe ich auch. Ich ließ sie heute ungern allein und bin deshalb schon ganz unruhig. Es wird hier höchste Zeit für mich.« Sie erhob sich, um ihren Worten Nachdruck zu verleihen. »Noch eins, Herr Doktor...«

»Ja?«

»Ich habe gestern mehrmals versucht, telefonisch Herrn Thaler zu erreichen...«

»Herrn Thaler?« fragte Albert überrascht.

»Ja, vergebens, und heute kam ich noch nicht dazu«, erwiderte sie. »Ich wollte ihm etwas mitteilen, das ich nun auch bei Ihnen loswerden kann...«

»Natürlich, was denn?«

»Das gleiche«, lächelte sie, »das auch Sie interessieren wird. Sie und Ihr Freund hatten doch die Absicht, mich für den Segelsport zu gewinnen...«

»Aber ja!« meinte er.

»Gilt das noch?«

»Aber ja!«

»Dann mache ich mit.«

Albert klatschte in die Hände wie ein kleiner Junge.

»Prima!« freute er sich. »Weiß auch Vera das schon?«

»Ja.«

»Seit wann?«

»Seit gestern.«

Er schwieg.

Nach zwei, drei Sekunden meinte Sonja: »Deshalb hätte ich eigentlich damit gerechnet, daß sie Ihnen das schon gesagt hätte.«

Damit hätte ich, wenn ich's gewußt hätte, allerdings auch gerechnet, dachte er. Warum hat sie mir das vorenthalten? Es gibt nur eine Erklärung: Sie hat eine Gefahr gesehen, daß ich mit ihr nicht ins Bett gegangen wäre. Und warum nicht? Weil ich mir, ihrer Befürchtung nach, Aussichten auf Sonja eingebildet hätte? Wäre das der Fall gewesen? Ganz sicher, ja, aber geschlafen hätte ich trotzdem mit Vera, denn wie lautet das berühmte Sprichwort, das zu diesem Zeitpunkt für mich absolute Gültigkeit besaß? Besser der Spatz in der Hand als die Taube auf dem Dach.

Sonja reichte ihm die Hand.

»Wiedersehen, Herr Doktor. Ich höre dann von Ihnen...«

»Wiedersehen, Fräulein Kronen. Sie hören auf zwei Geleisen, erstens in Sachen ›Becker‹, zweitens in Sachen ›Seefahrt‹, von mir, und zwar sehr bald, denke ich.«

»Wiedersehen«, sagte Sonja noch einmal.

An Arbeit war dann an diesem Tag für Albert kaum mehr zu denken. Sonjas Besuch hatte ihm die zum Aktenstudium nötige Konzentrationsfähigkeit geraubt. Gerade der Brief an Ernst Becker erblickte noch das Licht der Welt; recht viel mehr passierte nicht mehr in der Kanzlei.

Veras Ausgang mit Karl Thaler versetzte, als er begann, den ganzen UNION-Filmverleih in eine gewisse Unruhe. Die Belegschaft eines Filmverleihs besteht – wie könnte es anders sein? – zu einem wesentlichen Prozentsatz aus attraktiven jungen Damen (sprich: tollen Mädchen). Von den meisten dieser Geschöpfe kann man sagen, daß sie ursprünglich geglaubt hatten, den Weg auf die Leinwand angetreten zu haben, dann aber beim Verleih hängengeblieben waren. Die Hoffnung, es könne sich da nur um eine Zwischenstation handeln, lebt immer noch in jeder zweiten.

Es war kurz vor Büroschluß, als Karl Thaler dem Pförtner seinen lässigen Gruß entbot. Der Pförtner war ein älterer Mann, dessen linker Arm und linker Unterschenkel einem Granateinschlag beim Kampf um Berlin, als es um den Endsieg (den sowjetischen) ging, zum Opfer gefallen waren. Das Vaterland stattete ihm seinen Dank dadurch ab, daß es ihn an seinem Arbeitsplatz vor allzu einfacher Kündigung schützte. Er blickte demonstrativ auf die große Uhr an der Wand, ehe er Thaler fragte, was er noch wünsche. In zehn Minuten werde dichtgemacht hier.

Thalers Antwort lautete: »Wo sitzt Fräulein Lang, bitte?«

Unpräzise, wie immer; mehr kann man ja von der heutigen Jugend nicht verlangen, dachte der Pförtner.

»Welche?« brummte er. »Wir haben hier zwei, die Lang heißen.«

»Vera Lang.«

»Weiß die von Ihnen?«

»Ja.«

Der Pförtner griff mit der rechten Hand, die ihm verblieben war, zum Telefonhörer.

»Dann werde ich ihr mal Bescheid sagen, daß Sie da sind. Erledigen können Sie aber heute nicht mehr viel bei der, dazu ist es schon zu spät. Wie ist Ihr Name?«

»Auf welchem Zimmer sitzt sie?« antwortete Thaler.

Der Telefonhörer senkte sich langsam wieder auf die Gabel.

»Ich muß Sie anmelden...«

Der Telefonhörer wurde erneut halb abgenommen.

»Wozu?« fragte Thaler den Pförtner.

»Das ist Vorschrift des Hauses.«

»Ich würde sie aber gerne überraschen.«

Es klickte. Der Hörer lag wieder auf der Gabel.

»Kommen Sie privat?«

»Ja.«

»Warum sagen Sie das nicht gleich? Zimmer 23 im zweiten Stockwerk...«

»Danke.«

Mißbilligend blickte der Pförtner diesem Menschen nach, der für ihn wieder einmal die Frage aufwarf, wozu er und seine ganze Generation eigentlich gekämpft hatten. Für eine solche Jugend jedenfalls nicht.

Dann griff er rasch noch einmal zum Hörer und rief Vera Lang an. »Da kommt gleich einer zu Ihnen rauf, der mir seinen Namen nicht sagen wollte«, teilte er ihr mit. »Ich möchte Sie nur darauf vorbereiten. Er ließ sich nicht aufhalten. Ich hoffe, daß ich keinen Fehler gemacht habe.«

»Nein, nein, Herr Schmiedl, ich erwarte den Herrn«, beruhigte Vera ihn, setzte aber dann, um sich zu vergewissern, doch noch hinzu: »Wie sah er denn aus?«

»Wie er aussah?« Bartholomäus Schmiedl überlegte. Dann fiel ihm das markanteste Merkmal ein. »Er hat Turnschuhe an.«

»Dann ist er es, Herr Schmiedl. Danke.«

Turnschuhe? Vera zog ihre Schlüsse. Ins ›Vier Jahreszeiten‹ wird er mich also nicht führen. Dem Wetterbericht, der keinen Regen ansagte, vertraute er auch. Und allzu hoch ist auch nicht die Wertschätzung, die er mir entgegenbringt, wenn er sich nichts dabei denkt, mit mir in Turnschuhen auszugehen.

Es war ja nicht so, daß Vera Lang grundsätzlich etwas gegen Turnschuhe gehabt hätte (so wie Bartholomäus Schmiedl), aber es gab Gelegenheiten, bei denen sie anderes Schuhwerk lieber sah.

Ich werde ihm das zu verstehen geben, dachte sie. Wo bleibt er denn?

Karl Thaler ließ auf sich warten. Das hatte seinen Grund. Er hatte feststellen müssen, daß der ganze Bau von aufregenden Mädchen bevölkert zu sein schien. Sie waren ihm auf Schritt und Tritt begegnet, in jedem Stockwerk sah er sie, auf der Treppe stolperte er mehrmals, weil sein Blick, den er auf die Stufen hätte richten sollen, absorbiert wurde von Mädchenbeinen. In der dritten Etage schien er dann einen mitgenommenen, einen hilflosen Eindruck zu erwecken, denn eines der Mädchen aus dem Überangebot dieses Hauses sprach ihn an: »Suchen Sie etwas?«

Wenn ich dich so ansehe, dachte Karl, lohnt es sich, deine Frage nicht so kurzangebunden, sondern auf Umwegen zu beantworten, damit ein richtiges kleines Gespräch entsteht. Kommunikation ist das, was der moderne Mensch wieder viel mehr anstreben sollte – wie die Leute früher. Nicht nur immer fernsehen. Das wird einem doch ständig gesagt aus dem Familienministerium.

Er blieb dabei, auf die hilflose Attitüde zu bauen.

»Danke, daß Sie sich meiner annehmen«, sagte er zu dem freundlichen Mädchen. »Wo bin ich hier?«

»In der dritten Etage.«

»Und bei welcher Firma?«

Das Mädchen lachte.

»Beim UNION-Filmverleih.«

»Sie lachen mich aus«, seufzte Karl Thaler. »Warum?«

»Weil hier überall nur der UNION-Filmverleih ist.«

»Im ganzen Haus?«

»Ja.«

»Aber oft sind doch mehrere Firmen in einem Haus untergebracht. Sehen Sie, deshalb meine Frage.«

»Ich habe Sie auch nicht ausgelacht. Wenn Sie diesen

Eindruck hatten, so war er falsch. Es war nur komisch, wissen Sie. Welche Firma suchen Sie denn?«

»Den UNION-Filmverleih.«

Das Mädchen konnte sich nicht helfen, es mußte nun doch noch einmal lachen. Diesmal beteiligte sich aber auch Thaler daran, und das machte ihn besonders anziehend. Die weißen Zähne seines ebenmäßigen Gebisses blitzten, seine hübschen, sprechenden Augen drangen ihr ins Innere und ließen sie an Dinge denken, an die sie nach so kurzer Bekanntschaft mit diesem Mann noch keineswegs hätte denken sollen.

Ein zweites Mädchen kam dahergeschritten und beäugte den Mann, den sie bei Annemarie stehen sah. Er gefiel ihr. Sie gönnte ihn Annemarie nicht allein. Sie stoppte bei den beiden.

»Kann ich dir helfen, Annemarie?«

»Nicht nötig, Liane, danke.«

»Möchte der Herr zu jemandem?«

»Sicher.«

»Zu wem denn?«

»Das weiß ich noch nicht, aber er war soeben dabei, es mir zu sagen.«

Liane wandte sich direkt an Karl Thaler.

»Sagen Sie's mir. Meine Kollegin ist noch nicht lange genug bei uns, um jeden zu kennen...«

»Aber Liane«, widersprach Annemarie, »rede doch keinen solchen Unsinn.«

»Unsinn?« lächelte Liane falsch. »Sagtest du nicht selbst gestern genau das beim Mittagessen?«

»Nein! Was ich sagte, war, daß bei uns ständig neue Gesichter auftauchen und es deshalb passieren kann –«

»Na also«, unterbrach Liane sie, »was willst du denn? Exakt das ist doch meine Rede!«

Der Streit lockte ein drittes Mädchen herbei, das auf die Toilette wollte. Sie erkannte, daß zwischen Liane und Annemarie Zwietracht herrschte, und fand es unmöglich, daß die zwei ihre Meinungsverschiedenheiten vor einem gutaussehenden jungen Mann austrugen, statt ihn zu fragen, was man für ihn tun könne. Sie hieß Barbara und galt bei der Firma mehr als Liane und Annemarie, weil der Mann, für den sie tippte, zur Direktion gehörte.

Karl Thaler war besonders vom Busen Barbaras angetan, der den der zwei anderen Mädchen aus dem Felde schlug. Dafür hatte Liane das hübschere Gesicht und Annemarie die hübscheren Beine. Was jetzt noch fehlte, dachte Karl, ist eine, die mit ihrem Hintern die anderen übertrifft.

»Wollen Sie zu einem unserer Herren?« fragte ihn Barbara.

»Nicht im entferntesten«, antwortete er und lächelte im Halbkreis herum, so daß davon nicht nur Barbara, sondern auch Liane und Annemarie etwas abbekamen.

Sowohl Liane als auch Annemarie hätten gerne auch noch einmal etwas gesagt, aber ein Blick Barbaras verurteilte sie zum Schweigen.

Irgendeine sonore Stimme drang aus einem Zimmer: »Wo bleibt mein Kaffee?«

Liane schrak zusammen und entfernte sich eilig.

»Sie wollen also zu einer unserer Damen?« sagte Barbara zu Thaler.

»Ja.«

»Zu welcher?«

»Zu Fräulein Lang.«

»Zur Pressechefin? Oder zur Disponentin?«

Pressechefin? Disponentin?

Thaler zuckte die Achseln.

»Das weiß ich nicht. Ich kann Ihnen nur den Vornamen sagen.«

»Und der wäre? Das genügt ja.«

»Vera.«

148

Sowohl Barbara als auch Annemarie atmeten erleichtert auf.

»Also zur Pressechefin«, sagte Barbara. »Zimmer 23 am Ende dieses Flurs. Ich bringe Sie hin, kommen Sie. Vielleicht ist die nämlich schon weg, wir machen gleich Schluß hier . . .«

Barbaras freundliches Anerbieten mußte aber nicht mehr in die Tat umgesetzt werden. Vera war nämlich sichtbar geworden. Sie war aus ihrem Zimmer getreten, blickte den langen Korridor entlang, entdeckte Thaler und winkte ihm.

»Wo bleiben Sie denn?« empfing sie ihn. »Der Pförtner hat Sie mir schon vor einer Ewigkeit angesagt . . .«

Ihr Zimmer beeindruckte ihn. Die Möbel, von denen sie umgeben war, sagten etwas aus über die gehobene Position, die sie innehatte.

»Es gab Unklarheiten«, erwiderte er. »Ich mußte mich durchfragen.«

»Ich dachte, der Pförtner hätte Ihnen Bescheid gesagt.«

»Hat er, aber ich habe ihn wohl falsch verstanden.« Er grinste. »Und etwas Besseres hätte mir wohl kaum passieren können.«

»Wieso?«

»Weil das Personal, das sich um mich gekümmert hat, ausgesprochen reizend war.«

»Soso«, lachte Vera, »dann wäre es ja möglich gewesen, daß ich hier noch eine halbe Stunde länger hätte warten müssen. Das nächste Mal werde ich Herrn Schmiedl Bescheid sagen, daß er Sie unten bei sich an die Kette legt und mich runterruft, damit ich Sie bei ihm abholen kann.«

»Wer ist Herr Schmiedl? Der Pförtner?«

»Ja.«

»Ein gewissenhafter Mann. Die Hausvorschrift geht ihm über alles.«

»Sehr gewissenhaft.« Vera steuerte gleich zu Beginn einen Punkt an, auf den zu kommen sie sich entschlossen hatte. Sie fuhr fort: »Als er sie durchließ, fürchtete er, einen Fehler begangen zu haben. Deshalb rief er mich rasch an, um Sie mir zu signalisieren. Und wissen Sie, mit welchen Worten?«

»Nein.«

»›Da kommt einer rauf zu Ihnen – in *Turnschuhen*‹.«

Karl lachte und blickte amüsiert auf die Dinger hinunter, in denen seine Füße steckten.

Vera lachte nicht.

Auch Karl hörte deshalb auf damit.

»Finden Sie den etwa nicht lustig?« fragte er.

»Wen?«

»Den Pförtner.«

»Lustig? Wieso?«

Da ging dem Maler ein Licht auf.

»Ach«, sagte er, »ich verstehe. Zwischen Ihnen und Herr Schmiedl gibt es da eine gewisse Übereinstimmung.

»Insofern«, nickte sie, »als ich annehmen muß, daß Sie mit mir durch den Englischen Garten laufen wollen. Damit habe ich nicht gerechnet. Ich dachte, wir gehen essen.«

»Wir *gehen essen*.«

»Wohin?«

»Wohin Sie wollen.«

»Etwa auch ins ›Vier Jahreszeiten‹?«

»Ja, auch ins – – nein, nicht ins ›Vier Jahreszeiten‹«, korrigierte er sich. »Aber aus einem anderen Grunde nicht.«

»Aus welchem nicht?«

»Aus finanziellem. Der Laden ist einfach zu teuer für mich. Verstehen Sie?«

»Ich verstehe«, erklärte Vera. »Die Turnschuhe wären also kein Grund für Sie, es dort nicht auch zu versuchen?«

»Nicht im geringsten.«

»Die würden Sie aber gar nicht hereinlassen.«

»Mag sein. In zehn oder zwanzig Jahren jedoch, was wäre da?«

»Ich weiß nicht, was Sie meinen.«

»Ich meine folgendes: Wenn Picasso noch leben würde, glauben Sie, daß die den nicht hereinlassen würden, ganz egal, in welchem Aufzug er daherkäme? Können Sie sich vorstellen, daß die dem die Tür weisen würden? Oder sind Sie nicht vielmehr davon überzeugt, daß die alle vor dem auf dem Bauch liegen würden, selbst wenn er ihnen nackt die Ehre gäbe? Dem jungen Picasso allerdings, dem hätten sie auch den Zutritt verweigert.«

»Stimmt.«

»Stimmt, sagen Sie. Aber finden Sie das richtig so?«

»Nein –«

»Sehen Sie.«

»Ich bin noch nicht fertig. Nein, ich finde das nicht richtig so, aber ich bin mir absolut im klaren, daß das überhaupt keine Rolle spielt, wie ich das finde – oder wie Sie das finden. Die Welt hat ihre eigenen Regeln, und zu diesen gehören die unterschiedlichen Behandlungsweisen, die sie übrighat für den jungen Picasso oder für den alten. Daran können wir nichts ändern.«

»Ihr Ton sagt mir alles.«

»Er soll Ihnen sagen, daß ich mich damit abfinde. Es hat keinen Zweck, gegen solche Gesetze Sturm zu laufen.«

»Gesetze? Das sind keine Gesetze! Die Großen der Kunst sind dagegen immer Sturm gelaufen!«

»Sind Sie ein Großer der Kunst?«

Schweigen trat ein.

Du liebe Zeit, dachte Vera, was reden wir hier, sind wir verrückt? Ein Wort gibt das andere, und man vergißt ganz, was man vorhatte. Wir wollen essen gehen!

Und Karl dachte: Was sagte sie? Ob ich ein...

Nun steht er da mit rotem Kopf, dachte Vera. Ich habe

ihn verletzt. Diesen Schuß hätte ich ihm nicht vor den Bug setzen dürfen.

Fehlstart, sagte sich Karl. Bei der bin ich kein Treffer. Was die von mir hält, ist mir jetzt klar. Noch krasser hätte sie das nicht zum Ausdruck bringen können. Wie schnell das geht. Noch vor wenigen Minuten sah alles anders aus. Aber den Wandel habe ich mir selbst zuzuschreiben. Ich habe sie so lange provoziert, bis sie mir diese vernichtende Frage um die Ohren schlug. Ob ich... was bin? Ein...

Das Ganze soll mir eine Lehre sein. Mit solchen Leuten über Kunst zu sprechen, ist falsch. Was verstehen die davon? Nichts. Sie sind Banausen. Das hat nun gar nichts mit dem zu tun, was ich bin.

Sie ist ein sehr hübsches, sehr anziehendes Mädchen, das ich mir gern unter den Nagel gerissen hätte – Kunst hin, Kunst her. Doch das kann ich mir nun aus dem Kopf schlagen.

»Wollen wir gehen?«

Karl schreckte auf. Veras Stimme hatte sein Ohr erreicht.

»Gehen? Wohin?« fragte er.

»Wohin? Das müssen doch *Sie* wissen?«

»Aber –«

»Oder wollen Sie unser Vorhaben abblasen?«

Er blickte sie an, seufzte, lächelte endlich wieder.

»Vera... ich darf doch Vera sagen...?«

»Ja, Karl.«

»Sie sind... Sie haben... Sie machen mir ganz schön zu schaffen.«

Du mir, fürchte ich, auch, dachte sie und sagte: »Ganz in der Nähe wäre der ›Palais-Keller‹. Kennen Sie den?«

»Im ›Bayerischen Hof‹, ja. Warum?«

»Wir könnten meinen Wagen in der Tiefgarage hier stehen lassen und die paar Schritte zu Fuß gehen.«

»Um dort zu essen?«

»Ja.« Seine Finanzen fielen ihr ein. »Oder nicht?«
Er dachte an etwas anderes.

»Vera«, sagte er, »Sie vergessen, ich habe immer noch
Turnschuhe an, ich stecke immer noch in Jeans, an meinem Hals baumelt immer noch keine Krawatte und meine
alte Lederjacke ist immer noch keiner neueren gewichen.«

»Ich weiß, ich weiß«, erklärte sie, »doch der ›Palais-Keller‹ ist auch nicht das ›Vier Jahreszeiten‹.«

»Er ist aber auch nicht das Hofbräuhaus. Wichtiger
wäre mir jetzt jedoch, daß *Sie* an mir nach wie vor Anstoß
nehmen könnten.«

Daraufhin durfte er auch wieder mal ein Erfolgserlebnis
verzeichnen, denn sie sagte, nachdem sie ihn lächelnd
von oben bis unten und von unten bis oben gemustert
hatte: »Ich nehme aber keinen. Wissen Sie, eigentlich gefallen Sie mir so, wie Sie sind, gar nicht schlecht. Wir wollen mal sehen, ob ich mich damit im Einklang mit den Leuten dort befinde.«

»Also auf in den ›Palais-Keller‹, dann soll's mir recht
sein«, erklärte er.

Das Publikum in diesem Lokal war gemischt: junge und
alte Leute, laute und stille, hochelegante und konfektions-
gekleidete, reiche und unbemittelte, gutaussehende und
häßliche, intelligente und dumme, unterhaltsame und
langweilige. Allen war gemeinsam, daß sie sich um Karl
Thaler keinen Deut scherten. Solche Lokale gibt es in
München viele, die Niveau haben und trotzdem die Hoch-
gestochenheit nicht übertreiben.

Die Prädikate, die Karl für sich in Anspruch nehmen
konnte, waren: jung – erträglich laut – konfektionsgeklei-
det – arm – gutaussehend – intelligent – unterhaltsam.

Und Vera? Die war auch jung, erträglich laut, sie verdiente gut, war nicht unelegant, sah sehr gut aus und war
intelligent und amüsant.

Am Nebentisch saß ein stinkreiches, hochelegantes,

häßliches, scheinbar taubstummes, stinklangweiliges altes Paar.

Vera und Karl konnten froh sein, daß sie anders waren.

»Was essen wir denn?« fragte Vera, ehe eine Kellnerin kam.

Auch das Angebot an Speisen war sehr gemischt. Es reichte von ›sehr teuer‹ bis ›ausgesprochen preiswert‹ (›billig‹ hätte man früher gesagt; der Ausdruck ist aber nicht mehr zulässig, nachdem er mit der Zeit zu Unrecht so sehr in Mißkredit geraten ist).

Ohne die Karte zu Rate zu ziehen, sagte Karl: »Ich weiß schon, was ich esse – eine Leberknödelsuppe und Nürnberger Bratwürstel mit Sauerkraut.«

»Ich auch«, nickte Vera.

»Sie nicht!«

Damit wußte sie, was kam, und blickte ihn kampfeslustig an.

»Wieso nicht?«

»Ich möchte, daß Sie das essen, was Sie wirklich mögen.«

»Würstel mit Kraut und vorher eine Leberknödelsuppe.«

»Sie wollen mein Portemonnaie schonen.«

Das stimmt, dachte sie, aber sie sagte: »Unsinn! Ich esse das sehr gern.«

»Das würde ich Ihnen glauben, wenn Sie Bayerin wären.«

»Sie sind doch auch kein Bayer und bestellen es sich.«

»Bei mir ist das etwas ganz anderes.«

»Warum? Ich kann mir nur vorstellen, daß Sie das essen, weil Sie es mögen.«

»Mögen? Nee, nicht besonders.«

»Dann frage ich mich, warum, um Himmels willen, Sie es verzehren.«

»Warum?« Er lachte plötzlich laut heraus. »Um mein Portemonnaie zu schonen.«

Und das fand sie ganz reizend von ihm.

Die Kellnerin kam, eine junge Italienerin, des Deutschen noch nicht recht mächtig, aber ausgestattet mit einem entzückenden Exemplar von Hintern, das den männlichen Teil ihrer Gäste über ihre sprachlichen Lücken hinwegsehen ließ. Auch Karls Auge ruhte wohlgefällig auf diesem lebendigen Import aus dem Süden. Vera bemerkte es. Karl war ein Hintern-Fetischist. Das hatte sich schon im Haus des UNION-Verleihs gezeigt, als er dort auf eine Lücke gestoßen war, die von dem italienischen Muster hier hätte geschlossen werden können.

Vera vermochte Karls Blick zu deuten, ihr Selbstbewußtsein fühlte sich wachgerufen. Na ja, dachte sie, zugegeben, die Kleine hat keinen schlechten Po, aber über meinen war man doch auch schon des Lobes voll.

Karl gab seine Bestellung auf. Schwierigkeiten wurden akut. Er sagte: »Bitte, zwei Leberknödelsuppen und –«

»Nicht«, schnitt ihm die Neapolitanerin das Wort ab.

»Was nicht?«

»Nicht essen.«

Karl blickte die Kellnerin, dann Vera und wieder die Kellnerin an.

»Wir sollen nicht essen?«

Nun verwechselte die Italienerin ›sollen‹ mit ›wollen‹.

»Sie wollen nicht essen?« fragte sie.

»Doch, wir wollen schon essen, aber wir sollen nicht, sagen Sie«, entgegnete Karl.

»Nein, ich sagen essen, aber Sie nicht essen, was Sie sagen essen.«

Karl seufzte und versuchte es damit, die Italienerin, die etwa in seinem Alter war, enorm zu verjüngen.

»Mein Kind«, sagte er, »hören Sie zu…«

Vera mischte sich ein.

»Karl, vielleicht meint sie, daß es keine Leberknödel-suppe gibt.«

»Glauben Sie?«

»Es könnte sein.«

So ganz wollte Karl von seinem Versuch noch nicht ab-lassen.

»Mein Kind«, sagte er deshalb wieder zur Italienerin und blickte sie sehr fragend an, wobei er den Kopf schüt-telte. »Nix Leberknödelsuppe?«

Ginas Gesicht strahlte auf.

»Nix.«

Na also. Karl wollte aber nicht so tun, als ob der Erfolg ihm zuzuschreiben sei, daher lobte er Vera: »Sie sind ein Genie!«

Dann wandte er sich wieder Gina zu, gewissermaßen, um das Eisen zu schmieden, solange es heiß war. Die Frage, die entstanden war, lautete: »Welche Suppe haben Sie?«

»Welchesuppe?«

»Ja, welche Suppe, mein Kind?«

»Nein, nicht haben wir Welchesuppe. Haben wir heute Tomatensuppe, Nudelsuppe, Gulaschsuppe – aber nicht haben wir Welchesuppe. Vielleicht morgen.«

Man vermag sich unter diesen Umständen vorzustel-len, daß es noch eine Weile dauerte, bis volle Teller vor Vera und Karl standen, die zu leeren sie beginnen konn-ten. Seine Eindrücke, die er bis zu diesem Zeitpunkt hatte sammeln müssen, zusammenfassend, erklärte Thaler, München sei auch nicht mehr das, was es schon einmal gewesen sei.

»Als ich herkam«, berichtete er, »gab es zwar zwischen mir und den Einheimischen auch immer wieder beträcht-liche Sprachschwierigkeiten, aber Ausdrücke, die Brük-ken schlugen, fanden sich doch auch immer wieder. Dies-bezüglich war also die Situation einfacher als heute. Ein zweiter Unterschied ist der, daß früher ein normales Münchner Lokal ohne Leberknödelsuppe undenkbar gewesen wäre. Was glauben Sie, wie tief ich erschrak, als ich da meinen ersten Versuch wagte. Ich hatte mich vorher wohlweislich erkundigt: Leberknödel, was ist das? Eine Suppeneinlage, war mir gesagt worden. Na gut, dachte ich, dann her damit, Suppeneinlagen jeder Art schätze ich. Meine Vorstellung waren dabei Knödel in Miniaturausgabe, so nach Backerbsenart, verstehen Sie, was Niedliches. Und dann fand ich diese Dinger in meiner Brühe vor, in meiner Flüssigkeit. Damals waren das auch noch zwei Stück pro Bestellung. Der dritte wesentliche Unterschied zwischen dem alten gastronomischen München und dem neuen. Der vierte: Weißwürste gab's noch nicht in Dosen.«

Vera lachte schon Tränen.

»Sie müssen ja bereits eine Ewigkeit hier leben«, sagte sie, mit dem Taschentuch an ihren Augen herumwischend.

»Ach«, erwiderte er, »wissen Sie, das ist alles noch gar nicht so lange her.«

Während sie sich unterhielten, aßen und tranken sie, und die hochelegante Dame am Nebentisch, deren gelangweiltem Blick nichts entging, dachte, wie reizvoll es doch wäre, sich in Gesellschaft dieses zwar etwas heruntergekommenen, aber sprühenden jungen Mannes zu befinden.

Und der Geldsack ihr gegenüber sagte sich, daß der Junge leicht so loslegen könne, mit einem solchen Mädchen als Gesprächspartnerin. Da käme der Charme ganz von selbst. An meiner Stelle würde der auch nur dasitzen und empfinden, daß wir zwei – meine Alte und ich – uns nichts mehr zu sagen haben; ich ihr nichts, und sie mir nichts mehr.

Vera entschuldigte sich bei Karl, um auf die Toilette zu

gehen. Der Grund war kein von der Natur auferlegter. Ein Mädchen, das so lachen konnte wie Vera, wußte, daß die dabei entstehenden Tränen im Gesicht Spuren hinterließen, gegen die wieder mit kosmetischen Mitteln anzugehen notwendig war. Die Zeit der Abwesenheit Veras benützte Karl, um Gina zu sagen, daß sie das schönste Mädchen Italiens sei. Und – oh Wunder! – Gina schien ihn plötzlich sehr gut zu verstehen.

Als Vera zurückkam, mit renoviertem Gesicht und erfrischt und duftend, da sie nicht auf die Verwendung einer angemessenen Menge Eau de Cologne verzichtet hatte, galt wieder nur mehr ihr Karls ungeteilte Aufmerksamkeit.

»Vera«, fragte er sie. »Was machen Sie am nächsten Wochenende?«

Vera dachte an Albert Max, von dem sie nicht wußte, was er vorhatte.

»Das kann ich noch nicht sagen«, erwiderte sie.

»Warum?«

»Ich will Sie doch malen.«

»So bald schon?«

»Warum nicht?«

Ja, warum nicht? dachte sie. Aber wenn Albert zusammen mit mir etwas vorhat, was dann? Ich muß mir ein Hintertürchen offenhalten.

»Wissen Sie«, sagte sie, »es könnte sein, daß mir da noch etwas dazwischenkommt, das in der Schwebe ist. Muß es denn am Wochenende sein?«

»An sich nicht, Vera, aber Sie arbeiten doch, Sie hätten also unter der Woche nur abends Zeit, zu mir ins Atelier zu kommen. Das hätte aber keinen Zweck, denn ich brauche Tageslicht zum Malen.«

»Tja«, meinte Vera, »das sehe ich ein, aber, wie gesagt, am nächsten Wochenende« – sie zuckte mit den Achseln – bin ich vielleicht verhindert... oder auch nicht... das muß sich erst noch herausstellen.«

»Und wie wär's mit dem übernächsten?«

Vera überlegte kurz. Auch über diesem Wochenende lag der gleiche Schleier der Ungewißheit, weil sie auch da nicht wußte, ob Albert sie mit Beschlag belegen würde. Sie wußte überhaupt noch nicht, wie sie sich diesbezüglich auf ihn einzustellen hatte. Was sie wußte, war, daß sie sich gern von ihm mit Beschlag belegen lassen würde – wann immer ihm das vorschwebte. Andererseits spürte sie allerdings ebenfalls, daß für sie zweifelsohne auch vom Zusammensein mit Karl Thaler ein gewisser Reiz ausging.

»Ich mache Ihnen einen Vorschlag«, meinte sie. »Ich rufe Sie an, wenn ich etwas Bestimmtes sagen kann. Ihre Nummer habe ich ja.«

»Gut«, nickte er.

»Ich will Ihnen auch verraten, wovon das bei mir abhängt.«

»Wovon?«

»Von Ihrem Freund Albert Max.«

»So? Verfügt der schon über Ihre Zeit?«

Vera errötete ein bißchen, während sie erwiderte: »Wenn er das will, ja.«

»Der Glückspilz.«

In Vera regte sich der Drang, dazu noch etwas zu sagen.

»Das heißt aber nicht«, fuhr sie fort, »daß Sie ihm sozusagen gar keine Konkurrenz machen könnten. Sie werden sehen, ich komme sehr gerne auch zu Ihnen.«

»Das werde ich sehen«, antwortete er mit undurchdringlicher Miene.

»Er weiß ja, daß Sie mich malen wollen. Ich habe es ihm gesagt.«

»Ich könnte mir vorstellen, daß er Sie in nächster Zeit ein bißchen vernachlässigt.«

»Weshalb?«

»Er hatte Ärger in seiner Kanzlei und steckt deshalb bis zum Hals in Arbeit.«

»Welchen Ärger?«

»Eine Stenotypistin hat ihm auf Knall und Fall den Kram hingeschmissen. Ich habe es zufällig selbst miterlebt.«

Sieh mal an, dachte Vera, dann konnte da ja ein Hintergedanke mit im Spiel gewesen sein, als er mir gegenüber vom Einspringen in seiner Kanzlei geredet hat. Vielleicht war ihm das ernster, als ich dachte.

»An wem lag's?« fragte sie Karl.

»Was?«

»Daß die ging.«

Karl druckste herum.

»Das... das weiß ich nicht.«

»Wieso wissen Sie das nicht? Sie waren doch dabei, sagen Sie?«

»Ich... sehe das vielleicht falsch. Ich bin kein Chef, für den andere Perspektiven maßgeblich sind.«

»Aha«, erklärte Vera hellwach, »ich verstehe. In Ihren Augen lag es also an ihm, und Sie wollen ihn bei mir nicht anschwärzen?«

»Ich will nicht, daß ein falsches Licht auf ihn fällt.«

»Erzählen Sie, wie's war.«

In Karls Bericht, den dieser nur ungern abstattete, schnitt eindeutig Albert Max – und nicht die Stenotypistin – als der Schlechtere ab, obwohl sich der Maler Mühe gab, ihn zu schonen. So sagte er z. B., daß es ja durchaus sein kann, daß Albert der Stenotypistin gegenüber den Brief gar nicht als eilig bezeichnet hatte. Doch für Vera war der Fall klar.

»Aber Karl«, schüttelte sie den Kopf, »können Sie mir einen Grund sagen, warum die sich das aus den Fingern gesaugt haben sollte?«

Einen Grund wußte Karl auch nicht.

Worum es ihm ging, war, daß er hier auf keinen Fall den Eindruck entstehen lassen wollte, er sehe sich in Konkurrenz zu seinem Freund und benütze die Gelegenheit, ihn bei Vera an Boden verlieren zu lassen. Nach der Vereinbarung zwischen ihm und Albert ging ihn Vera gar nichts an; er hatte sich um Sonja zu kümmern. Das war die Aufgabenteilung, die getroffen worden war, um der geplanten Operation zum Erfolg zu verhelfen. Erst wenn das Ziel – Sonjas Einzug in Alberts Schlafzimmer – erreicht sei, stünde es Karl frei, das gleiche Ziel im Hinblick auf Vera anzustreben, falls ihm dieses noch reizvoll erscheinen sollte.

Eigentlich, dachte Karl, wobei er auf Vera blickte, ist dieses Mädchen viel zu schade dafür. Aber leider läßt sich das nicht mehr ändern.

»Woran denken Sie?« fragte ihn Vera. Ihr war nicht entgangen, daß er einer gewissen geistigen Abwesenheit erlegen war.

»Woran? An Sie natürlich.«

»Seien Sie ehrlich.«

»Bestimmt. Ich habe mich gefragt, wo Sie eigentlich wohnen. Das weiß ich nämlich noch nicht.«

»In Ottobrunn.«

»Und Ihre Freundin?«

»In der Nähe ihrer Boutique.«

»Albert sagte mir, daß sie mich anrufen wollte, aber dann mit ihm selbst sprach. Hatten Sie ihr meine Nummer gegeben?«

»Ja. War das ein Fehler von mir?«

»Nein, nein, warum denn? Ich wundere mich nur, daß sie mich nicht erreicht hat.«

»Die Versuche von ihr waren wohl nicht hartnäckig genug.«

»Glauben Sie denn, daß ihr plötzlicher Entschluß, nun doch bei uns mitzumachen, von Dauer ist?«

»Sie wollen wissen, ob sie ein wankelmütiges Mädchen ist oder nicht?«

161

»Ja.«

»Ganz und gar nicht. Was die sich in den Kopf setzt, das führt sie auch aus.«

»Aber erst hat sie uns doch die kalte Schulter gezeigt. Über Nacht tat sie das dann nicht mehr. Das spricht doch gegen das Zeugnis, das Sie ihr ausstellen. Was war denn der Grund dafür, daß sie so plötzlich umschwenkte?«

»Das weiß ich auch nicht«, schwindelte Vera. »Ich weiß nur, daß das im allgemeinen nicht ihre Art ist. Glauben Sie mir, mein Zeugnis stimmt schon. Sie werden sich davon noch überzeugen können.«

Am Eingang entstand Bewegung. Wieder einmal kamen neue Gäste herein, darunter ein bekümmert aussehender Pfeifenraucher, der, wie alle Pfeifenraucher, einfach deshalb bekümmert aussah, weil es zum Streß seines Lebens gehörte, daß ihm ständig die Pfeife ausging. Pfeifen haben das so an sich, es scheint ihnen angeboren zu sein.

»Ach«, sagte Vera, »Herr Bach.«

Damit meinte sie den Pfeifenraucher am Eingang.

Karls Blick folgte Veras diskretem Fingerzeig. Zu sehen war, daß Herr Bach auch Schwierigkeiten mit seiner Brille hatte. Der Wechsel von draußen ins wärmere Lokalinnere hatte zum Beschlag der Gläser geführt. Der dadurch erblindete Herr Bach war gezwungen, wenige Schritte nach dem Eingang stehenzubleiben, die Brille abzunehmen und sie zu putzen, um nicht gegen den nächsten Tisch zu rennen. Solange er die Brille nicht wieder auf der Nase sitzen hatte, war er nicht imstande, Vera zu entdecken.

»Ein Bekannter von Ihnen?« fragte Karl.

»Ja«, erwiderte Vera. »Der Leiter unserer Werbeabteilung.«

Hoffentlich fällt es ihm nicht ein, sich zu uns zu setzen, dachte Karl.

Diese Hoffnung trog ihn.

Wieder bebrillt, konnte Bach die hübsche Kollegin aus seiner Firma, auf die er schon lange ein Auge geworfen hatte, gar nicht mehr übersehen, und rasch kam er näher. Vera war ein Blickfang. Ein Mädchen wie sie wurde immer und von jedem entdeckt. Noch mehr traf das auf Sonja zu. Ein wesentlicher Unterschied zwischen den beiden bestand allerdings darin, daß ein Mann, der Vera entdeckte, sich davon etwas versprechen zu dürfen glaubte, während er dies bei Sonja als reine Utopie empfinden mußte. Vera war ein heißes Mädchen, Sonja ein kühles, nach außen hin jedenfalls.

»Guten Abend, Vera.«

»Guten Abend, Don José.«

Bach strahlte, hatte beide Arme ausgebreitet und erweckte den Eindruck, daß er Vera umschlingen und an sich reißen würde, wenn ihn daran nicht die Pfeife hindern würde, die er in den Fingern hielt.

»Vera, was machen Sie hier? Sind Sie schon lange da? Wissen Sie, woher ich komme?«

»Nein, Don José.«

Damit hatte Vera von den drei Fragen, die Bach in einem Atemzuge gestellt hatte, die letzte beantwortet. Das hatte sich beim UNION-Filmverleih schon längst so eingebürgert, und das ging auch gar nicht anders, denn Bachs Eigenart war es, immer mehrere Fragen in einem Zuge – manchmal bis zu einem halben Dutzend – zu stellen und lediglich die Beantwortung der letzten zu erwarten. Der Vereinfachung jedes Gesprächs mit ihm diente dies in beträchtlichem Ausmaß.

Er komme aus dem Theater, aus der ›Kleinen Komödie‹, gab er bekannt und fuhr fort: »Schlechtes Stück. Kennen Sie es? Kennen Sie den Autor? Was halten Sie eigentlich von einer Regie, die kaum in Erscheinung tritt? Darf ich mich zu Ihnen setzen, Vera?«

»Bitte.«

»Danke.«

Während er sich setzte, floß der Strom seiner Rede weiter.

»Sie sind nicht allein? Störe ich auch nicht? Würden Sie mich mit dem Herrn bekannt machen?«

»Herr Bach... Herr Thaler«, entledigte sich Vera ihrer Aufgabe.

»Thaler mit h?« fragte Bach. »Oder ohne h, wie Taler, das Geldstück? Kennen Sie die ›Feuerzangenbowle‹? Die berühmte Stelle mit dem Pfeiffer? Fragt der Professor den Schüler dieses Namens: Pfeiffer mit einem f oder mit zwei? Mit drei, Herr Professor: eins vor und zwei nach dem ei. Kennen Sie das? Wissen Sie, daß ich mit dem Sohn des Autors bekannt bin, dem jungen Spoerl?«

Die Fragen hatten alle Thaler gegolten, aber Vera übernahm die Beantwortung, die sich wieder nur auf die letzte der Fragen beschränkte. Sie sagte: »Herr Thaler weiß das sicher nicht, aber ich weiß es, Don José.«

»So? Sie wissen das? Und woher, wenn ich fragen darf? Hatte ich das schon mal erwähnt? In Ihrem Beisein?«

»Ja.«

»Glauben Sie nicht, Vera, daß wir Herrn Thaler – Thaler mit h oder Taler ohne h? Das weiß ich immer noch nicht...«

»Mit«, ließ sich Karl vernehmen.

»...daß wir ihm, Vera, eine Aufklärung schuldig sind? Woher soll er wissen, warum Sie mich ›Don José‹ nennen? Oder denken Sie, daß ihm das nicht merkwürdig erscheint? Ich bin vom Gegenteil überzeugt – nicht? Soll ich ihn aufklären?«

»Ja.«

Bachs Pfeife brannte schon längst nicht mehr, obwohl er immer wieder verzweifelt an ihr gezogen hatte. Sie mußte neu angezündet werden. Nachdem dies geschehen war, begann Bach: »Herr Thaler, sagt Ihnen der Name Bach etwas? Der des Thomaskantors? Leipzig? Oder sind Sie kein Musikfreund? Doch, Sie sind einer, nicht wahr? Dann sind Ihnen auch die beiden Vornamen von dem bekannt: Johann Sebastian? Das darf ich doch glauben? Wem sind die nicht bekannt? Aber *das* wissen Sie nicht, Herr Thaler, daß meine Eltern den unglückseligen Einfall hatten, mich auch Johann Sebastian taufen zu lassen? Oder hätten Sie sich das gedacht? Nun, mit dieser Taufe war der Grundstein zum späteren ›Don José‹ gelegt. Sie fragen sich: inwiefern? Nehmen Sie jeweils die ersten zwei Buchstaben von Johann und von Sebastian, und ziehen Sie sie zusammen – was bekommen Sie dann? Ein J und ein O und ein S und ein E – was wird, nacheinander gelesen oder gesprochen, daraus? Ein JOSE. Reinstes Spanisch. Der Akzent auf dem e, klein geschrieben, ergab sich von selbst. Fehlte nur noch das ›Don‹. Es stellte sich auch bald ein. Ich glaube, Veras Vorgängerin bei unserer Firma hatte den Einfall, es mir anzuhängen. Oder, Vera? Stimmt das nicht? Haben Sie die eigentlich noch kennengelernt? Nein? Doch? Also was, ja oder nein? Haben Sie mir überhaupt zugehört?«

»Sehr gut, Don José.«

»Der gute Spoerl –«

Urplötzlich verstummte Bach, blickte starr vor sich hin, klatschte sich mit der flachen Hand gegen die Stirn und fragte beide, sowohl Vera als auch Karl: »Wißt ihr, was mir soeben einfällt? Ich war ja nach der Vorstellung mit zwei Top-Leuten aus der Branche im Hilton verabredet. Ist das nicht wahnsinnig? Ich sitze hier, und die warten dort! Kann sich das jemand vorstellen? Was haltet ihr davon? Herr Thaler? Vera? Ist das nicht echt wahnsinnig? Ich muß weg! Sofort! Das verstehen Sie doch, Vera? Es ist kein Affront gegen Sie. Hoffentlich verstehen Sie das?«

»Sicher, Don José.«

»Wiedersehen. Viel Spaß noch heute.«

165

Und weg war er, mit schon wieder erloschener Pfeife.

Das Erstaunen, das aus Karls Zügen sprach, war enorm.

»Weeer war das?« fragte er Vera gedehnt.

»Herr Bach, genannt Don José.«

»Der Leiter eurer Werbeabteilung, sagten Sie?«

Vera lachte.

»Ja«, nickte sie. »Und Sie werden es nicht glauben – ein Spitzenmann!«

»Unmöglich!«

»Doch, doch, sein Ruf reicht über Deutschlands Grenzen hinaus.«

Karl Thaler sagte nichts mehr, sondern schüttelte nur noch den Kopf. Was mag das für eine Branche sein? fragte er sich.

»Er sucht übrigens einen Grafiker«, meinte Vera.

»So?«

»Die Ansprüche, die er stellt, sind allerdings fast von keinem zu erfüllen. Das müßte auch schon ein enormer Könner sein. Dafür ist aber auch die Bezahlung dementsprechend.«

»Gute Werbegrafiker gibt's nicht viele, das weiß ich.«

»Ich kann mir vorstellen, daß Sie das wissen. Beides Malerei und Grafik – ist ja eng miteinander verknüpft. Oder nicht?«

»Doch.«

»Muß ein guter Maler nicht auch ein guter Grafiker sein?«

»Er muß nicht, aber er kann.«

»Und Sie?«

War das nicht ein Messer, das ihm da sozusagen auf die Brust gesetzt wurde?

»Was ich?« fragte er.

»Wie ist das bei Ihnen? Sind Sie nur ein guter Maler? Oder auch ein guter Grafiker?«

Verwirrt blickte er sie an.

»Langsam begreife ich«, sagte er, »worauf Sie hinauswollen.«

»Und?«

»Wie kommen Sie denn auf diese Idee?«

»Das weiß ich auch nicht«, antwortete Vera, über sich selbst erstaunt. »Das überkam mich ganz plötzlich. Aber finden Sie nicht ebenfalls, daß es sich beim Erscheinen Bachs hier um einen Fingerzeig des Schicksals handeln könnte? Mir fällt die berühmte Rolle des Zufalls ein.«

»Mir nicht.«

»Nein?«

»Nein!« schüttelte Karl entschlossen die ihm von Vera aufgezeigte Perspektive ab. »Ich bin Maler! An etwas anderes habe ich überhaupt noch nicht gedacht!«

Und dabei blieb's. Vera ließ das Thema fallen. So wichtig sei ihr die Angelegenheit, sagte sie sich, auch wieder nicht.

Schließlich handelte es sich nicht um ihr Bier.

Karl lief dann rasch zur alten Form auf, prägte der Unterhaltung seinen Stil auf, was hieß, daß Geist und Witz und Fröhlichkeit am Tisch gehandelt wurden, da auch Vera diesbezüglich mithalten konnte. Die Zeit verging wie im Fluge, so daß Vera, nach einem beiläufigen Blick auf die Uhr, erschrocken ausrief: »Großer Gott, wissen Sie, daß es schon Mitternacht vorbei ist?«

»In der Tat«, stellte er sich verwundert. »Sind wir nicht eben erst gekommen?«

»Wir müssen aufbrechen.«

»Schon?«

»Sonst fallen mir morgen im Büro die Augen zu.«

»Das würde mich freuen.«

»Sagen Sie das nicht. Meine Arbeit muß getan werden.«

»An Ihre Arbeit dachte ich nicht. Ich dachte an den Glanz Ihrer wunderschönen Augen, der dann, wenn Sie

sie geschlossen hätten, den Kerlen dort nicht zustatten käme. Den neide ich denen nämlich. Deshalb würde mich das freuen.«

Vera sträubte sich gegen ihr Entzücken.

»Karl!«

»Ja?«

»Wie vielen Mädchen haben Sie das schon gesagt?«

»Keinem.«

»Sie Lügner!«

»Ehrlich, Vera. Und wissen Sie, warum keinem?«

»Warum?«

»Weil die, mit denen ich bisher zu tun hatte, in zwei Gruppen zerfielen. Entweder hatten sie sehr hübsche Augen – dann haben sie nicht gearbeitet. Oder sie haben gearbeitet – dann hatten sie keine sehr hübschen Augen. Verstehen Sie?«

Lachend erklärte Vera, das könne sie sich nicht vorstellen. Wenn diese Regel zutreffend wäre, sähe es doch in Deutschlands ganzer Arbeitswelt schlimm aus. Allein die meisten der Mädchen beim UNION-Filmverleih z. B. würden ihn schon Lügen strafen.

»Oder hatten Sie von denen einen anderen Eindruck, Karl?«

»Nun ja«, räumte er ein, »die, die ich sah, haben meine Theorie nicht gerade erhärtet. Einen Vergleich mit Ihnen hielt allerdings keine aus, Vera.«

»Karl!«

Er hatte die Kellnerin entdeckt, schien dadurch abgelenkt zu sein, winkte ihr, wobei er das Portemonnaie aus der Tasche zog.

»Karl, Sie dürfen mir nicht solche Komplimente machen.«

Er öffnete seine Geldbörse und blickte der sich nähernden Kellnerin entgegen.

»Karl, Sie hören mir nicht zu.«

»Doch«, meinte er knapp.

»Was habe ich gesagt?«

»Bitte?« fragte ihn Gina aus Neapel.

Karl zeigte ihr das Portemonnaie, wobei er sagte: »Zahlen.«

Dieses Wort hätte Gina aber auch ohne jede begleitende Demonstration mit einem Gegenstand verstanden. Erstaunlich glatt und flink verlief der Akt des Kassierens auf ihrer Seite. So fremd ihr noch die deutsche Sprache war, so bekannt die Deutsche Mark. Während sie Wechselgeld herausgab, spürte sie wieder Karls Blick auf ihrem Hinterteil.

Dieses Erlebnis war ihr nicht fremd. Oft wurde dadurch in ihrem Inneren Empörung wachgerufen, manchmal aber auch nicht. Es kam darauf an, wessen Blick auf diese Weise zugange war. Im Moment regte sich in ihr keinerlei Abwehr.

Sie wurde an einem anderen Tisch verlangt.

Als sich Karl erheben wollte, hielt Vera ihn noch einmal kurz zurück. Sie wiederholte ihre Frage: »Was habe ich gesagt?«

»Daß ich Ihnen keine solchen Komplimente machen darf.«

»Richtig, das dürfen Sie auch nicht.«

»Warum nicht?«

»Weil ich dafür anfällig bin, wenn ich den Eindruck habe, daß sie ernst gemeint sind –«

»Das sind sie!«

»Na eben, und das ist das Gefährliche für mich. Ich bin ein schwaches Mädchen, wissen Sie, und ich wehre mich dagegen, daß mir das zu oft nachgewiesen wird. Besonders von Ihnen nicht.«

»Besonders von mir nicht?«

»Nein.«

»Bin ich Ihnen so unsympathisch?«

»Im Gegenteil – und das ist der Grund.«

Sie blickten einander an. Genau das, was die jetzt zu mir gesagt hat, dachte Karl, hätte ich auch zu ihr sagen können; es hätte die gleiche Gültigkeit.

Unvermittelt ließ Vera den Namen dessen fallen, der hier unsichtbar anwesend war, indem sie sagte: »Sie haben ganz andere Augen als Ihr Freund Albert.«

Richtig, den dürfen wir nicht vergessen, durchfuhr es ihn. Dann erhoben sich beide gleichzeitig von den Plätzen.

Einer alten Gewohnheit folgend, ließ Vera den Blick über den Tisch schweifen, wobei sie sagte: »Haben wir auch alles?«

Gina trat noch einmal heran. Glutvoll war ihr Blick, als sie Karl fragte: »Sie kommen wieder?«

»Bestimmt, mein Kind.«

Und Gina entließ ihn mit der Versicherung: »Ich sein nicht mehr Kind. Ich sein so wenig Kind wie Sie.«

War das eine Rüge? Oder ein Versprechen?

Eine Antwort darauf schien ganz rasch Vera gefunden zu haben, denn sie sagte anzüglich zu Karl, als sie das Lokal verließen: »Sie sind bei der nicht als Babysitter gefragt, wissen Sie. Und ob *ich* wiederkomme, das hat sie auch nicht interessiert.

Es war halb eins. Trotzdem zeigten sich noch zahlreiche Fußgänger auf den Straßen, deren Stimmen laut von den Häuserwänden widerhallten, was darauf schließen ließ, daß um diese Zeit die meisten von ihnen einen über den Durst getrunken hatten. Richtiggehend blau torkelten aber nur wenige dahin. Fahrzeugverkehr war kaum mehr zu verzeichnen, wenn man absah von Taxis, deren Geschäft jetzt blühte.

Vom ›Palais-Keller‹ bis zur Tiefgarage am Lenbachplatz, wo Veras Wagen stand, waren es fünf Minuten. Auf halber Strecke sagte Vera: »Ich fahre Sie noch nach Hause, Karl.«

»Das werden Sie nicht tun. Ihr Weg ist noch weit genug. Schaun Sie, daß Sie ins Bett kommen. Ich laufe zu Fuß. Es ist mir schon unangenehm genug, daß nicht ich Sie nach Ottobrunn bringen kann.«

»Ich fahre Sie nach Hause!«

»Nein!«

»Doch!«

Jeder beharrte auf seinem Standpunkt, dabei hätten sie sich den ganzen Streit sparen können, denn als sie die Tiefgarage erreichten, stellten sie fest, daß sie abgeschlossen und weit und breit niemand aufzustöbern war, der einen Schlüssel gehabt hätte.

»Wie ist denn das möglich?« fragte Vera sich selbst verstört.

Sie hatte wohl eine Neueinführung der Hausverwaltung nicht mitbekommen.

Ihr Blick war ratlos.

»Was mache ich jetzt?«

Karl warf die S-Bahn in die Debatte, und sie hasteten im Laufschritt zum nächsten U-Bahnhof am Karlsplatz, erfuhren dort jedoch nur, daß die letzte Bahn in dieser Nacht schon weg sei.

Und wieder fragte Vera: »Was jetzt?«

»Kommen Sie nur nicht auf die Idee, mit dem Taxi zu fahren«, schloß Karl diese Möglichkeit aus.

»Das werde ich aber tun müssen«, seufzte Vera.

»Und ein Vermögen dafür bezahlen – nee, nee«, schüttelte Karl den Kopf.

»Dann sagen Sie mir, was mir sonst übrigbleibt. Im Hotel schlafen?«

Plötzlich grinste er.

»Ja.«

»Das würde doch nicht weniger, sondern mehr als ein Taxi kosten.«

»Das kostet Sie gar nichts.«

»Daß ich nicht lache. In welchem Hotel?«

»Im Hotel ›Thaler‹.«

»Nein!« stieß Vera spontan hervor.

»Warum nicht?«

»Welche Frage! Es handelt sich doch da um Ihre Wohnung oder um Ihr Atelier.«

»Meine Wohnung und mein Atelier sind bei mir dasselbe.«

»Um so schlimmer. Wir würden also in einem Raum nächtigen?«

»Nein.«

»Nein? Erklären Sie mir das mal.«

»Ich bringe Sie hin, zeige Ihnen alles und verschwinde wieder.«

»Ach nee. Und wo wollen Sie unterkommen?«

»Bei meinem Freund. Ich läute ihn heraus.«

»Albert?«

»Ja.«

»Erlebt der das öfters?«

»Mit mir? Nein.« Karls Grinsen verstärkte sich. »Sie sind der erste Fall, der so abläuft.«

»Wie abläuft?«

»Daß ich die Stätte räume, nachdem sie Ihnen zur Zuflucht geworden ist.«

»Bisher, wollen Sie sagen, war das nicht die Regel?«

»Nein.«

»Und wieso diese plötzliche Ausnahme? Wollen Sie sich ändern?«

»Ich? Nein, das hat nichts mit mir zu tun.«

»Sondern mit wem?«

»Mit Ihnen.«

Vera verstummte. Kann man das denn glauben? fragte sie sich. Einem Mann wie dem? Alles spricht dagegen... und doch...

Man müßte ihn prüfen. Und wenn sich herausstellt,

daß ich ihm auf den Leim gekrochen bin, wie ziehe ich mich dann aus der Affäre? Wird er sich von Ohrfeigen bremsen lassen? Oder davon, daß ich ihm androhe, über sein Benehmen seinen Freund in Kenntnis zu setzen?

»Da fällt mir ein, Vera«, sagte Karl, »daß es auch noch eine zweite Möglichkeit gibt.«

»Welche?«

»Albert. Sie suchen bei dem Unterschlupf und nicht bei mir.«

»Sind Sie denn sicher, daß er zu Hause ist? Er kann ja, wie wir, auch noch unterwegs sein.«

»Das läßt sich feststellen. Wir rufen ihn an...«

Karls Blick schweifte schon umher auf der Suche nach einer Telefonzelle, doch Vera sagte: »Nein, das möchte ich nicht.«

»Warum nicht?«

»Wenn er nicht da ist, hätte es ohnehin keinen Zweck, und wenn er da ist, reißen wir ihn aus dem Schlaf. Lieber fahre ich mit dem Taxi nach Ottobrunn.«

»Daß das nicht in Frage kommt, habe ich Ihnen schon gesagt.«

Vera atmete tief ein.

»Also gut«, stieß sie die Luft aus, »dann zu Ihnen.«

Ihre Erwartungen hinsichtlich der Atelierswohnung oder – wie man will – des Wohnungsateliers waren alles andere als hochgesteckte. Sie fühlte sich deshalb angenehm überrascht, als sie am Ziel waren und Karl Thaler die Tür aufsperrte, mit dem Arm in den Flur langte, das Licht anknipste, zur Seite trat und ihr mit einem »Bitte sehr, die Gnädigste« anheimstellte, einzutreten. Kein chaotisches Bild, kein Schmutz, kein unerledigter Abwasch, keine schlechten Gerüche. Letzteres konnte freilich nur ein Mensch empfinden, den der unvermeidliche Geruch von Farben im Atelier eines Malers nicht abstieß, und das traf auf Vera zu, wenn sie auch nicht gerade behaupten wollte, daß sie den Duft einer Rose nicht höhergeschätzt hätte.

An den Mansardenwänden lehnten fertige und halbfertige Bilder ohne Rahmen; zwei gerahmte hingen an der einzigen Wand, die nicht schief war.

Einer reichlich kleinen Kochnische sah man an, daß sie nicht die Basis sechsgängiger Diners sein konnte.

Während Karl auf der Couch das Lager für seinen Gast zurechtmachte, wobei er selbstverständlich auf frische Bettwäsche zurückgriff, betrachtete Vera die Bilder und fand sie gut. Das besagte allerdings wenig, da sie keine Expertin auf diesem Gebiet war und sich auch gar nicht anheischig machen wollte, eine zu sein.

»So«, sagte Karl, »fertig. Im Kühlschrank, der zwar ein altes Stück ist, aber noch funktioniert, steht Milch zum Frühstück. Sie werden sich schon zurechtfinden mit allem. Verlaufen können Sie sich ja nicht in meiner Suite, wenn sie etwas suchen. Es steht Ihnen alles zur Verfügung. Morgen früh ziehen Sie einfach die Tür hinter sich zu, das genügt. Soll ich Ihnen noch den Wecker stellen? Er würde sich freuen, wieder einmal in Aktion treten zu können. Bei mir ist ihm das strikt verwehrt.

»Wollen Sie schon gehen?«

»Ja. Oder haben Sie noch einen Wunsch?«

»Sind Sie müde?«

»Ich nicht, aber Sie.«

»Nein, ich auch nicht. Wir könnten noch eine Tasse Tee zusammen trinken.« Der Tee war schnell aufgebrüht und auch rasch getrunken, und Karl blickte wieder zur Tür.

»Jetzt wird's aber Zeit«, sagte er. »Sie fürchten sich nicht allein?«

Aha, dachte sie, jetzt kommt's, jetzt nimmt er die Kurve; das war die Einleitung.

»Ich fürchte mich überhaupt nicht, Karl. Ich bin kein ängstliches Mädchen.«

»Prima.« Er rückte seinen Hocker, auf dem er gesessen hatte, zurück und erhob sich. »Es bestünde dazu auch nicht die geringste Veranlassung. Hier ist noch nie etwas passiert. Nicht einmal Mäuse gibt's in diesem Haus. Dafür sorgt der Kater der Mieterin unter mir, der sich tagsüber mehr bei mir aufhält als bei seiner Besitzerin.«

»Der Tee war gut, Karl.«

»Das freut mich, daß er Ihnen geschmeckt hat.«

»Ich hätte noch Lust auf eine zweite Tasse.«

»Wirklich?«

»Ja«, nickte Vera und konnte nicht verhindern, daß sie dabei rot wurde, worüber sie sich sehr ärgerte.

Der Zeitgewinn, den sie durch ihr Manöver Karl ablistete, betrug aber wieder nicht mehr als ein Viertelstündchen, dann war ihre Tasse erneut leer und für Karl hatte nun ihr Schlaf wirklich und unwiderruflich Dringlichkeitsstufe eins. Fast wäre der Hocker umgestürzt, mit einem solchen Ruck schob Karl ihn zurück.

»Schlafen Sie gut – und rasch, Vera, damit sich's noch rentiert.«

»Sie verlassen mich also?«

»Ich mache mir Vorwürfe, daß ich's nicht schon längst getan habe.«

»Sie gehen zu Albert?«

»Ja, natürlich.«

»Dann hätte ich das auch machen können.«

Karl, der schon zwei Schritte in Richtung Tür getan hatte, stoppte.

»Was meinen Sie?«

»Dann hätte ich das auch machen können.«

Er kam die zwei Schritte zurück, mit höchst erstaunter Miene.

»Ich verstehe Sie nicht. Natürlich hätten Sie das auch machen können, das war doch mein Vorschlag, aber Sie haben ihn abgelehnt, erinnern Sie sich?«

175

»Ich wollte niemanden aus dem Schlaf reißen.«

»Und das haben Sie nicht getan, Vera, Ihr Gewissen kann also beruhigt sein.«

»Aber jetzt geschieht das trotzdem.«

»Durch mich, Vera. Mein Gewissen hält das schon aus.«
Sie schüttelte den Kopf.

»Indirekt durch mich, daran ändert sich nach wie vor nichts, Karl.«

Momentan wollte er grinsen, dann wurde seine Miene ernst, er setzte sich noch einmal und sagte: »Vera, wollen Sie mir im Ernst weismachen, daß das eine wirkliche Belastung für Sie ist? Befürchten Sie gesundheitliche Schäden für Albert, wenn ich ihn wecke?«

»Nein«, kam sie endlich der Wahrheit näher.

»Also was?« Er beugte sich vor. »Was ist wirklich los?«

»Ich habe nicht geglaubt, daß dieses Problem noch einmal entstehen würde.«

»Welches Problem?«

»Daß Sie zu Albert gehen wollen.«

»Wohin sollte ich sonst gehen? Ich wüßte derzeit keine andere Möglichkeit.«

»Seien Sie nicht so begriffsstutzig, Karl. Oder tun Sie nur so?«

»Ich tu' nicht so. Inwiefern bin ich begriffsstutzig? Was meinen Sie?«

»Ich dachte, Sie wollten hierbleiben.«

»Hier?« Momentaner Zorn wallte in ihm auf. »Aber ich hatte Ihnen doch gesagt...«

Er brach ab. Um ihn zu besänftigen, legte sie rasch ihre Hand auf die seine, drückte sie sanft und zog ihre Hand erst wieder langsam zurück, nachdem sie gesagt hatte: »Ich bitte Sie ja auch vielmals um Verzeihung, Karl. Sie haben mich zutiefst beschämt. Ich werde lange überlegen müssen, um auf etwas zu kommen, das Sie dahin bringen kann, daß Sie mir wieder nicht mehr böse sind.«

Gewonnen, konnte sie sich sagen, als sie sein Mienenspiel sah.

»Vera«, seufzte er, »ein Rätsel bleiben Sie mir allemal. Wenn Sie mir nicht geglaubt haben, warum sind Sie mir dann trotzdem hierher gefolgt?«

»Soll ich Ihnen das verraten?« lachte sie schon wieder.

»Ja, das sind Sie mir schuldig.«

»Ich baute, wenn's zum Schlimmsten kommen sollte, auf die Kraft meiner Ohrfeigen.«

»Sitzen die so locker bei Ihnen?«

»Sehr locker.«

Karl wurde zum Stehaufmännchen. Zum x-ten Male schoß er in die Höhe.

»Dann«, sagte er dabei, »empfiehlt es sich zusätzlich, möglichst rasch aus Ihrer Reichweite zu kommen. Gute Nacht.«

»Karl!«

»Ja?«

»Setzen Sie sich.«

Er blieb stehen.

»Warum?«

»Ich weiß nicht, wie ich Ihnen das beibringen soll. Ich... ich möchte trotzdem nicht, daß Sie zu Albert gehen.«

»Aber...«

»Setzen Sie sich, bitte.«

Nun sank er wieder auf den Hocker nieder.

»Sehen Sie, es ist doch so«, sagte Vera, »daß Sie ihm erklären müßten, woher es kommt, daß Sie um diese Zeit bei ihm aufkreuzen.«

»Das ließe sich nicht vermeiden, nein.«

»Sie müßten ihm also sagen, daß ich bei Ihnen bin.«

»Ja.« Er zuckte die Achseln. »Und?«

»Das wäre mir unangenehm.«

»Aber...«, sagte Karl wieder und verstummte. »Ich

möchte nicht, daß er erfährt, daß ich mit Ihnen in Ihre Wohnung ging.«

Auch darauf sagte Karl nichts.

»Verstehen Sie das nicht, Karl?«

»Dann bleibt nur übrig«, fand er die Sprache wieder, »daß ich ihm das verschweige, obwohl ich«, fügte er hinzu, »dazu keinen Grund sehe.«

»Und werden Sie ihm das verschweigen?«

»Am besten, indem ich ihm eine andere nenne«, drückte er sich nicht recht gut aus.

»Aber er weiß doch, daß Sie mit mir heute abend aus waren.«

»Das stimmt«, mußte Karl einsehen.

»Es gibt noch eine zweite Möglichkeit...«

»Was für eine?«

»Sie bleiben hier.«

Schweigen.

Und dann stieß Karl – darauf hätte man sogar warten können – wieder nur hervor: »Aber...«

Mehr nicht. Sein Gesichtsausdruck, mit dem er dabei sein Inneres nach außen kehrte, war zum Malen.

Vera ließ ihm jedoch nicht viel Zeit. Sie sagte: »Sie sind doch Wassersportler?«

»Ja.«

»Dann haben Sie auch eine Luftmatratze?«

»Sicher.«

»Holen Sie sie, blasen Sie sie auf, errichten Sie zwischen ihr und meiner Couch Ihre Staffelei als hohe Barriere, und legen Sie sich auf ihr schlafen.«

»Wollen Sie das wirklich?« fragte er.

»Machen Sie schon!«

Zehn oder zwölf Minuten später war endlich das Licht ausgegangen. Ruhe kehrte ein, doch es wäre verkehrt gewesen, diese als die berühmte ›Stille der Nacht‹ zu bezeichnen, denn sie war durchtränkt von jenem oft zitierten ›Knistern‹, das zwar unhörbar ist, aber solchen Situationen das Gepräge gibt.

Beide, sowohl Karl als auch Vera, lagen hellwach in der Dunkelheit und hörten einander atmen. Karl hatte seine Luftmatratze an der Wand mit den zwei gerahmten Bildern deponiert. Bis zu Veras Lager waren es vier Meter, ein wahrer Katersprung. Die Staffelei stand dort, wo sie immer stand. Karl hatte sie nicht angerührt, um ihr eine neue Aufgabe zuzuweisen.

Was mache ich, fragte sich Vera, wenn er kommt? Ich werde ihn ohrfeigen, was denn sonst? Daß er kommt, ist klar, und ich *muß* ihn dann ohrfeigen. Wie stünde ich sonst da? Andererseits...

Karl bewegte sich, Vera hörte es. Jetzt ist es soweit, dachte sie, er zwingt mich dazu, mich zu entscheiden.

Er kam aber nicht, sondern hatte sich nur auf die andere Seite gedreht. Vera setzte ihre Gedankenreihe fort. Andererseits, sagte sie sich, muß er doch glauben, daß ich verrückt bin. Ich hätte ihn doch geködert, muß er denken. Und daß dies so aussah, muß ich wohl oder übel zugeben. Um so mehr komme ich nicht drum herum, ihm das Gegenteil zu beweisen – wenn's sein muß, handgreiflich.

Irgendwie lag sie unbequem und suchte eine bessere Lage zu finden. Karl hörte es.

Was macht sie? fragte er sich. Muß sie noch aufs Klo? Oder...

Vera lag wieder still.

Kein ›oder‹ dachte er.

Langsam begann jeder am anderen zu zweifeln.

Vera räusperte sich. Mit unterdrückter Stimme rief sie: »Karl?«

»Ja?«

»Schlafen Sie schon?«

»Nein.«

»Ich habe vergessen, mich zu entschuldigen.«

»Für was?«

»Sie sind doch morgen früh durch mich gestört. Sie werden aufwachen. Das tut mir leid.«

»Macht nichts. Es schadet mir nicht, wenn ich auch einmal eher aufgescheucht werde.«

»Dann brauche ich mir also keine Vorwürfe zu machen?«

»Nein.«

»Gute Nacht«, sagte sie zum dritten oder vierten Mal. Er auch: »Gute Nacht.«

Stille. Knistern. Unveränderte Situation. Und dennoch wurden die Lider schwerer. Die Natur forderte, nachdem sie schon in der einen Richtung nicht zum Zuge kam, in der anderen ihr Recht.

Ehe Karl einschlief, war einer seiner letzten Gedanken: Mann, ein zweites Mal tust du dir das nicht an! Das hält ja der Stärkste nicht aus!

Und Vera entschlummerte, nachdem sie sich noch einmal sehr, sehr gewundert hatte: Der bringt das doch tatsächlich fertig, mich nicht anzurühren. Unglaublich! Toll! Ich habe mich wirklich getäuscht in ihm. Man muß ihn bewundern. Oder bedeutet das, daß er mich verschmäht? Das wäre ja etwas ganz Neues für mich. Lieber nicht.

Der Tag war längst angebrochen, die Sonne stand schon ziemlich hoch am Himmel, als Karl die Augen aufschlug und glaubte, darin der erste zu sein. Irrtum. Er schaute hinüber zur Couch, sie war leer.

»Vera!« rief er.

Keine Antwort. Vera war in der ganzen Wohnung nicht mehr vorzufinden. Die einzige Spur, die er von ihr noch entdeckte, war ein Blatt Papier, auf das mit einem Malerpinsel in roter Farbe DANKE geschrieben stand. Das Blatt lag auf dem Tisch.

Der Kühlschrankinhalt war auch nicht angerührt worden.

Die verschwand mit nüchternem Magen, eruierte in Gedanken Karl. Gehört habe ich sie überhaupt nicht. Da sind zwei Dinge zusammengekommen: Ich muß geschlafen haben wie ein Bär, und sie muß sich nur auf Zehenspitzen bewegt haben.

Er setzte sich an den Tisch und betrachtete das Blatt mit Veras Handschrift. Das ging eine ganze Weile so. Dann tat er etwas, das gewisse Aufschlüsse hinsichtlich seiner Überlegungen zu geben schien. Er strich mit dem gleichen Pinsel, den auch Vera benützt haben mußte, das DANKE durch.

Vielleicht wußte er aber auch selbst nicht, warum er das tat. Vielleicht war es nur eine reine Spielerei, der keinerlei Bedeutung beizumessen war.

Nachmittag war es. Über dem großen Atelierfenster, einem der vielen Atelierfenster, die dem Münchner Viertel Schwabing den Ruf eines ›deutschen Montmartre‹ eingebracht hatten, hing eine milchig-fahle Sonne. Karl fühlte sich wie erschlagen. Für diese besondere Sitzung hatte er sich besondere Mühe gemacht. Vier geschlagene Stunden lang hatte er herumgetobt, um das Atelier auf Vordermann zu bringen; geputzt hatte er, mit eigenen Händen, den Staubsauger heulen lassen, endlose Reihen von Flaschen in Plastiksäcke verschnürt und zum Müll getragen, er hatte Tassen, Teller und Töpfe gespült und ordentlich aufeinandergeschichtet, Papierkörbe und Farbschachteln geleert, Staffeleien und Keilrahmen dekorativ an der Wand verteilt, die Bettwäsche in den Schrank gestopft und die Sofakissen neu arrangiert, selbst der Kleiderbaum, der unter einem Gebirge von Jeans und Hemden stets zusammenzubrechen drohte, war von seiner Last befreit. Alles hatte er getan, jawohl. – Und wieso? Im Grunde doch wegen eines einzigen Satzes: DAS HONORAR SPIELT FÜR MICH

ÜBERHAUPT KEINE ROLLE! hatte die Männerstimme am Telefon gesagt.

Eine solche Eröffnung war Balsam!

Allerdings, es kam eine Einschränkung: »Vorausgesetzt natürlich, die Sache haut hin. Sehen Sie, Freunde, die etwas von Kunst verstehen, haben Sie mir empfohlen. Sogar auf eine Ausstellung haben sie mich mitgeschleppt. – Na ja, ich will hier keine Kritik üben, aber wissen Sie, etwas zu abstrakt war mir das schon. Ich will ja keinen Picasso...«

Was er überhaupt haben wolle, hatte Karl gefragt.

»Tatsachen. Nackten, knallharten Realismus. So wie das Leben ist, so wie Gott die Körper erschuf. In diesem Fall geht's um den Körper einer Frau.«

»Die Frau Gemahlin?«

»Na, hören Sie mal! Meine Frau auch noch an der Wand? Und – nackt? Das würde ich mir niemals zumuten. Ihnen übrigens auch nicht.«

»Aha.«

»Ja, aha!« hatte die Stimme am Telefon bestätigt. »Es handelt sich um eine jüngere Dame. Um meine Freundin, wie Sie vermutlich bereits erraten haben. Von der will ich ein Bild.«

»Einen Akt?«

»Einen Rückenakt«, hatte die Stimme bestätigt. »Und wenn wir bei Ihnen sind, werden Sie auch wissen, warum.«

»Und wann werden Sie bei mir sein?«

»Heute. Morgen muß ich nämlich nach Düsseldorf... Also, wenn es irgendwie geht, dann schon heute nachmittag. – Geht das?«

»Es geht.«

Sie kamen Punkt vier... Sie kam als erste die enge Treppe zum Dachgeschoß und den Atelierwohnungen hochgestiegen, er keuchte hinterher. Kein Wunder bei den Jahren, die sie trennten, und den Kilos, die er zu schleppen hatte.

»Sind Sie das? – Die Treppe ist ja der reine Mord.«

Karl konnte nichts als nicken. Es hatte ihm die Sprache verschlagen, und das kam selten vor. Auch sie hatte ihre Kilos, aber im übrigen nur knackige Jugend zu bieten, mit all diesen blonden Korkenzieherlocken, den blauen Puppenaugen und den Grübchen in den Wangen und dem ganzen Gold- und Brilli-Gefunkel, das sich gleichmäßig über Haare, Ohren, Hände und ihr weißes Leinenkostüm verteilte, erinnerte sie ihn an einen Rauschgoldengel – einen Rauschgoldengel, der sich von der Spitze des Christbaums in ein muffiges Münchner Treppenhaus und an die Seite eines infarktgefährdeten Viehhändlers verirrt hatte.

»Lepsius«, stellte sich der Viehhändler vor. »Carl Lepsius. Carl mit ›C‹.«

»Ich heiße auch Karl«, sagte Karl. »Mit ›K‹.«

»Ah ja? Das ist – hm – na, das ist Mäuschen.«

»Dann kommen Sie doch bitte herein.«

»Einen Rückenakt, ich möchte das nochmals wiederholen«, sagte er und warf einen kurzen Blick auf die Staffelei. »Aus zwei Gründen übrigens. Einmal, das werden Sie gleich selber sehen, weil es sich bei Mäuschen lohnt. Und wie es sich lohnt! – Und zweitens, na, Sie wissen schon: Man weiß doch nie, wer da in meine Münchner Zweitwohnung reinschneit. Deshalb, vom Profil bitte nur eine Andeutung... Ich möchte nicht, daß man rauskriegt, um wen oder was es sich handelt.«

Das war um vier gewesen. Nun war es halb fünf. Der Viehhändler hing in Karls Liegestuhl in der Ecke, eine schwarze, unförmige, in Zigarrenrauch eingenebelte Masse. Karl allerdings beschäftigte sich im Moment mit dem Modell. Und das war nun wirklich – Karl suchte nach Worten – beachtlich, imponierend, monumental, gigan-

tisch! Zweifelsfrei, dies waren die unglaublichsten Pobak-
ken, die ihm jemals vor Augen und Pinsel geraten waren.
Und er hatte doch nun wirklich einige Erfahrungen auf
diesem Gebiet...

Das vollkommene Rund, die perfekte Rundung...

Und was die Kurven noch beeindruckender machte,
war die schmale Taille, über die die Dame verfügte. Bei
Gott – eine Herausforderung! Und wie alle wahren künst-
lerischen Herausforderungen bereitete sie Spaß, – einen
Spaß, der noch angereichert wurde durch... nun, sagen
wir den Kitzel der Situation.

Dennoch: Da war einiges, das störte.

Zum Beispiel der Gedanke, daß er sich von diesem Fettsack zum Po-Auftragsmaler deklassieren lassen mußte.
Selbst ein Renoir hatte ungezählte göttliche Hinterteile gemalt, von Rubens, Velasquez gar nicht zu reden, auch die
Römer und Griechen – alle waren sie fasziniert vom gleichen Teil, nein, dergleichen Krönung der weiblichen Ana-
tomie! Aber Faszination bedeutet Freiwilligkeit. Keiner
war zu den Meistern gekommen, hatte mit der Brieftasche
gewinkt und gleichzeitig gedroht, er werde nur bezahlen,
wenn ihm der Po gefalle... Sie hatten aus Begeisterung
gemalt.

Vielleicht konnte er seine Begeisterung noch in Gang
bringen. Das mußte er.

»Geht nicht«, verkündete er deshalb mutig.

»Was geht nicht?«

»So kann ich keinen Rückenakt malen.« Karl sprach
vom Rücken, meinte jedoch dessen Verlängerung.

»Und warum nicht?«

»Das Ding. – Das Ding muß weg.«

Das ›Ding‹ war ein hauchdünner Slip von jungfräuli-
chem Weiß. In einer geschwungenen Dreiecksform um-
schloß er Mäuschens Backen, um dann zwischen den
Schenkeln zu verschwinden.

»Sie meinen...«

»Ja, ich meine das Höschen.«

»Das ist doch fast durchsichtig«, protestierte Lepsius, der Viehhändler.

»Das ist nicht durchsichtig. Nicht mal fast.«

»Hören Sie, junger Mann – wie alt sind Sie eigentlich?«

»Was hat das damit zu tun?«

»Ich habe eine Frage an Sie gestellt.«

»Ich sehe nicht ein, daß sie in irgendeiner Beziehung zum Gegenstand steht. Aber bitte – vierunddreißig.«

»Vierunddreißig? Und Sie können sich noch immer nicht vorstellen, wie es unter der Unterhose einer Frau aussieht?«

Mäuschen begann zu kichern. Sie kicherte hoch und glockenhell.

Karl aber spürte, wie in ihm die Wut hochkochte. Am liebsten hätte er den Pinsel in die Ecke gefeuert. Wollte der alte Blödsack ihn auf den Arm nehmen? Dem wirst du gleich... Nichts wirst du! Rechtzeitig erinnerte sich Karl der Mietschulden, der Rechnung für die Keilrahmen, die noch von der letzten Ausstellung fällig war, der Rate für die Hifi-Anlage – und dies war nur die Spitze des Eisbergs... Rechtzeitig gewann er deshalb seinem Gesicht ein jungenhaftes, strahlendes Lächeln ab.

Er hatte die Spitze des Eisberges erblickt. Nun galt es, ihn zu umschiffen.

»Mein lieber Herr Lepsius! Die Tatsache, daß Sie bei mir einen Rückenakt bestellten, beweist ja nichts anderes, als daß Sie gleich mir die weibliche Kehrseite zu den herrlichsten Geschenken zählen, mit der die Natur uns Männer beglückt... Nun habe ich natürlich – und da täuschen Sie sich gewaltig, Verehrter –, nun habe ich schon rein beruflich als Aktmaler häufig Gelegenheit, diesem Naturwunder zu begegnen.«

Wieder das Kichern von Mäuschen.

185

»Aus diesen Erfahrungen, lieber Herr Lepsius, gewann ich vor allem eine Erkenntnis: So wie ein hübsches Frauengesicht seine unverwechselbare Physiognomie hat, so hat sie auch sein rückwärtiges Pendant. Wie ein Grübchen sitzt, wie eine Kurve schwingt, ob sie uns zu Birnen- oder Apfel-Vergleichen lockt – alles zusammen ergibt stets einen vollkommen einzigartigen, unverwechselbaren Eindruck.«

»Hm? Gar nicht so schlecht«, knurrte der Fettsack aus seiner Ecke. »Wenn ich's mir überlege: So habe ich es eigentlich auch immer gesehen.«

»Aber ich bin ja noch nicht zu Ende. Was für die Form gilt, gilt auch für die Farbe. Auch sie ist stets individuell und daher verschieden. Und nun frage ich Sie, wie soll ich denn Mäuschens... ah, Verzeihung...«

»Sagen Sie ruhig Mäuschen zu mir«, ließ sich Mäuschen vernehmen.

»Wie soll ich sie also mit diesem lächerlichen Slip konterfeien? Es wäre genauso, als würden Sie mich bitten, das Portrait von einer verschleierten Frau zu malen – finden Sie nicht?«

»Na«, kicherte Mäuschen, »wenn's nur das ist...«

»Er hat recht«, kommandierte Lepsius. »Runter das Ding, Mäuschen.«

Und Mäuschens lackierte Fingernägel schoben sich unter den Gummibund. Doch gerade in diesem Moment – und Karl konnte nicht umhin, ihn als dramatisch zu empfinden, so dramatisch sogar, daß er den Pinsel sinken ließ – ausgerechnet in diesem Augenblick, als vor seinen schönheitstrunkenen Augen Mäuschens rückwärtige Physiognomie zu erblühen begann, läutete das Telefon...

Das Telefon befand sich im Ausgang zur Nottreppe, die die Brandinspektion vor zwei Jahren der Hausverwaltung aufgezwungen hatte. Ein Feuerlöscher hing daneben...

Karl hatte die Anordnung ›Telefon, Notausgang und

Feuerlöscher‹ stets als sehr sinnvoll empfunden, denn es fügte sich häufig genug, daß ausgerechnet dann, wenn er weibliche Gäste im Atelier bewirtete oder beherbergte, weibliche Anrufe kamen, die die mühsam aufgebaute Atmosphäre stören konnten.

Also war er entsprechend vorbereitet. Und deshalb zog er auch jetzt, wie immer auf alles gefaßt, die schwere, eiserne Feuertüre zu. So drang kein Wort nach drinnen. Abgeschottet war er wie ein CIA-Agent.

Karl hob ab.

»Karl!«

Dies war keine Damenstimme. Sie gehörte Dr. Albert Max.

»Ja?«

»Mensch, Mensch, Mensch, – das haut hin!«

»Was haut hin?«

»Die macht mit, Karl.«

»Wer macht mit?«

»Sonja. Sie kommt aufs Boot.«

»Das wissen wir doch schon.«

»Klar wissen wir's. Und gerade deshalb rufe ich ja an. Die Sache muß vorbereitet werden, strategisch wie logistisch, bis in das letzte Detail – kapiert?«

Nicht einmal nach Vera fragt er, dachte Karl, dabei weiß er doch zumindest, daß wir gestern zusammen gegessen haben. Dann hat er's wirklich wichtig mit Sonja. – Logistisch und strategisch...

»Du meinst, was zum Trinken, oder was?«

»Nicht nur. Du bist doch der Künstler! Was ist denn mit deiner Fantasie? Hast du noch nicht an den Ablauf gedacht? Wir können schließlich nicht immer auf dem Boot bleiben. Dort ist's sowieso zu unbequem.«

»Zu was?«

»Zu allem.«

Na ja, dachte Karl, da hat er wieder recht...

»Paß auf, es ist nämlich so: Die vom Verein haben mich gefragt, ob ich nicht ein paar neue Segel und Persenninge mitbringen könnte. Sie wollen mir auch den VW-Bus zur Verfügung stellen. Das Zeug ist Importware. Ich muß es im Zoll-Auslieferungslager holen, verstehst du?«

Karl verstand kein Wort.

»Und deshalb, wenn wir schon den Wagen haben, dann könnten wir auch alles Notwendige, das man zu einer ordentlichen Fete braucht, gleich mitnehmen. Es wäre doch nackte Verschwendung, die Mädchen gleich nach dem Segeln wieder nach München zu bringen. Ich halte es für strategisch ganz entscheidend, sie über Nacht am Starnberger See...«

»Du«, warf Karl ein, »ich bin am arbeiten. Ich habe eine Portraitsitzung.«

Aktsitzung wagte er nicht zu sagen. Er kannte Alberts Bemerkungen, er kannte sein höhnisches Gekicher. Er haßte es.

»Dauert ja nicht lange.«

»Dann komm endlich zum Punkt.«

»Der Punkt ist einfach der, daß wir's diesmal schaffen müssen.«

»Daß du's schaffst.«

»Wenn ich – dann du doch auch?«

»Das ist mir alles viel zu kompliziert. Ich muß jetzt wirklich...«

»Mensch«, hörte er Albert stöhnen, »du hast auch gar keinen Schwung mehr. Was ist bloß aus dir geworden? Nicht ein Funken von Begeisterung. – Na gut...« Papierrascheln und eine leise, völlig veränderte Albert-Stimme: »Fräulein Köhler, bringen Sie mir doch mal die Eingänge her. Ich diktiere den Einspruch gleich. – Also ciao, Karl.«

Karl legte auf, schüttelte den Kopf, rieb sich die Nase, öffnete die Feuertür – und erstarrte. Was war denn hier los? Was war denn jetzt wieder passiert?

Das Bild hatte sich geändert: Keine Rückenansicht, keine sliplos-vollkommenen Rundungen. ›Mäuschen‹ hatte sich wieder in den Rauschgoldengel im weißen Leinenkostüm zurückverwandelt. Rot war sie im Gesicht, blinzelte bedrückt, kratzte sich überdies noch verlegen mit der rechten Fußspitze am linken Knöchel.

Viehhändler Carl Lepsius jedoch war zu einer Art dunklem, drohenden dicken Ausrufezeichen geworden.

»Aber was ist denn?« stotterte Karl.

»Was ist?!« kollerte Carl Lepsius. »Das fragen Sie mich? Das möchte ich schon eher von Ihnen wissen. Einfach wegzurennen, wegen 'nem blöden Anruf. Wenn ich so meine Kunden behandeln würde, wäre ich schon längst ruiniert.«

»Aber...«

»Aber das ist noch nicht alles! Wegzurennen und Hildegard nackt, in dieser unmöglichen Situation einfach hokkenzulassen... Mit Ihnen sind wir fertig – nicht wahr, Mäuschen?«

Mäuschen gab keine Antwort. Sie blinkerte nur.

»Soll ich Ihnen sagen, warum ich mit Ihnen fertig bin? Weil Sie mir den Beweis geliefert haben, daß mein erster Eindruck von Ihnen vollkommen richtig war. Künstler wollen Sie sein? Daß ich nicht lache... Ein Ignorant sind Sie. Nur ein Ignorant bringt es fertig, eine so vollkommene Frau wie Mäuschen einfach sitzenzulassen und wegzulaufen. Eine Schande! Eine Demütigung ist das.«

»Ich hab' doch nur...«

»Was Sie haben oder hatten, interessiert mich nicht. Und für Ihr Verhalten, für diese bodenlose Unverschämtheit gibt es schließlich nur eine einzige Erklärung – daß Sie keine Ahnung haben. Na, danke... Wenn ich dran denke, daß ich an Sie beinahe meine Kohle verschwendet hätte... Na, Mäuschen, komm, da haben wir ja viel Geld gespart!«

Das rief Carl Lepsius, der Viehhändler, bereits über die Schulter. Rief, brüllte es. Er drückte die Klinke, schob den Rauschgoldengel ins Treppenhaus und schmetterte die Türe hinter sich zu.

Karl holte erst mal tief Luft. So eine Pleite! Und wem hatte er sie zu verdanken? Ihm, dem er in letzter Zeit die meisten Pleiten verdankte, seinem Freund Albert Max.

Ohne recht zu wissen, was er tat, räumte er den Stuhl weg, auf dem ihm Mäuschen ihre Kehrseite dargeboten hatte.

Er kniff ein wenig die Augen zusammen. Was war denn das? – Ein Zettel. Er hob ihn auf. Es handelte sich offensichtlich um ein aus einem kleinen Notizblock herausgerissenes Blatt. Darauf war mit Lippenstift eine Telefonnummer geschrieben. Es war eine Münchner Nummer...

Karl las sie andächtig, zerknüllte sie dann und warf sie weg. Aber er fühlte sich schon wieder erheblich besser...

Der Vertreter Ernst Becker reagierte prompt, nachdem er den Brief des Rechtsanwalts Dr. Albert Max erhalten hatte. Er rief aus Regensburg diesen Mann an, der in seinen Augen nur total verrückt sein konnte.

»Sagen Sie mal, Herr Max«, begann er, »wie kommen Sie mir denn vor? Wer sind Sie denn? Sie können doch nicht solche Briefe in der Gegend herumschicken!«

»Doch.«

»Wissen Sie, daß kein Wort wahr ist von dem, was Sie da schreiben?«

»So?«

»Kein einziges Wort!«

»Dann hätte ich allerdings einen Fehler gemacht.«

»Genau. Und deshalb erwarte ich von Ihnen eine Entschuldigung.«

»Von mir?«

»Von wem sonst?«

»Von meiner Mandantin.«

»Mit der rede ich doch nicht mehr.«

»Aber die hat mir all das gesagt, was ich Ihnen geschrieben habe. Es sind *ihre* Behauptungen.«

»Weibergewäsch!«

»Das kann ja vor Gericht geklärt werden.«

Eine kleine Pause entstand am Telefon, dann räusperte sich Becker und sagte: »Wieso vor Gericht?«

»Weil meine Mandantin von ihren Behauptungen nicht abgeht, Sie jedoch alles bestreiten, das Ganze also auf einen Prozeß hinauslaufen muß.«

»Lächerlich!«

»Lächerlich?«

»Jawohl, lächerlich, absolut lächerlich! Sie werden doch nicht glauben, daß ich meine kostbare Zeit vor Gericht verplempere. Man weiß doch, was dabei herauskommt. Ich habe Besseres zu tun.«

»Meine Mandantin auch.«

»Was wollen Sie denn mit der schon wieder? Wissen Sie, was die mich kann?«

»Ja, das weiß ich, aber außerdem möchte ich noch was anderes von Ihnen wissen.«

»Was?«

»Wie's mit den Rechnungen Ihrer Firma steht, die meiner Mandantin drohen?«

»Welche Rechnungen?«

»Ach, das wissen Sie nicht?«

»Keine Ahnung.«

»Interessant.« Max räusperte sich. »Ja, Herr Becker, wenn das so ist, dann haben wir es mit einer ganz neuen Lage zu tun. Dann existiert ja gar keine Bedrohung für meine Mandantin?«

»Wie oft soll ich Ihnen noch sagen, daß Sie mir nicht dauernd mit der anfangen sollen? Die Einbildungen von der interessieren mich einen feuchten Käse.«

»Staub.«

»Was?«

»Einen feuchten Staub, wollten Sie sagen, nicht?«

»Ja, natürlich«, erwiderte der Vertreter nach kurzem Stutzen. »Aber die Bedeutung ist doch die gleiche.«

»Kommen wir zum Schluß, Herr Becker: Sie sprachen soeben von ›Einbildungen‹ meiner Mandantin. Soll das heißen, daß Sie mit ihr besagtes Gespräch gar nicht geführt haben?«

»In *dieser* Form jedenfalls nicht!«

»Gut, ich verstehe Sie, Sie haben also kein unsittliches Ansinnen an sie gestellt?«

»Herr Max, ich bin verheiratet!!«

»Herr Becker, das ist ein Argument, das mich überzeugt. Ich will Ihnen glauben. Und aus dem einen ergibt sich das andere. Ich will Ihnen auch glauben, daß Sie den Tatbestand der Erpressung nicht einmal gestreift haben. Sie wollten ja nichts von meiner Mandantin – also wozu eine Erpressung?«

»Sie sagen es, Herr Rechtsanwalt.«

»Dann schlage ich vor, daß beide Seiten das Ganze vergessen.«

»Einverstanden.«

»Das Ganze, Herr Becker!«

»Natürlich das Ganze. Worauf spielen Sie an?«

»Auf die Rechnungen.«

»Welche Rechnungen?«

Damit begnügte sich Dr. Max.

»Gut«, sagte er, »wir sind uns einig, und ich denke, wir hören in der Angelegenheit nichts mehr voneinander. Recht so, Herr Becker?«

»Guten Tag.«

»Guten Tag.«

»Es war mir kein Vergnügen.«

»Mir auch nicht.«

Das Telefonat war beendet, beide legten auf. Im gleichen Augenblick schellte aber bei Max der Apparat schon wieder, und die Dame, die an der Strippe war, sagte: »Es ist schwer, zu Ihnen durchzukommen, Herr Doktor...«

»Mit wem spreche ich?« antwortete Albert Max, obwohl er die Stimme erkannt zu haben glaubte.

»Sonja Kronen.«

»Grüß Gott«, freute sich Max münchnerisch. »Wissen Sie, mit wem ich so lange gesprochen habe?«

»Grüß Gott. Nein, mit wem?«

»Mit Ihrem stürmischen Verehrer.«

»Mit Becker?«

»Er hat mich aus Regensburg angerufen.«

»Und ich wollte mich gerade bei Ihnen erkundigen, was wir denn machen sollen, wenn er überhaupt nicht reagiert. Ich denke doch Tag und Nacht an nichts anderes mehr als an das Damoklesschwert, das über mir hängt.«

»Ach, wäre ich nur auch ein Damoklesschwert.«

»Wie bitte?«

»Eines, das über Ihnen hängt, damit Sie Tag und Nacht nur noch an mich denken würden«, witzelte er.

Sonja konnte seinen Humor nicht teilen.

»Sie sind ja sehr heiter«, sagte sie mit deutlichem Vorwurf in der Stimme. »Mir fehlt allerdings die Basis dazu.«

»Sie sehen sich schon von Zahlungsbefehlen umringt?«

»In meinen Alpträumen, ja.«

»Die können Sie verscheuchen.«

Kurz blieb es still.

»Ja?« sagte Sonja dann ganz ängstlich.

»Ja.«

Es zerstob also keine wunderschöne Illusion.

»Ich kann mich darauf verlassen?«

»Hundertprozentig, Fräulein Kronen.«

Nun kam der Jubelruf: »Herr Doktor!«

»Den haben wir kleingemacht, meine Liebe«, brüstete

er sich. Ein bißchen ›Auf die Pauke haun‹ konnte ja nicht schaden.

»*Sie* haben ihn kleingemacht, Herr Doktor Max! Ich küsse Sie! Mir fällt ein Stein –«

»Moment«, unterbrach er. »Was sagten Sie?«

»Daß mir ein Stein vom Herzen fällt.«

»Nein vorher? Was Sie vorher sagten?«

»Vorher? Daß *Sie* derjenige waren, der ihn kleingemacht hat, Herr Doktor Max.«

»Nein dazwischen? Was Sie zwischen diesen beiden Sätzen gesagt haben?«

»Daß...«

»Ja?«

»Daß ich Sie küsse.«

»Dann habe ich Sie also doch richtig verstanden, und das wollen wir festhalten – Sie küssen mich. Wann?«

»Gehört das zum Honorar?«

»Das *ist* das Honorar.«

»Dann kann ich mich dem nicht entziehen. Schulden muß man begleichen. Bestimmen Sie den Zeitpunkt.«

»Sind Sie mit mir einig, das nicht auf die lange Bank schieben zu wollen?«

»Meine Mutter sagte immer, je länger man das tut, desto saurer wird der Apfel, in den man zu beißen hat.«

»Das ist wahr. Man wird ja auch nicht schöner, wenn man den Zahn der Zeit an sich nagen läßt – ein Gesichtspunkt, der gerade beim Küssen ins Gewicht fällt.

»Sie sehen das von allen Seiten, Herr Doktor.«

»Kurz- und langfristig, ja.«

»Also wann?«

»Am besten gleich heute – wenn Sie sich's so einrichten können?«

»Na gut«, sagte Sonja mit einem kleinen Seufzer, den Albert als großen Stich empfand. »Aber nicht vor Geschäftsschluß... und nicht ohne Zeugen.«

»Zeugen?«

»Ich bringe meine Freundin Vera mit...«

Das war kein Stich mehr für ihn, sondern ein harter Schlag.

»Wir kommen zu Ihnen in die Kanzlei«, ergänzte Sonja. »Geht das?«

»Ja«, antwortete er. »Aber warum soll nicht umgekehrt ich Sie in Ihrem Geschäft abholen?«

Sieh mal an, ›Geschäft‹ hat er gesagt, nahm Sonja das im stillen zur Kenntnis; nicht mehr ›Laden‹.

»Nein«, erklärte sie, »Sie wollen ja Ihr Honorar kassieren, und ich möchte nicht, daß das vor meiner Verkäuferin geschieht.«

»Fräulein Kronen –«

»Herr Doktor«, schnitt sie ihm das Wort ab, »könnten wir nicht auch Ihren Freund dazuholen?«

»Karl Thaler?«

»Ja. Sagen Sie ihm doch ebenfalls Bescheid, und wir treffen uns zu viert bei Ihnen, um anschließend einen kleinen Bummel zu machen. Wäre das keine gute Gelegenheit, daß sich die ganze Segel-Crew, die gebildet werden soll, zum ersten Mal trifft und sich gegenseitig beschnuppert?«

Da es keinen Grund gab, der dagegen gesprochen hätte, konnte Albert dem Vorschlag seine Zustimmung nicht versagen. Es wurde also alles Nähere vereinbart, und so kam es, daß gegen sieben Uhr abends Gina im ›Palais-Keller‹ von Karl Thaler gefragt wurde, wie es denn heute mit Leberknödelsuppe sei – und zwar für vier Personen?

»Heute ja«, strahlte Gina. »Aber wollen Sie nicht essen Welchesuppe? Ich sprechen über Welchesuppe mit Koch und er mir sagen, daß er kochen Welchesuppe für Sie, wenn Sie kommen wieder und wollen haben. Und jetzt Sie sind wieder da und wollen haben vielleicht.«

»Was sagt die?« fragten Sonja und Albert wie aus einem Munde.

Vera und Karl lachten und erzählten, was sie mit der Italienerin erlebt hatten. Als Gina merkte, daß man sich auf ihre Kosten lustig machte, war sie verletzt und scheute sich nicht, zur Sache, alle vier anblickend, ein paar Worte zu sagen: »Ich sprechen schlecht deutsch; Sie sprechen schlecht italienisch; wo sein Unterschied? Ich sprechen bald besser deutsch; Sie sprechen immer schlecht italienisch; das sein Unterschied zwischen Ihnen und mir.«

»Da hat sie recht«, meinte Karl spontan und blickte ihr nach, als sie mit erhobenem Haupt zu einem anderen Tisch ging, dadurch demonstrierend, daß sie sich auch spürbar zur Wehr setzen konnte nach dem Motto: ›Wartet nur, bis ich euch bediene. Für heute bleibt ihr hintangesetzt.‹

Alberts Reaktion war eine andere als die von Karl.

»Die soll uns«, schimpfte er, »unsere Leberknödel bringen und sich hier nicht aufspielen! Oder wir schicken sie nach Hause!«

Sonja nickte beifällig.

Vera hingegen schüttelte den Kopf. Sie vertrat demnach nicht Alberts, sondern Karls Meinung. Ansonsten aber konnte kein Zweifel aufkommen, wer von den vieren hier zu wem tendierte, nämlich Vera zu Albert und umgekehrt; sowie Sonja zu Karl und umgekehrt.

Das Quartett saß auch so, daß man das sehen konnte. Die Strategie der Männer, von der die zwei Mädchen nichts wissen konnten, deren Opfer sie aber werden sollten, besaß also noch volle Gültigkeit.

Ein gewisser Webfehler war der, daß Sonja ihrer Freundin angekündigt hatte, es auf Albert anzulegen, um ihn ihr abspenstig zu machen, daß sie aber nun vom ersten Augenblick an ganz heftig mit Karl flirtete und das andere Feld eindeutig Vera überließ. Was hatte das zu bedeuten?

Einen Sinneswandel Sonjas? Oder bedeutete es nichts anderes als daß auch Sonja zur gleichen Strategie griff, die sich Albert Max vom alten Oberkellner Augustin Greis hatte einflüstern lassen? (In der Liebe sei der Umweg über einen zweiten Partner oft der sicherste Weg zu dem einen – dem Einzigen.)

Wer weiß?

Karl Thaler litt nicht gerade darunter, daß ein Supermädchen wie Sonja ihm gegenüber so richtig auftaute. Automatisch ließ auch er alle Minen springen, und da er darin keiner war, der blaß gewirkt hätte, fühlte sich davon Albert Max, gelinde ausgedrückt, unangenehm berührt. Verwunderlich war das freilich nicht, aber auch nicht abzustellen bei der Konstellation der Kräfte, die hier wirksam waren. Mit anderen Worten: Albert hatte sich das, was geschah selbst zuzuschreiben.

Merkwürdig war etwas anderes: nämlich daß auch Vera angesichts des Treibens zwischen Sonja und Karl so manchen kleinen Stich empfand. Sie konnte das von sich selbst nicht verstehen.

»Wir kennen uns ja schon«, hatte Sonja bei der Begrüßung in Alberts Kanzlei zu Karl gesagt. »Als Sie aber Vera in meinem Geschäft abholten, hätte ich nicht gedacht, daß sich unsere Wege noch einmal kreuzen würden.«

Und daran anknüpfend, meinte sie, zwischen Suppe und Hauptgang, jetzt: »Wissen Sie, was ich heute sofort an Ihnen vermißt habe?«

»Was?«

»Die Turnschuhe.«

»Die werden Sie aber gerne vermißt haben«, grinste Karl.

»Nein, im Gegenteil, mir haben sie gefallen.«

Karls Blick wich nicht ab zu der Stelle, wo Vera saß.

»So?«

»Ja.«

Das Luder lügt, dachte Vera empört. Wozu das? Ich weiß genau, daß sie lügt, ich kenne ihren Geschmack.

»Karl«, ließ sich Albert vernehmen, »ihr zwei habt uns vorhin zwar erzählt, was ihr mit dieser Italienerin da erlebt habt, aber wie lange ihr euch hier, alles in allem, amüsiert habt, weiß ich immer noch nicht.«

»Bis nach Mitternacht«, verriet Karl.

»Und dann? Seid ihr schon nach Hause gefahren oder noch woanders versumpft?«

Karl blickte Vera an.

»Haben Sie gehört?« fragte er sie. »Er möchte wissen, ob wir noch versumpft sind.«

»Nein«, sagte sie lächelnd zu Albert, »das sind wir nicht. Herr Thaler hat mich von hier zur Tiefgarage gebracht, dort trennten wir uns.« Ihr klarer, reiner Blick wanderte zurück zu Thaler. »Oder nicht, Karl?«

»Genau. Pech war dann für mich, daß ich am Karlsplatz keine Bahn mehr gekriegt habe.«

»Das war die Strafe dafür«, bemerkte Albert schadenfroh, »daß ihr nicht eher ein Ende gefunden habt. Du hättest ihn aber noch nach Hause fahren können, Vera.«

»Das nächste Mal mache ich das, Albert.«

Endlich kam der Hauptgang. Der ›Dienst nach Vorschrift‹, den Gina zelebrierte, zeitigte seine Früchte. Der Entschluß, zu dem sich Albert dadurch veranlaßt sah, lautete folgendermaßen: »Trinkgeld kriegt die von mir keinen Pfennig – oder die hundert Lire, die ich noch in irgendeiner Tasche stecken haben muß. Wieviel sind das, hundert Lire...?«

»Ach«, beantwortete er die Frage selbst, geringschätzig abwinkend, »lächerlich... diese ganze Bagage mit ihrer Scheißwährung – entschuldigen Sie den Ausdruck, meine Damen, aber mir platzt einfach immer wieder der Kragen, wenn ich mir die alle so ansehe... der Terror... die Korruption... die Streiks...« Er winkte noch einmal wegwerfend.

Sonja nickte zustimmend. Vera zeigte keine Regung. Karl sagte: »Ich sehe die anders.«

»Was siehst du anders?« entgegnete Albert. »Den Terror? Die Korruption? Die Streiks?«

»Wenn du so fragst, erwidere ich: Wie siehst du die Malerei von denen, die Bildhauerei, die Architektur, die Musik?« Karl geriet rasch in Feuer. »Die ganze ungeheure kulturelle Leistung der Italiener, was ist mit ihr? Leonardo da Vinci... Tizian... Raffael... der unfaßliche Michelangelo... Palladio... Verdi...«

»Vergiß Nero nicht. War auch ein Künstler«, unterbrach Albert sarkastisch Karls Aufzählung. »Schlug, soviel ich weiß, die Leier, schrieb Gedichte...«

Daraufhin verstummte Karl Thaler, und auch Albert Max sagte nichts mehr. Das Duell ihrer Blicke endete remis. Hat ja keinen Zweck, sagte sich Thaler, der Musensohn. Zum selben Urteil kam aber auch Max, einer der ungezählten Banausen, ohne die kein Zeitalter bestehen könnte.

»War das ein Streit?« fragte Sonja.

Beide Männer schüttelten verneinend die Köpfe. Sie ließen wissen, daß sie sich auf diesem Gebiet immer wieder mal in der Wolle hätten. Dies schadet jedoch ihrer Freundschaft nicht, einer Freundschaft zwischen Seemännern.

Das Stichwort löste Gelächter aus.

»Wann geht's denn nun los mit der Segelei?« fragte Vera.

Albert schlug den kommenden Sonnabend vor. Vera und Karl tauschten einen raschen Blick.

Zu Vera hinnickend, sagte Sonja: »Wir zwei brauchen aber noch die entsprechende Ausrüstung. Wo kriegen wir die?«

Albert und Karl blickten einander an, und Karl meinte: »Da muß einer von uns beiden mit, wenn die das einkaufen gehen.«

»Du«, nickte Albert. »Du hast mehr Zeit als ich.«

Da dies unstrittig war, setzte Karl das Gespräch mit den Damen fort. Wahrscheinlich werde, sagte er, gar nicht soviel gebraucht werden, sicher sei einiges schon vorhanden... Pullover... Mütze... Schal... Jeans...

Das Wichtigste, warf Sonja ein, scheine ihr eine Schwimmweste zu sein.

Die Männer fanden das sehr lustig und lachten.

»Schwimmwesten«, sagte Albert, »bräuchten wir alle vier nur auf dem Ozean.«

»Im Starnberger See kann man aber doch auch ertrinken«, gab Sonja zu bedenken. Sie sagte dies mit so besorgter Miene, daß den Männern unwillkürlich das Lachen verging. Noch ahnte aber keiner von ihnen das Schlimmste.

Die erste, der ein schrecklicher Verdacht kam, war Vera.

»Sonja«, sagte sie zögernd, »es ist doch... es ist doch nicht so, daß du... daß du nicht schwimmen kannst? Das hätte ich ja noch gar nicht gewußt.«

»Nein!« rief Albert.

»Nein!« rief auch Karl.

Damit wollten beide ihren absoluten Unglauben an das, was Vera da in den Bereich des Möglichen gerückt hatte, zum Ausdruck bringen.

»Vera«, sagte Sonja, »wir kennen uns erst viereinhalb Jahre. Ich bin sicher, auch ich weiß von dir manches noch nicht, was du mir bisher verschwiegen hast.«

Als erster faßte sich Karl, der zu Sonja sagte: »Ich gebe Ihnen Schwimmunterricht.«

»Das kann ich auch«, wollte Albert nicht ins Hintertreffen geraten.

Beide waren sich darin einig, daß alles andere vorerst zurückgestellt werden müsse. Sonja entschied sich für Karl Thaler.

».. . denn Sie«, sagte sie zu Albert, »sind mit Vera beschäftigt. Sie sollen sich nicht verzetteln.«

Der weitere Verlauf des Abends war durch die Bombe, die Sonja hatte platzen lassen, beträchtlich gestört. Albert Max hoffte wenigstens noch auf eines.

»Wollten Sie mich nicht küssen?« fragte er Sonja. »War das nicht der eigentliche Grund unseres Treffens?«

»Aber doch nicht hier«, gab ihm Sonja das Nachsehen. »Das hätte schon in Ihrer Kanzlei geschehen müssen.«

»Und warum ist es dort nicht geschehen?«

»Weil Sie nicht die Initiative dazu ergriffen haben.«

Dagegen setzte sich Albert ein bißchen zur Wehr, indem er versuchte, Sarkasmus in die Stimme zu legen, mit der er sagte: »Aha, ich war also derjenige, der das Ganze scheitern ließ.«

»Sie blieben mir auch noch anderes schuldig.«

»Was denn noch?«

»Ich weiß bis jetzt noch nichts Genaueres, wie Sie mit Becker zu Rande gekommen sind.«

»Ich habe Ihnen gesagt daß mit dem alles erledigt ist. Sie werden nichts mehr von ihm hören.«

»Wie hat er sich denn eingelassen?«

Den urjuristischen Ausdruck ›eingelassen‹ hatte Sonja irgendwo und -wann einmal aufgeschnappt.

»Das verrate ich Ihnen lieber nicht«, antwortete Albert und fuhr im selben Atemzug fort: »Sie seien ein Fall für den Psychiater. Sie litten unter Wahnvorstellungen. Er hätte nie ein Wort von all dem, was Sie sich einbilden, zu Ihnen gesagt.«

»Eine solche Unverschämtheit!« entrüstete sich Sonja.

Albert setzte sich in Positur.

»Vergessen Sie das Würstchen. Er ist bei mir an den Falschen geraten.«

Sonja kämpfte kurz mit sich, dann beugte sie sich zu ihm hinüber und gab ihm einen raschen Kuß auf die Wange, danach noch einen etwas längeren zweiten.

»Wo bin ich?« tat er verstört. »In meiner Kanzlei?«

Er bekam sogar noch einen dritten Kuß, dann war aber Schluß. Und weil das die ganze Ausbeute des Abends für ihn war und blieb, machte sich in seinem Inneren Enttäuschung breit, die auch nach außen drang, als sich zuletzt Veras Erwartung, er würde mit nach Ottobrunn fahren, nicht erfüllte. Als Vera, der gar nichts anderes in den Sinn gekommen wäre, das erkannte, schaltete sie schnell und fragte Sonja, ob sie bei ihr schlafen könne, was keiner Frage bedurfte.

Und zu ihrer eigenen Überraschung war die Enttäuschung, die sie empfand, kleiner, als sie gedacht hätte.

Die vier steckten in der nächsten Zeit viel zusammen. Oft trieben sie sich am Wasser herum, denn Sonja sollte ja schwimmen lernen. Als sehr anstellig erwies sie sich dabei aber nicht. Überrascht war Karl, der die Last mit ihr hatte, davon nicht so sehr. Schwimmen lernt man als Kind. Als Erwachsener hat man dabei die größten Schwierigkeiten. Radfahren lernt man auch als Kind – oder gar nicht mehr.

Die Übungen, deren Sonja bedürftig war, mußten an einsamen Stellen stattfinden, da sie einer größeren Öffentlichkeit verborgen bleiben sollten. Es läßt sich ja denken, daß Sonja nicht das Bedürfnis hatte, von allen möglichen Leuten ausgelacht zu werden. Einsame Uferstellen zu finden, war aber meistens gar nicht so einfach. Münchens Umgebung ist zwar reich an Seen, doch auch reich an Menschen, die sich Erholung am Wasser versprechen. Es kam daher oft vor, daß lange nach einem geeigneten Plätzchen für Sonja gesucht werden mußte. Mit der Zeit klapperten Sonja und ihr Lehrer, begleitet von Vera und Albert, eine ganze Reihe dieser Seen mit berühmten Namen an den Wochenenden ab und stellten fest, daß die Ufer nur nicht übervölkert waren, wenn es regnete. Wenn es aber goß blieben auch die vier zu Hause.

Vera hatte keine Ahnung, was man zu einer Segelpartie anzieht. Im Grunde interessierte sie es auch nicht sonderlich – etwas Sportliches, klar doch, vor allem etwas, womit man nicht hängenblieb.

So entschied sie sich für ihre abgeschnittenen Jeans. Eng waren die, eng wie eine Wurstpelle, und mit dem koketten Loch auf der rechten Hinterseite auch die heißesten aller Höschen, die Vera besaß. Eines stand nun fest: Vor der Gefahr, bei diesem bescheuerten Segeltörn auf dem Starnberger See an irgendeinem Bootsteil angehakt zu werden, war sie sicher. Nun das Jeanshemd, die Jeansjacke, ein paar schicke Plateau-Sandalen – und fertig.

Als Vera an diesem Samstagnachmittag kurz nach zwei Uhr die Boutique betrat, mußte sie erst mal Luft holen: Du meine Güte, was war jetzt schon wieder los? Auf der Theke, dem Kassentisch, auf Sesseln, Regalen, ja selbst auf dem Fußboden, wo man hinsah – überall Kleider! Und fast alle weiß. Weiße Blusen, weiße Leinenhosen, nein, hier gab's noch einen marineblauen Pulli, weiße Kappen, sogar einen weißen Hut konnte Vera entdecken.

Dazwischen aber, auf dem Fußboden, einen Berg Kartons um sich, kauerte eine völlig verstörte Sonja.

Selten hatte Vera sie so verzweifelt gesehen. Sonjas Unterlippe zitterte; ihr Gesicht verriet nur eine geradezu pathetisch anrührende Ratlosigkeit.

»Was soll denn das, Schätzchen?«

»Sag bloß nicht Schätzchen!« schrie Sonja wie von der Tarantel gestochen. »Das hast du jetzt schon dreimal gebracht. Dabei weißt du genau, daß ich ›Schätzchen‹ nie mehr...«

»...nie mehr hören kannst, seit du einem Regensburger

in die Hände gefallen bist. Ist ja klar. Beruhig dich. Versteh' ich auch. Aber wie du hier rumhockst und mich anguckst –, na, Schätzchen ist vielleicht nicht das richtige; sagen wir also Kummerkarnickel.«

»Du!« schnaubte Sonja drohend. Gut, sie mochte Vera. Sie war sogar ihre beste Freundin. Aber heute, heute ging sie ihr einfach alles auf die Nerven.

»Was denn, du?«

»Du machst dir's einfach. Du schneidest dir ein paar Jeans ab, wackelst mit dem Po, und damit hat sich's.«

»Versuch's doch auch mal«, grinste Vera.

»Du weißt genau, daß ich das nicht kann.«

»Und deshalb bist du sauer auf mich?«

»Nicht nur auf dich, auf die ganze Welt. – Verdammt nochmal, was zieht man denn da an? In meinem ganzen Leben bin ich noch nicht auf so einem beschissenen Boot gewesen. Wie konnte ich da nur zusagen?«

»Aus Dankbarkeit«, erinnerte Vera. »Und vielleicht weil...«

Sie verschluckte den Rest des Satzes. Sobald Sonjas Augen diese grünen Blitze schossen, war es besser, vorsichtig mit ihr umzugehen.

Nun sprang sie auf. »Am liebsten würde ich das alles abblasen.«

»Bloß, weil du keine richtige Hose findest, Sonja? Jetzt nimm dich zusammen. Oder iß was. Oder trink ein Glas Bier. Ich hol' dir auch Baldrian. Aber benimm dich wie ein vernünftiger Mensch.«

Sonja nickte kleinlaut.

»Komm!« Vera berührte ihren Arm. »Nun komm doch, da drüben, diese Shorts, marineblau, paßt doch. Und dazu ein weißer Pulli. Und damit hat sich's.«

»Sind ja alles neue Sachen.«

»Die anderen doch auch. Bring das Zeug nachher in die Reinigung, falls da ein Fleck drankommt. Und da drüben, diese Mütze, oder besser noch ein blaues Band – auf dem Wasser zieht's, hab' ich mir sagen lassen –, und du bist komplett. Also, probier mal an. Ich sammel' inzwischen den Rest wieder ein und stopfe ihn dorthin zurück, wo er hingehört.«

Sonja seufzte erleichtert. »Ach, Vera, du bist schon ein Ass!«

Fünf Minuten später stand sie vor dem Spiegel. Diesmal klang der Seufzer etwas milder: »Weißt du, wie ich aussehe?«

»Ja«, nickte Vera erbarmungslos. »Wie die selige Grace Kelly, als sie von Rainier noch keine Ahnung hatte.«

»Das ist gemein.«

»Nein, das ist faszinierend. Das ist sogar außerordentlich. Auf den Gegensatz kommt es an: Ich ein Doppelrokker-Brautpaket und du Grace Kelly, was glaubst du, was das für eine Schau wird. Die schmeißt es um. Die... Wo stecken die überhaupt?«

Keine fünf Minuten später hupte es.

»Und ich wollte noch 'nen Kaffee trinken«, stöhnte Sonja. »Außerdem habe ich nichts im Magen.«

»Das gibt sich«, behauptete Vera. Über ihrer Nasenwurzel schob sich eine senkrechte Falte in die Stirn. »Guck doch mal... Ob die das überhaupt sind? Ich seh' nur 'nen VW-Bus.«

Sonja blies sich eine Locke aus der Stirn: »Und wenn! Mir ist langsam alles egal. Von mir aus können sie mit einem Panzerkreuzer auftauchen...«

Aber es war ein Bus.

»Wow!« brüllte Karl begeistert, als er vom Beifahrersitz sprang. »Sind die Hotpants eine Schau!« Um dann, bei Sonjas Anblick nicht nur den Begeisterungsausbruch abrupt zu stoppen, sondern sich auch noch eine andere Tonlage zuzulegen, ein respektvolles Tremolo: »Verzeihen Sie vielmals, Gnädigste – das bedeutet natürlich nicht, daß Ihr Outfit...«

»Lassen Sie mal das Outfit«, schnitt Vera ihm das Wort ab. »Sonja hat Hunger. Ihr ist schon ganz schwach. Wie lange fahren wir denn bis zu diesem Possenhofen?«

»Na ja, beim Wochenendverkehr so 'ne Stunde«, meinte Albert. »Und dort im Club gibt's die besten Kalbshaxen, die ich überhaupt kenne. Und im Wagen hab' ich 'ne Tafel Schokolade, voraussehend wie ich nun mal bin.«

»Wieso denn der Bus?« fragte Vera. »Wird das nun ein Segeltörn oder ein Umzug?«

»Ich habe für einen Vereinskameraden eine neue Persenning dabei. Und auch ein Ersatz-Fock. In den Porsche krieg' ich das doch nicht rein. Deshalb habe ich mir den Wagen gemietet.«

»Aha – eine Persenning.«

»Richtig, eine Persenning. Und deshalb darf mein Freund Karl sich jetzt nach hinten zur Ladung verziehen.«

»Moment mal...« Karls Augenbrauen waren zwei empörte halbrunde Kreise: »Ist das dein Ernst?«

»Vorne haben nur drei Platz, das weißt du ganz genau.« Albert grinste: »Oder hat eine der Damen vielleicht Lust, Karl auf die Knie zu nehmen? Als Schoß-Karl gewissermaßen.«

»So 'nen Spruch hältst du auch noch für witzig? Ich soll da hinten hocken und mich langweilen?«

»Da hinten gibt's ein paar Flaschen. Prima Badener Riesling. Mit denen kannst du dich gar nicht langweilen.«

»Er gönnt mir nichts.« Karl fuhr mit fünf gespreizten Fingern durch die Haare. »So ist er nun mal. Alles will er für sich. Ein Monopolist... Ein Anwalt.«

Zum ersten Mal an diesem Tag mußte auch Sonja lachen...

Als es mit der Schüttelei im halbdunklen Bus endlich zu Ende war, war auch die erste Flasche Badener bis auf einen unbedeutenden Rest aufgebraucht. Die Tür flog auf. Karl kniff die Augen in dem grellen Sonnenlicht zusammen und schaffte einen eleganten Sprung auf den Kies des Segelclubs. Er lachte. Er breitete die Arme aus, als wolle er die ganze Welt umarmen, hakte sich bei Vera statt bei Sonja ein, da sich in ihm ganz instinktiv der Eindruck durchsetzte, bei Vera sei er mit seinem leicht gestörten Gleichgewichtsgefühl besser aufgehoben – und täuschte sich prompt. Mit den hohen Korkkeilen unter den Sohlen fühlte sich Vera einer solchen Belastung nicht gewachsen. Sie taumelte. Beinahe wäre sie hingeschlagen. Nun war es Karl, der sie stützen mußte.

»Uff!« stöhnte er. »Wir sind vielleicht ein Paar...«

»Das kann man wohl sagen«, lächelte Vera.

Anna, die Kellnerin des Clublokals kam ihnen auf der Terrasse entgegen. Sie sah Karl an, und ihr Gesicht wurde mißtrauisch: »Was is denn mit dir los? Bist bsuffen?«

»Wie kommst du denn da drauf, Anna? Und schrei doch nicht so.«

»Aber trunken hast. I seh' so was sofort.«

»Ah ja? Und an was?«

»An den Augen. Die glänzen.«

»Das bist du, Anna«, behauptete Karl forsch. »Weil ich dich endlich wiedersehe.«

Vera kicherte.

Anna hob den Zeigefinger.

»Ist doch immer das gleiche. San's bloß mit dem vorsichtig, Fräulein. – Wie ist das, wollt ihr noch was essen? Die Küche macht gleich zu. Aber für euch hab' ich immer einen Tisch. – Ach, da kommt ja auch der Doktor... und die Dame – elegant, elegant!«

Auch in den Korbsesseln des Vereinslokals drehten sich die Köpfe. Seglerkameraden, Neidhammel, das Übliche halt, so wie die Bemerkungen: »Supersteile Zähne! Wo

habt ihr denn die Hasen wieder angebaggert?« Dazu an-
zügliche Blicke, wissendes Nicken. Ein Glück, daß die beiden Mädchen nicht hörten – oder überhörten –, was gesprochen wurde. Jedenfalls drückten ihre Mienen aus,
was sie von der Macho-Welt der Segler hielten: Nichts –
nein, weniger als nichts...

Endlich: Der Kaffee war getrunken, Albert schulterte
die Segeltasche, und im Gänsemarsch betraten sie den
Schwimmsteg. Der schaukelte. – Wenn der schon schau-
kelt, wie wird das dann im Boot sein? dachte Sonja voll
Bangen.

»Dort vorne«, Albert hob stolz den Arm, »dort vorne,
am Ende des Stegs. Das ist sie!«

Das war sie also. »Ein Jollenkreuzer«, wie Albert erklärte. Na schön, ›Jollenkreuzer‹ klang ja ganz beachtlich,
und auch der Mast war hübsch hoch – aber der Rumpf,
viel größer als eine Badewanne erschien er Sonja nicht.

»Und da sollen wir drauf? Alle vier?«

»Von mir aus auch sechs«, lachte Albert. »Was hast du
denn?«

Ja, was hatte sie? Unbehaglich, reichlich unbehaglich
war es Sonja zumute. Und als sie nun Vera beobachtete –
so lässig-elegant sprang sie hinüber, als habe sie die letzten zehn Jahre mit nichts anderem verbracht, als an Bord
irgendeiner Yacht zu hüpfen –, während Sonja also dies
alles beobachtete – vor allem wie prompt das Ding schaukelte, daß man das Gefühl bekam, jetzt kippt es gleich
um –, verdichtete sich in ihr das Unbehagen zu einem Gefühl dumpfer Panik.

»Jetzt komm schon!«

Vera hatte gut reden. Auch Karl streckte eine helfende
Hand aus. Doch Sonja kam nicht.

»Es sind diese blödsinnigen Dinger, Sonja. Deine Ab-
sätze«, stellte Karl fest.

»Das sind keine blödsinnigen Dinger«, fauchte Sonja,

»sondern der letzte Schrei aus Italien. Hundertachtzig Mark habe ich dafür bezahlt.«

»Hundertachtzig zuviel!« Albert grinste. »Und an Bord geht so was sowieso nicht, egal, was es gekostet hat. Barfuß oder Bootsschuhe heißt hier die Regel.«

»So, an Bord?«

Eine Welle hatte den Bug der Jolle etwas weggeschoben, so daß Sonja nun lesen konnte, was da als Name in schwarzen Buchstaben prangte: HASERL las sie.

»Was heißt denn Haserl?« fragte sie, verzweifelt bemüht, den gräßlichen Augenblick des Hinübersteigens etwas hinauszuzögern.

»Find' ich auch einfallslos.« Karl zerrte am Seil, um das Boot wieder an den Steg zu bringen. »Häschen hätte mir besser gefallen.«

»Häschen... So was Blödes.«

»Vielleicht. Aber für Segler, vor allem für die vom Possenhofener Club, sind nun mal alle Mädchen Häschen. Selbst ihr«, behauptete Karl. »Das hat nämlich den Vorteil, daß du nicht ständig den Pinsel schwingen und neue Namen ans Boot malen mußt. Kapiert?«

»Nein. Will ich auch nicht kapieren...« Damit faßte Sonja nach Karls ausgestreckter Hand, sprang, landete prompt in seinen Armen, um festzustellen, daß in seinen Augen lustige grüne Fleckchen tanzten.

Albert warf die Leine – oder wie das heißt – los; es klatschte jedenfalls. Karl zog oder zurrte an den Segeln herum – ach, wenn sie diese Ausdrücke nur wüßte –, das Boot kam tatsächlich in Fahrt, ein bißchen Wind kam auf, die Sonne schien, brannte vom Himmel. Sonja kauerte sich nieder, suchte nach einem Schattenplätzchen, aber so was gab es an Bord anscheinend nicht, und in die Kajüte konnte sie sich ja auch nicht gleich verkriechen.

HASERL aber nahm Kurs auf den offenen See.

Sonja gab sich redlich Mühe, dies fabelhaft zu finden.

Albert kaute genüßlich an einer Pfeife, ohne sie anzuzünden, versteht sich, aber so, mit der Pfeife und der Mütze, hatte er tatsächlich etwas von einem Skipper.

In der Ferne leuchteten die Alpen. Ziemlich weit in der Ferne. Und über einem Berg, der den schönen Namen Krapfenkarspitze trägt, schob sich eine dunkle Wolke hoch.

Keiner beachtete sie. Wieso auch? – Und doch sollte die Wolke im weiteren Verlauf dieser Bootspartie noch eine Rolle spielen...

An Bord hatte man andere Probleme.

Bleiben wir zum Beispiel bei Sonja...

Die Hitze, das Gedränge, all die Ecken, Kanten, Haken, Seile, Geräte auf engstem Raum, dazu eine Sonne, die infernalisch auf sie niederstach, und die anderen natürlich: Vera turnte längst im Bikini herum, im kleinsten, den sie in ihrem Schrank finden konnte, einem roten, schwarzgepunkteten Mini-Dreieck mit einer gleichfalls winzigen, roten, schwarzgepunkteten Entsprechung auf der Rückseite...

Sie jedoch? Sie trug diese verdammten, langen Hosen, die bereits zwei schwarze Schmierfettstreifen aufwiesen und mit Sicherheit nicht einmal mehr durch die Reinigung zu retten waren...

Sonja kämpfte sich zur Kajüte.

Die Jalousietür machte ihr keine Schwierigkeiten, aber ihr Kopf knallte erbarmungslos gegen hartes Holz. Wie sollte sie wissen, daß das HASERL für Pygmäen gebaut worden war, wie konnte ein normal gewachsener Mensch überhaupt mit einem derart infernalisch niederen Einstieg zurechtkommen? Dies war ein ›Kabinenkreuzer‹ für Mikkymäuse, sie aber hatte schließlich Gardemaß und war immer stolz darauf gewesen. Nun fühlte Sonja nur noch Elend.

Ein Boot, das HASERL hieß? Der Name erzählte doch alles über die Playboy-Mentalität seines Besitzers...

Im Halbdunkel der Kajüte, auf einer kleinen harten Bank, während draußen das Wasser am runden Bullauge vorüberschäumte, bekam Sonja die Hose nur mit Mühe von der schweißfeuchten Haut.

Zu allem rollte das Boot jetzt wieder über, vielleicht zog dieser Idiot am Steuer auch eine Kurve oder sonst was, selbst Vera schrie auf, ihr aber war die Tasche auf den Boden gefallen, hatte ihren Inhalt über den Gummibelag ausgegossen, – nun sollte sie dort rumrutschen und alles aufklauben? Ja, von wegen!

Sonja griff sich das Bikini-Unterteil. Sie schloß gequält die Augen. Sie hatte ja nichts gegen Albert, wie auch, von ihr aus konnte er den Rest seines Lebens sein HASERL mit Häschen beladen und über den Starnberger See schippern. Vielleicht brauchte der das? Vielleicht gehörte es zum Selbstverständnis eines erfolgreichen Anwalts, seine Wochenenden auf diese Weise zu verbringen...

Sie aber? Gehörte sie etwa in die Häschen-Schublade? Sollte er doch Vera nehmen...

Klatsch – machte eine Welle.

Anscheinend war da Wind aufgekommen.

Sonja schloß krampfhaft die Augen. Eine Vision stieg in ihr auf. Sie sah sich am Arm von Albert durch das Foyer des Bayerischen Hofs gehen, in ihrem blauen Cocktail-Dress, die Seiten hoch geschlitzt, und all die Köpfe drehten sich und sandten ihnen neidische Blicke nach. Sie stiegen in die Diskothek hinab, ein leiser, zärtlicher Walzer empfing sie, und sie lag in seinen Armen, auf und ab, langsam, im Rhythmus der Musik...

Auf und ab. – Es klapperte überall. Auf und ab. Mein Magen, verdammter Mist...

Sonja hatte wenigstens das Bikini-Höschen geschafft.

Kaum war sie damit fertig, als in der Einstiegsluke ein Kopf erschien.

»Geht's denn da unten?«

Wenn es wenigstens Albert gewesen wäre – denn im Moment, da konnte kein Zweifel bestehen, kreisten trotz ihres Zustandes und des ganzen elenden Karl-und-Albert-Durcheinanders ihre Fantasie und ihre Gefühle mehr um diesen arroganten, blöden Playboy von Erfolgsanwalt.

Aber es war Karl...

Instinktiv hatte Sonja beide Arme über der Brust verschränkt. Dabei – hatte sie das nötig? Außerdem: War Albert nicht Maler, dazu einer von denen, die sich mit ihren Frauenakten brüsteten?

»Ein bißchen eng dort unten?«

»Die Hölle.«

Sie kämpfte mit dem BH-Oberteil. Aber jetzt wollte der Verschluß nicht. Wie auch? Stehen konnte man nicht, die Decke war viel zu nieder, und beim Sitzen sorgte dieser Slalomfahrer am Steuer dafür, daß das Boot nebst Inhalt nach allen Seiten schaukelte; und zu allem gab's auch noch einen grinsenden Karl.

»Moment!«

Wie er es schaffte, sich in die Kabine zu schlängeln, blieb ihr unklar.

»BH-Haken, was? Ewiger Ärger... Das Ding hab' ich schon meiner Schwester immer zumachen müssen. Was heißt meiner Schwester, sogar meiner Mutter... Von den anderen will ich gar nicht reden... Wenn ich etwas kann, dann das. Wie immer im Leben bringt's die Routine.«

Sprüche. Aber gehorsam hatte Sonja ihm den Rücken zugedreht. Sie spürte seine Hand, spürte die Kuppen der Fingerspitzen.

»So«, verkündete Karl, »alles klar.«

So? Alles klar? Nichts war klar. Hatte sie nicht gerade

bei dem Erstkontakt zwischen Karls Händen und ihrer Haut ein Prickeln verspürt, ein ganz verdächtig angenehmes Prickeln obendrein?

Nun ja, dachte Sonja, es ist halt das Rückgrat, und das war schon immer deine empfindlichste Zone...

Gewitter bauen sich aus Spannungsfeldern auf, die Ionen spielen verrückt, Elektrizität knistert in der Luft, der Mensch bekommt Kopfschmerzen oder Wutanfälle, je nach Empfind- und Befindlichkeit. Sicher bleibt: Eine Menge gerät durcheinander.

Vera, die Resolute, Realitätsnahe, die eigentlich nie über Wetterfühligkeit zu klagen hatte, fühlte sich kreuzunglücklich. Sonja wiederum ließ sich die langen Glieder braunbrennen, das blonde Haar flattern, lachte, wenn der plötzlich stärker gewordene Wind ihr Schaumspritzer über den Körper warf, Karl cremte ihr mit hingebungsvoller Andacht die Schultern ein. – Na also, dachte Vera, da hätten wir's doch! Und ob das nun nach Plan lief oder nicht, auch das war eigentlich egal. Am gleichgültigsten aber war Vera dieser läppische Sonntagskapitän Albert, der für nichts, aber wirklich für gar nichts Augen hatte, außer für sein Boot, der Starnberger Seemann Rechtsanwalt Dr. Albert Max.

Daß er von ihr überhaupt nicht mehr Notiz nahm, statt dessen immer nur herumturnte und blödsinnige Kommandos schrie, gut, das nimmt man hin. War schnurz. Aber daß er auch noch glaubte, sie anraunzen zu müssen, nur weil sie sich geweigert hatte, an einer seiner dämlichen Strippen zu ziehen, nahm sie ihm wirklich übel. Schließlich und nach allem: Wem hatte sie diesen großartigen Bootsausflug zu verdanken? – Ihm! Ausschließlich ihm...

Vera war sauer.

Es war nicht das heraufziehende Gewitter, obwohl auch

Albert jetzt sorgenvolle Blicke zu dem rasch sich verdunkelnden Himmel lenkte; bei Vera war es eher der Magen. Der stieß plötzlich bis in ihre Kehle hoch.

Alles, dachte sie, aber nicht diese Blamage! Ihre Hände krampften sich um Holz, ihr Herz trommelte Stoßgebete: Lieber Gott, hilf! Oh, mir ist so schlecht... Bitte, hilf mir doch...

Sie stöhnte, allerdings ganz leise. Stöhnend blickte sie aus weitaufgerissenen, sehnsüchtigen Augen hinüber zum Ufer. Bauernhöfe sah man da, fette Wiesen, auf denen gemütliche Kühe weideten. Und nahe am Ufer wunderschöne Villen. Trauerweiden ließen ihre gelbgrünen Zweigschnüre im Wasser spielen. Fenster funkelten herüber, von den Terrassen leuchteten Sonnenschirme, da standen Liegestühle, in denen Menschen bequem hingeräkelt ihren Sonntagnachmittag genossen... Mein Gott, dachte Vera, haben die's gut! Ich aber halt's nicht mehr aus... Mein Gott...

»Albert, ich will an Land!«

Alle Kraft benötigte sie, um diesen Satz hervorzustoßen.

»Was?«

»Setz mich ab! – Dort drüben.«

»Wie?«

O Gott, jetzt war er auch noch schwerhörig...

Vera hätte vor Zorn schreien, vor allem aber hätte sie über Bord springen können, hier und sofort! Hätte...? Sie würde es tun! Jetzt...

»Albert, mir ist schlecht!«

»Gibt sich doch, so was...«

Ein Haus tauchte hinter einer Uferbiegung auf, ein richtig gemütliches, reizendes Haus. Aus Holz erbaut, rote Geranien wuchsen vor den Fenstern und auf der Terrasse, rote Herzen waren auf die Fensterläden gemalt.

»Bei dem tollen Segelwind kann ich doch nicht ankern«,

hörte sie Alberts Stimme. »Und außerdem segeln wir jetzt zurück nach Possenhofen.«

Fahr doch, du Idiot!

Vera stemmte sich hoch, viel gab's ja nicht zu stemmen, – und sprang.

Es war vielleicht kein besonders beeindruckender Sprung, den sie den anderen zeigte, mit gespreizten Beinen und gespreizten Armen klatschte sie wie ein Frosch ins Wasser, aber das war nun wirklich ihre geringste Sorge... Der See umfing sie mit einer weichen, warmen, geradezu liebevollen Umarmung. Sofort war Vera wohl. Vorbei der Magendruck, vorbei das Gefühl, jeden Moment sich übergeben zu müssen, vorbei, und das war noch viel schlimmer, die Angst davor. Frei und wohl fühlte sie sich, so wohl, daß sie in dem Augenblick, als ihr Kopf die Wasseroberfläche durchbrach, zu kichern begann.

»Vera!« brüllte es irgendwo. »Vera – um Himmels willen!«

Vera tauchte.

»Vera!«

War das nun rechts, hinten oder links? Links von ihr klatschte nun doch tatsächlich ein Rettungsring in den Starnberger See.

Diese damischen Deppen! Veras Zorn bekam bayerische Ausmaße. Sie begann zu kraulen.

Die HASERL umkreiste sie ein einziges Mal. Beim Luftholen bekam sie die gesamte Besatzung zu Gesicht, Karl, der vorne am Bug herumtanzte wie ein Derwisch, Sonja, die Nichtschwimmerin, die weit über Bord hing, und zum Schluß Albert Max, den Super-Freizeit-Kapitän. In der Hand hielt er seine Skippermütze und wedelte; der Mund war ein einziges dunkles Loch, die Augen wiederum, die waren weit und empört aufgerissen.

Vera aber legte noch einige Kraulschläge zu.

Keine zehn Minuten später kroch sie keuchend, naß und schwer atmend aus dem Wasser, spuckte Starnberger See-Wasser in den Starnberger See und wrang sich die Haare aus.

Das Land, an das sie gekrochen war, bestand aus fünf schwarzgrauen, nassen Steinblöcken und ein wenig Strand. Er wurde von viel Schilf begrenzt. Der Strand jedoch gehörte zu einem Garten. Obstbäume wuchsen darin, ein Sprenkler verteilte raschelnd seine regenbogenfarbenen Wassertropfen, und ganz oben, neben drei Tannen, stand ein Haus.

Es war das Haus mit den Geranien und den Herzen an den Fensterläden...

Es gibt Situationen, wir alle wissen es, in denen verschiedene, scheinbar unzusammenhängende Umstände so zusammenwirken, daß man an das Vorhandensein eines göttlichen Drehbuches glauben möchte. Eine solche Situation spielte sich gerade auf der Terrasse des Hauses Drosselweg 14 ab...

Kaffeezeit war es, vier Uhr hatte drüben die Kirchturmuhr von Tutzing geschlagen. Elisa Kuchler war gerade dabei, den Tisch zu decken, als ein plötzlicher heftiger Wind ihr das Tischtuch vom Tisch zu reißen drohte.

»Franzl!« rief sie ihrem Neffen zu. »Der blöde Wind. Hol schnell die Klammern.«

Und während Franzl rannte, beschwerte Elisa das Tuch mit Napfkuchen, Tassen, Kaffeekanne und Zuckerdose.

»Soll'n mer net besser drinnen...«

Doch Franzl schüttelte energisch den Kopf. »So schlimm wird's schon nicht kommen.«

Elisa warf einen zweifelnden Blick zu der riesigen grauen Wolke mit den spitzen Wolkentürmen, die sich über dem See aufzubauen begann. Aber im Grunde war sie der Ansicht ihres Neffen. Sie hatten das Gespräch schon angefangen, jetzt wollte sie auch beim Thema bleiben. Es mußte sein...

»Guck mal, das Boot dort drüben«, sagte Franzl.

Elisa hatte kein Interesse für Boote. Die fuhren ohnehin jeden Sonntag an ihrer Terrasse vorbei. Aber das andere mußte vom Tisch.

»Ich kann dich ja verstehn, Franzl«, sagte sie, während sie den Kuchen anschnitt. »Ich mein', ich fühl's dir nach, daß du auf das Haus hier reflektierst. Schließlich, du wohnst in München, deine Schwester in Haimhausen, und das ist noch weiter. Aber trotzdem...«

»Trotzdem was?«

»Probier erst mal den Kuchen.«

Franzl probierte, er kaute darauf, als wisse er gar nicht, was er da kaute: Stroh, Karton oder Elisas in der ganzen Familie berühmten Napfkuchen. Sein Magen wurde eng. Wieder blickte er hinaus.

Die Jolle dort drüben, – die kam jetzt aufs Ufer zu. Vier Leute darin... Zum Teufel, was mußte sie jetzt wieder mit dem idiotischen Haus und ihrem noch idiotischeren Testament anfangen? Das Haus stand ihm zu. Basta.

»Aber es geht nicht.«

Franzl schluckte. Der Napfkuchen war trocken. Hastig spülte er mit Kaffee nach.

»Das Haus?«

»Ja, das Haus. I kann's dir net lassn.«

»Und warum nicht?«

»Warum, warum.«

»Ja, warum?« Seine Stimme war unerwartet energisch geworden. Sonst sprach er nämlich immer ganz sanft. Nun ja, sie war die Erbtante, aber trotzdem...

Elisa Kuchler betrachtete ihren Neffen mit schrägem Kopf. Warum, dachte sie. Warum? Weil er sich selbst an einem Tag wie dem die Krawatte nicht abbindet. Weil er, und das hatte sie von Anni, seiner Schwester erfahren,

217

sich sogar die Nägel manikuren läßt – ja, rennt in irgendeinen Salon, gibt ein Vermögen aus, bloß wegen ein paar blöden Fingernägeln. Natürlich, er war Beamter, sogar im Landgericht war er Beamter, und das ist schon eine ganz besondere Art von Staatsdiener – aber einen Garten in Ordnung halten, ein Grundstück? Da war die Anni aus einem anderen Holz...

»Schau mal, Franzl«, schlug sie einen Bogen, »das mußt du verstehen. Der Besitz ist doch ziemlich groß. Wie willst denn du das machen, am Samstag, als Beamter?«

»Aber Tante Elisa...«

»Nix aber.«

»Das kann doch nicht der wirkliche Grund sein.«

»Ist's auch nicht, Franzl, wenn ich ehrlich mit dir sein will.«

Nun griff auch sie zum Kaffee und hätte sich beinahe die Lippen daran verbrannt. »Es ist ein anderer...«

»Jetzt bin ich aber gespannt.« – Das Boot? Was machen die denn da? Da springt ja einer über Bord!

»Hörst du mir zu?«

»Ja – der Grund?«

»Der Grund...« Sie sah ihn an. Elisa Kuchler war jetzt siebenundsiebzig. Man sah ihr die siebenundsiebzig nicht an, aber eines stand fest: Den Garten konnte sie nicht mehr machen. Das stimmte schon. Bei dem Rheuma. Außerdem hatte sie's noch an den Nieren... Sie mußte in die Stadt. »Der Grund, Franzl«, sie sagte es langsam und traurig, »ist, weil du keine Frau hast.«

Er schwieg. Und tat ihr schon wieder leid... Wieso bekam er jedesmal rote Ohren, wenn irgendein weibliches Wesen auftauchte, und nicht nur rote Ohren, eine richtiggehende Maulsperre. Was war nur mit ihm los? Die polierten Nägel, seine ewig gewienerten Schuhe... Vielleicht, daß er damit nicht Frauen, sondern Männer beeindrucken wollte? Früher hatte Elisa Kuchler nicht einmal gewußt, daß es so etwas gab wie Freundschaften, nein, wie Liebe zwischen Männern, aber das Fernsehen verschont dich ja nicht, es schmiert dir alles um die Ohren – mitleidlos, jawohl!

»Franzl, was hast denn?«

Er saß nicht mehr, er stand. »Da ist gerade jemand ins Wasser gesprungen.«

»Ins Wasser gesprungen? Wieso? Das Boot fährt doch wieder weg.«

»Das ist es ja«, sagte Franzl und starrte. Elisa starrte auch. Sie mußte dabei den Rock festhalten, so sehr blies der Wind. Und auch das Segel des Bootes dort draußen knallte.

»Das war nicht einer, Franzl, das ist eine«, meldete sie schließlich sachlich. Sie hatte nun mal noch immer die besseren Augen.

»Meinst du?«

»Aber sicher. Schau!«

Und was für eine! Elisa Kuchler sprach's nicht aus, dachte es nur. Und noch etwas dachte sie in dieser Sekunde: Lieber Herrgott, heilige Jungfrau Maria – ist das vielleicht ein Zeichen, das ihr mir schickt? Meint ihr das im Ernst? Habe ich nicht gerade dem Franzl gesagt, daß er eine Frau braucht? Hab' ich's nicht oft genug gedacht und gebetet? Und jetzt... jetzt...

Ja, jetzt stand dort unten ein Weib!

Bis zu den Knien im Wasser stand sie. Und nackert war sie noch dazu; denn die zwei Fetzen nassen Stoff, was versteckten die schon?

Elisa Kuchlers Herz schlug ganz schnell. Dann begann sie zu laufen, rannte über den Rasen, rief über die Schulter: »Franzl! Franzl! Hol's Handtuch. Das große, hörst du!«, und war schon am Schilf.

»Fräulein, sans' vom Boot g'falln? Jetzt kommen S' doch zu uns. Einen Kaffee hätt' ich auch...«

Vera wrang sich das Haar aus – oder wollte es auswringen, aber dazu kam sie nicht.

Da stolperte eine alte Frau auf sie zu, die Arme weit ausgebreitet, eine Verrückte in einem dunkelblauen Kittelkleid, und schrie was, schrie die ganze Zeit... Was wollte die eigentlich? ... sie vom Grundstück jagen?

Vera bekam's mit der Angst zu tun.

Aber dann verstand sie Worte.

»Fräulein«, schrie die alte Dame, »Fräulein, hören S' doch!... Kommen S' doch rein in den Garten!... Sie holen sich ja noch den Tod im Wasser... Ist ja schon bald Herbst... Und einen heißen Kaffee hab' ich auch auf der Terrasse. Und der Franzl holt gerade 'n Handtuch...«

Eine Art Wunder – das dachte Vera nun auch, ein Wunder von Mitmenschlichkeit und Gastfreundschaft!

»Das ist aber nett.«

»Was heißt denn nett? Man kann doch einen jungen Christenmenschen wie Sie nicht erfrieren lassen. Vor allem, wenn er so wenig anhat, nicht?... Wo ham S' denn Ihre Kleider? Auf dem Boot?«

Vera nickte.

»Und warum san S' denn einfach ins Wasser g'hupft?«

»Mir war's so schlecht. Wissen Sie, ich vertrag' das Schaukeln nicht.«

»Ich ja auch nicht... Da mach' ich Ihnen aber nachher lieber 'nen Tee statt 'nen Kaffee. Jetzt kommen S' schon...«

Und Vera kam. Tatsächlich, da stand ein gedeckter Kaffeetisch, darauf zwei Tassen und ein Napfkuchen. Ein großes Handtuch hing über der Lehne einer der beiden Gartenstühle.

»Ja, wo is er denn jetzt?« Die alte Dame stieß die Frage mit einem spitzen, empörten Ton hervor.

»Wer?«

»Na, wer schon? Der Franzl. Der Hammel, der damische, jetzt hat er sich doch tatsächlich schon wieder versteckt. Na gut, dann trockne ich Sie halt ab...«

Das tat Elisa Kuchler auch. Vera fühlte sich wie zu Hause bei ihrer Mutter, oder bei Oma. Lange allerdings fühlte sie sich nicht so. Gerade hatte sie den Blick wieder aufs Boot gerichtet, und nicht nur aufs Boot, auch auf die weißen, spitzen kleinen Schaumkronen, die die Oberfläche des Starnberger Sees nun sprenkelten; ganz plötzlich waren sie aufgetaucht. Auch der See wirkte nicht länger blau und lieblich, eher schwärzlich-blau und böse. Sie sah, daß das HASERL heftig schwankte, sie sah auch irgend etwas Blondes flattern, es flatterte am Kajüteneingang, sicher handelte es sich um Sonjas lange Locken. Vera fühlte sich nicht ganz frei von Schadenfreude: Während ihr Rücken von fürsorglichen mütterlichen Händen massiert wurde, durchlitt Sonja nun dort draußen Todesängste!

Auch Albert schien beschäftigt. Er turnte an Deck herum, das Segel flatterte. Karl spannte es gerade wieder – und da, in dieser Sekunde passierte es!

Gerade war das Segel der HASERL noch ein weißes Dreieck vor tiefem Dunkelblau...

Nun war es weg!

»Oh, du verdammte Scheiße!« schrie Vera.

Elisa Kuchler ließ das Handtuch fallen. Es war nicht das »Oh, du verdammte Scheiße«. Junge Leute sprechen halt heute so – es war das Boot dort draußen.

Sie begriff rasch wie immer. »Ihre Kleider!« rief sie. »Die sind futsch!«

»Es sind doch nicht nur die Kleider.«

Das stimmte auch: Das ganze Boot lag im Wasser. Den rotgestrichenen Kiel konnte man sehen...

Und mit dem Boot planschten im Starnberger See Karl, Albert und Sonja, die Nichtschwimmerin. Sie klammerte sich am Mast fest, Albert stützte sie.

»Sonja!« rief Vera, der dieser Anblick weh tat. »Frau Kuchler, das ist meine Freundin! Und wissen Sie was: Die kann gar nicht schwimmen! Schauen Sie sich das an. Wenn die ertrinkt...«

»Da sind doch zwei Männer dabei. Die werden ihr schon helfen.«

»Die werden ihr schon helfen? Natürlich werden die ihr helfen – aber wie lange? Wie lange können sie denn das?«

»Bis die Wasserwacht aus Tutzing kommt«, erwiderte Elisa Kuchler praktisch. »Die ruf' ich jetzt gleich an. Schauen S', die beiden schieben Ihrer Freundin ja schon einen Rettungsring über den Kopf. Können S' denn das net sehen?«

Vera konnte es. Aber ihr Herz klopfte vor Angst.

»Franzl! – So ein Kerl... Ich kann Ihnen gar net sagen, was ich mit dem könnt... Jedenfalls, ich hol' Ihnen noch meinen Bademantel und dann die Wasserwacht und die Polizei.«

Die Wasserwacht kam in einer weißen Barkasse, die mit rauschenden Gischtflügeln das Anwesen der Kuchlers ansteuerte. Und die Barkasse kam nicht allein. Es kam auch das Motorboot des Seglervereins Possenhofen. Einer der bei Sturmwarnung zurückkehrenden Vereinskameraden hatte die Katastrophe beobachtet und sofort weitergemeldet. Es kam also praktisch alles an Hilfskräften, was aufzubieten war.

In weniger als einer Viertelstunde war die HASERL wieder aufgerichtet und ans Schlepptau genommen, saß eine schluchzende, zähneklappernde schneeweiße Sonja in warme Wolldecken gehüllt in der Kabine des Polizeiboots, tuckerte das Possenhofener Vereinsboot vorsichtig näher an den Kuchler-Schilf.

Vera lief ihm entgegen.

»Was wollen S' denn?«

»Das sind meine Freunde. Die nehmen mich ja wieder mit.«

»Aber der Kaffee...«

»Sie waren wirklich sehr lieb zu mir, Frau Kuchler. Aber ich muß jetzt gehen.«

Vera gab Elisa Kuchler Küßchen, eines auf die Stirn, zwei auf die Backen und hielt sie fest: »Ich werde noch lange an Sie denken! Und Sie haben ja so ein schönes Haus...«

Elisa Kuchler nickte.

»Das hättest haben können«, sagte sie dann. Sie sagte es, während sie beobachtete, wie Vera durch das Wasser zu dem Boot dort drüben watete und von kräftigen Männerfäusten an Bord gezogen wurde...

Logistik, Taktik, Strategie – präzise wie die Räder im Uhrwerk sollte alles ineinandergreifen; selbst für ein romantisches Landhaus direkt am Wasser war gesorgt. Albert hatte sich von seinem Kollegen Oskar Hallbach die Schlüssel dafür geben lassen, fein war das Netz gesponnen, für alles eine Lösung gefunden.

Und nun?

Eine einzige Gewitterböe hatte ausgereicht, mit der HASERL auch den ganzen filigranen Plan zum Kentern zu bringen...

Eine vollkommen verstörte, durchgefrorene, zitternde, in Decken gehüllte Sonja saß im Laderaum des Busses und schmiegte sich an ihre ebenfalls von Decken geschützte Freundin Vera. Nichts, rein gar nichts konnte Sonja dazu bringen, auch nur eine einzige Sekunde länger als unbedingt erforderlich am See zu verbringen.

Vorne, auf der Bank, hatte ein bedrücktes Freundespaar Platz genommen.

»Also, wenn du mich fragst«, sagte Karl schließlich, als der Wagen den Weg zurück nach München nahm, »da lief ja wirklich ziemlich viel schief. Also, i weiß net, i weiß net...«

»Was soll das denn heißen – i weiß net, i weiß net?«

»Ob das nicht vielleicht ein Fingerzeig des Schicksals war, Karl?«

»In welcher Richtung?«

»Spielabbruch. Damit wir's endlich aufstecken mit den beiden.«

Albert schwieg – und nickte nach einigen Sekunden bedeutsam.

Aber sie waren nun einmal jung, Karl und Albert, die beiden Freunde, zu jung vielleicht noch, um derartige Einsichten in die Tat umzusetzen. Aber schließlich, wenn man sich umsieht – wer nimmt, selbst unter den Älteren, schon Schicksalswinke ernst?

Und so kam es, wie es kommen mußte: Alles nahm wieder seinen gewohnten Gang...

Kein Sommer dauert ewig. Als der Herbst in Sichtweite kam, sagte einmal Karl zu Albert am Telefon: »Die lernt das nie!«

»Dann sag ihr das doch«, antwortete Albert reichlich ungnädig.

»Ich? Warum nicht du?«

»Bin *ich* ihr Schwimmlehrer? *Du* hast dich doch darum gerissen!«

»Das ist nicht wahr! *Sie* hat mich dazu bestimmt!«

»Und seitdem läßt du keine Gelegenheit ungenützt, um sie herumzubalzen wie ein Auerhahn.«

»Aha, daher pfeift der Wind. Dann frage ich dich, wer mir diesen Auftrag gegeben hat.«

»Man kann's auch übertreiben.«

»Und was machst du mit Vera? Guck doch in den Spiegel, dann siehst du einen Auerhahn, der alle anderen in den Schatten stellt.«

224

»Du bist ja verrückt! Ich mit Vera! Die interessiert mich doch überhaupt nicht ernstlich!«

»Dann laß die Finger davon!«

»Sieh mal einer an«, sagte daraufhin umgekehrt Albert zu Karl. »Daher pfeift der Wind.«

Und plötzlich mußte er lachen, und er fuhr fort: »Karl, merkst du, was für Idioten wir zwei sind?«

»Schon lange ahne ich das.«

»Du hängst dich bei Sonja rein – und warum? Um Vera eifersüchtig zu machen.«

»Und du dich bei Vera – und warum? Um dasselbe bei Sonja zu erzielen.«

»Das ist Idiotie!«

»Aber es war dein Plan!«

»Ja, zugegeben, doch der funktioniert nicht – oder genau verkehrt: eifersüchtig werden nicht Sonja und Vera aufeinander, sondern wir zwei! Was sagt man dazu?«

Karl seufzte.

»Schüsse, die nach hinten losgingen, sage ich dazu.«

»Neu ist mir bei der ganzen Sache, daß es dich auch ernstlich erwischt zu haben scheint. Das war doch nicht vorgesehen.«

»Ernstlich nicht, nein.«

»Aber inzwischen ist es passiert?«

»Leider.«

»Schon lange?«

»Beim ersten Besuch mit Vera im ›Palais-Keller‹ schon.«

Nach einer kleinen Pause seufzte Albert und sagte: »Karl, wir zwei sitzen in der Tinte. Wir haben denselben Blödsinn gemacht.«

»Nicht denselben«, stieß Karl hervor. »Einen wesentlichen Unterschied gibt's noch.«

»Welchen?«

»*Du* hast mit Vera geschlafen – *ich* mit Sonja nicht.«

Da dies aggressiv geklungen hatte, erwiderte Albert:

»Aber Karl, konnte ich denn wissen, daß du daran einmal Anstoß nehmen würdest?«

»Jetzt weißt du's.«

»Und wie machen wir mit den beiden nun weiter?«

»Wir steigen um, was denn sonst? Ab sofort kümmere ich mich ganz offen um Vera und du dich um Sonja, die das Schwimmen ja auch von dir lernen kann.«

»Ach, hör doch damit auf! Die schafft das nie, sagst du doch selbst. Ich glaube, wir können die ganze Seglerei mit den beiden vergessen. Auch Vera spricht kaum mehr davon.«

»Dabei sind uns die ganze Zeit her alle Wochenenden verlorengegangen, an denen ich sie hätte malen können.«

»Richtig, das wolltest du ja, ich erinnere mich.«

»Weißt du, was ich am liebsten machen würde?«

»Was?«

»Versuchen, mich schon heute oder morgen mit Vera zu verabreden.«

»Und ich mich mit Sonja«, ließ sich Albert davon inspirieren.

»Aber ich kann nicht«, sagte Karl. »Heute ist Mittwoch. Ich habe eine Karte zum Spiel des FC. Bayern um den Europapokal im Olympiastadion. Und morgen bin ich schon verabredet – ausgerechnet mit Sonja.«

»Mit der?«

»Ja, sie will einen preiswerten Stich als Geburtstagsgeschenk für einen Verwandten kaufen. Ich soll sie beraten.«

»Das ist ja lustig. Ich bin nämlich auch morgen schon verabredet, und zwar ausgerechnet mit Vera. Sie ist mit ihrem Zahnarzt nicht mehr zufrieden, und ich will sie zu Dr. Martin bringen, bei dem du ja auch Patient bist.«

Blitzartig schaltete Karl Thaler, indem er sagte: »Mann, das ist doch *die* Gelegenheit zum Tauschen! *Ich* bringe Vera zu Martin, und *du* Sonja zu Klopfer!«

»Wer ist Klopfer?«

»Ein junger Galerist am Max II Denkmal, Spezialist für Stiche.«

»Ich verstehe doch nichts von Stichen.«

»Sag ihm einen schönen Gruß von mir, und es wird überhaupt nichts schiefgehen.«

»Und wie machen wir vorher den beiden Damen unseren Rollentausch plausibel?«

»Ganz einfach: Jeder von uns ruft kurz vor dem Zeitpunkt des Rendezvous die seine, mit der er verabredet ist, an und führt einen plötzlich auftretenden Hinderungsgrund ins Treffen. Und jeder sagt, daß er den anderen als Ersatzmann schickt.«

»Du meinst, daß das geht?«

»Warum soll das nicht gehen?« antwortete Karl Thaler mit der Unbedenklichkeit des Künstlers, der sich nicht von unnötigem Skeptizismus einengen lassen will. Eine solche Veranlagung brauchen gerade die Maler ganz besonders, sonst wären viele ihrer modernen Werke nicht gewagt worden.

Die zwei Freunde beendeten ihr Telefonat.

Sonja und Vera saßen in einem der beliebten Cafés der Münchner Leopoldstraße und aßen Eis. Sie hatten sich auf Veranlassung Sonjas getroffen, die Vera angerufen und zu ihr gesagt hatte: »Ich müßte dich sprechen. Könntest du dich eine Stunde freimachen?«

»Ja, aber was ist denn so dringend?«

»Das wirst du dann hören.«

»Also gut. Wann und wo?«

Nun saßen sie also zusammen, hatten ihr Eis bestellt, löffelten es aus hochstieligen Bechern und erregten allein durch ihre Anwesenheit ein Aufsehen, das in dieser Straße ungewöhnlich war. Hier, im Zentrum Schwabings, konnte ein Mädchen nur auffallen, wenn es nicht hübsch war. Hübsche Mädchen verschwanden in der Masse; erst wieder superhübsche zogen Blicke auf sich. Die mußten aber absolute Spitze sein – so wie Sonja und Vera.

In der Leopoldstraße wimmelt es, da Deutschlands weitaus größter Universitätskomplex ganz in der Nähe liegt ständig von Studenten, und deren schönheitstrunkenen Augen muß schon etwas Außerordentliches geboten werden, wenn sich ihre Pupillen erweitern sollen. Dies war aber bis zur Zerreißgrenze immer der Fall dort, wo Sonja und Vera sich sehen ließen.

Am Nebentisch saßen zwei angehende Mediziner, die sich, noch ehe Sonja und Vera erschienen waren, über Probleme unterhalten hatten, denen über die einzelnen Fakultätsgrenzen hinweg das Interesse der gesamten Studentenschaft gilt – Problemen der Potenz.

»Junge«, hatte der eine gesagt »ich brauche heute Schonung. Gestern war am frühen Abend Karin bei mir, am späteren Lisbeth. Und morgen kommen die Schwestern Veronika und Henriette aus Freiburg zurück.«

»Henriette«, sagte der andere, »kann mich nicht mehr reizen.«

»Und Veronika?«

»Die auch kaum mehr.«

»Dann mußt du zum Arzt.«

Die beiden verstummten, hingen ihren Gedanken nach und wandten sich erst wieder der Außenwelt zu, als Vera in das Café hereinkam und einen Platz am Nebentisch wählte.

»Die«, sagte der eine angehende Mediziner mit gedämpfter Stimme zu seinem Kollegen, »könnte mich das heutige Gebot der Schonung für mich vergessen lassen.«

»Und was sagst du zu der?« raunte der andere, mit Blick auf die Eingangstür, in welcher gerade Sonja erschien.

»Mann!«

»Wunderst du dich, daß mich Henriette und Veronika nicht mehr reizen können?«

»Mann!« stieß der erste nun noch einmal hervor. Als dann die beiden, nachdem Sonja und Vera ihre Bestellung aufgegeben hatten, größte Mühe darauf verwandten, wenigstens Blickverbindung mit den Mädchen herzustellen, mußten sie leider erleben, daß sie erfolglos blieben. Die Aktien zweier Schwestern aus Freiburg, die völlig in den Keller gefallen waren, stiegen dadurch wieder etwas.

Vera und Sonja waren ausschließlich mit sich selbst beschäftigt.

»Weißt du, Vera«, begann Sonja, »ich bin keine, die nicht weiß, was sie will.«

»Damit sagst du mir nichts Neues«, erwiderte Vera.

»Ich steige aus.«

Vera reagierte erschrocken.

»Was? So rasch? Bist du pleite? Das Problem Becker war doch ausgeschaltet?«

»Du sprichst vom Geschäft.«

»Ja, von was sonst?«

»Von unseren Beziehungen zu Albert und Karl.«

»Was ist damit?« fragte Vera nach kurzem Zögern. »Was heißt du steigst aus?«

»Ich ziehe mich zurück. Ich möchte mit denen nicht mehr zusammenkommen.«

»Warum nicht? Was ist passiert?«

»Und ich möchte, daß du es ihnen beibringst. Um dir das zu sagen, habe ich dich gebeten, dich mit mir zu treffen.«

»Was passiert ist, frage ich dich.«

Sonjas Blick senkte sich. Sie sah auf ihre Hände, die nicht ruhig blieben, sondern deren Finger sich nervös ineinander schlangen. Dann hob sich ihr Gesicht wieder, und sie schaute Vera gerade in die Augen.

»Ich habe mich verliebt«, sagte sie leise.

»In Karl?« Eine andere Möglichkeit gab's für Vera nicht.

»Nein, in Albert.«

»Aber...«

»Ich weiß, was du sagen willst. Ich hätte doch die ganze Zeit fast keinen Blick für Albert gehabt, sondern nur für Karl –«

»War es nicht so?« unterbrach Vera.

»Sicher, aber daß das alles nur Theater war, darauf mußte ich selbst erst kommen. Du erinnerst dich an den Blödsinn, den ich mir eingebildet hatte?«

»Welchen Blödsinn?«

»Dir Albert auszuspannen.«

»Richtig, aber als ich dann erlebte, daß es nur noch Karl für dich gab, dachte ich, du hättest es dir anders überlegt.«

»Durchaus nicht. In Karl sah ich lediglich ein Mittel zum Zweck. Er sollte mir dazu dienen, Albert...«

Sonja brach ab. Der Grund war der, daß sie sich schämte, sogar vor ihrer Freundin, ihrer Vertrauten. Das Ganze war ihr schlicht peinlich. Vera ließ aber nicht locker.

»Merkwürdige Taktik«, sagte sie. »Dachtest du denn wirklich, damit Erfolg zu haben?«

»Ja«, meinte Sonja mit brüchiger Stimme.

»Und dann trat die große Panne ein, mit der du nicht gerechnet hattest?«

»Ja.«

»Anstatt daß Albert bei dir Feuer gefangen hätte, ist dir das bei ihm passiert?«

Sonja sagte nichts mehr.

»Und nun willst du die Flinte ins Korn werfen?« fuhr Vera fort.

Sonja, die wieder auf das nervöse Spiel ihrer Finger geblickt hatte, hob langsam das Gesicht. Sie nickte stumm.

»Mach keinen Fehler«, sagte Vera.

Sonjas Augen wurden groß.

»Wie bitte?«

»Mach keinen Fehler. Du könntest ihn bereuen.«

»Vera« – Sonja schluckte – »weißt du, was du mir da sagst?«

Nun war es Vera, die nickte, wobei sie erwiderte: »Ich sage dir, daß du deine Bemühungen um Albert nicht einstellen sollst. Ich an deiner Stelle würde es jedenfalls nicht tun.«

»Vera, Albert ist doch *dein* Freund!«

»Das war er auch, als du dich entschlossen hattest, ihn mir abspenstig zu machen.«

Getroffen an diesem wunden Punkt, antwortete Sonja zerknirscht: »Du hast recht, mir das vorzuhalten. Ich verstehe mich heute selbst nicht mehr, daß mir das einfallen konnte. Verzeih mir, Vera.«

»Dir tut das leid?«

»Unheimlich.«

»Kein Anlaß.«

Und wieder weiteten sich Sonjas Augen vor Erstaunen.

»Ich verstehe dich nicht, Vera. Sollte es mir denn nicht leid tun?«

»Nicht mehr jedenfalls.«

»Warum?«

Eine Pause trat ein in diesem Dialog der Überraschungen. Vera schlug Sonja vor, gemeinsam entweder noch einmal ein Eis zu essen oder eine Tasse Kaffee zu trinken. Obwohl das Eis hier ausgezeichnet war, trug nun die Lockung des Kaffees den Sieg davon. Dann wurde der unterbrochene Dialog wieder fortgesetzt, und zwar gleich mit einer wahren Bombenüberraschung.

»Du hast mich gefragt, warum, Sonja«, sagte Vera. »Nun, weil ich ihn dir schenke.«

»Wen schenkst du mir?«

»Albert.«

Sonja schien schier nach Luft schnappen zu wollen.

»Vera! Was heißt das?«

Vera lachte plötzlich fröhlich.

»Daß mir dieselbe Panne passiert ist wie dir. Auch ich habe mich verliebt.«

»Verliebt warst du doch von Anfang an?«

»In Albert, meinst du?«

»Ja, natürlich.«

»Stimmt, aber inzwischen bin ich's in Karl.«

»Vera!«

»Und zwar unsterblich.«

»Ist das wahr?«

»Wie noch nie in meinem Leben.«

»Mach mich nicht verrückt, Vera. Dann könnte ich ja wirklich noch einmal deinen Rat, die Flinte nicht ins Korn zu werfen, beherzigen.«

»Sage ich doch. Und zwar nimmst du dir den jetzt auf geradem Wege vor, sozusagen Mann gegen Mann – besser: Frau gegen Mann – Auge in Auge, Brust an Brust, Mund auf Mund... und so weiter. Das gleiche werde ich auch durchexerzieren – mit dem meinen.«

»Und du denkst, daß denen das gefällt?«

»Das *hat* ihnen zu gefallen, Sonja!« Echt Vera war das. Sie setzte zwinkernd hinzu: »Frauen verstehen doch mehr von Liebe – von der richtigen. Es wird also nur an uns liegen.«

Das weitere Gespräch der beiden wurde noch recht gelöst. Geradezu aufgekratzt erklärte Vera, daß ihr Sonja nur zuvorgekommen sei. Wenn sie, Sonja, nicht heute bei ihr, Vera, angerufen und um ein solches Treffen gebeten hätte, dann hätte morgen oder übermorgen sie, Vera, bei ihr, Sonja, angerufen um den Stein ins Rollen zu bringen.

»Dann hätte *ich* mich zurückgezogen, Sonja«, sagte sie. »Das war schon mein Entschluß.«

»Du hast wirklich geglaubt, daß es mir mit Karl ernst ist?«

»Das mußte ich doch! Du hättest dich nur selbst sehen sollen, wie du manchmal in Fahrt warst.«

»War ich also gut?« lachte Sonja. »Absolut glaubhaft, nicht?«

»Ich hätte dir oft am liebsten die Augen ausgekratzt.«

»Und ich dir.«

Vera seufzte froh. Jetzt sei das ja vorbei, sagte sie. Gott sei Dank. Karl sehe nicht nur besser aus als Albert, er passe auch besser zu ihr, charakterlich, weltanschaulich, einfach in allem. Das hätten so manche Momente in den letzten Wochen deutlich gezeigt. Nur einen einzigen Punkt gebe es bei ihm, der in die Hand genommen werden müsse von ihr: seine Existenz.

Vera ging der Mund über, weil ihr das Herz voll war. Das lag in Veras Art.

Sonjas Widerspruch zu all dem, was Vera sagte, erschöpfte sich darin, mit Nachdruck zu erklären, daß nicht Karl besser als Albert, sondern Albert eindeutig besser als Karl aussehe. Alles übrige sei aber richtig. Karl passe wirklich besser zu Vera, und Albert besser zu ihr, Sonja. Auch dies hätten nicht wenige Momente gezeigt, oft sogar dieselben.

Dann machte Sonja eine Pause, blickte Vera an, seufzte.

»Morgen treffe ich mich mit Karl«, sagte sie. »Ich habe ihn gebeten, daß er mich bei einem Einkauf künstlerisch beraten soll.«

»Und ich mich mit Albert. Ich habe ihn gebeten, mich zu seinem Zahnarzt zu bringen. Der meine paßt mir nicht mehr.«

Die erste, die mit ihrem Lachen herausplatzte, war natürlich wieder Vera.

»Weißt du, woran ich denke?« fragte sie Sonja, die in ihre Lache einstimmte und erwiderte: »Wahrscheinlich an dasselbe wie ich: daß beiden morgen um die gleiche Zeit der Laufpaß gegeben wird, und keiner von ihnen sich das heute schon träumen läßt. Ist doch so, nicht? Oder willst du damit noch warten?«

»Nein, nein«, lautete Sonjas doppelte Beteuerung.

Als die beiden das Café verließen, konnte jeder sehen, wie tief das Einvernehmen war, das zwischen ihnen herrschte. Sie gingen per Arm, lachten einander an und hatten an der Tür sogar einen kleinen Stopp, weil jede der anderen den Vortritt lassen wollte.

Blitze der Erkenntnis trafen die zwei angehenden Mediziner, die den Mädchen nachblickten. Nun werde ihm alles klar, sagte der eine und ließ das erhellende Wort fallen: »Lesbisch.«

»Die Natur kann grausam sein«, meinte der andere.

Dr. Albert Max glaubte, als er am nächsten Tag gegen 17.00 Uhr Vera Lang beim UNION-Filmverleih anrief, daß dies eine schmerzliche Angelegenheit für das Mädchen werden würde.

»Ich muß dich enttäuschen«, begann er. Um ein Haar hätte er ›dir weh tun‹ gesagt.

»Wieso, was ist, Albert?«

»Leider können wir uns heute nicht sehen.«

»Nicht?«

»Es hat sich noch ein wichtiger Mandant angesagt, den ich nicht –«

»Dagegen kann man nichts machen«, unterbrach Vera.

Nun war Albert enttäuscht, weil Vera offensichtlich nicht besonders enttäuscht war. Es schädigte ihn in seinem Selbstwertgefühl.

»Du ärgerst dich nicht?« fragte er.

»Zahnschmerzen habe ich ja keine. Die Plombe, die mir herausgefallen ist, kann auch später ersetzt werden.«

»Nein, nein«, sagte Albert rasch. »Zum Zahnarzt wirst du schon gebracht, das habe ich nicht vergessen. Ich schicke dir einen Ersatzmann.«

»Wen?«

»Karl.«

»Karl?!« rief Vera glücklich.

»Er weiß schon Bescheid, du kannst dich auf ihn verlassen. Es wird mit ihm alles genau so ablaufen wie mit mir.«

»Genau so wie mit dir«, echote Vera. Das hoffe ich, dachte sie dabei, oder nein, ich hoffe, daß mit dem alles noch viel besser abläuft.

Nach dem Telefonat mit Albert ging Vera hinauf zu Johann Sebastian Bach, der mit seiner Werbeabteilung zwei Etagen höher untergebracht war.

Zur selben Zeit hatte das Telefon auch bei Sonja Kronen geläutet. Am Apparat war Karl Thaler. Der Schwimmunterricht hatte ihm – wenn schon nicht den eigentlichen Erfolg – längst das ›Du‹ mit Sonja eingebracht.

»Sonja«, sagte er, »ich muß dich versetzen.«

»So?«

»Ich muß zum Zahnarzt. Dringend.«

»Oje.«

»Verstehst du das?«

»Absolut. Wer verstünde nicht, daß einer zum Zahnarzt muß?«

»Aber ich habe den Grund nicht vergessen, weshalb wir uns treffen wollten.«

»Die Stiche? Die laufen mir nicht weg.«

»Ganz und gar nicht, Sonja. Albert hat sich nämlich bereit erklärt, mich zu vertreten.«

Sonja reagierte nicht anders als Vera.

»Albert?!« jubelte sie unbeherrscht.

Karl sagte: »Ich finde das prima von ihm, daß er so ohne weiteres einspringt.«

Das Nächstliegende wäre gewesen, daß Sonja gefragt hätte, ob denn Albert auch etwas von Stichen verstünde. Statt dessen sagte sie: »Ich finde das auch sehr, sehr nett von ihm.«

»Er ist überhaupt ein sehr, sehr netter Kerl, Sonja.«

»Erwartest du von mir, daß ich das bestreite?«

»Und er verehrt dich sehr, Sonja.«

»So? Woher willst du das wissen?«

»Ich kenne ihn.«

»Die äußeren Anzeichen dafür haben sich aber bisher in Grenzen gehalten.«

»Weil du ihm keine Gelegenheit gegeben hast, es dir zu zeigen.«

»Und wie ordnest du in dieses Bild Vera ein?«

»Vera? Die bedeutet ihm doch schon längst nicht mehr soviel.«

»Da muß ich dich aber noch einmal fragen: Woher willst du das wissen?«

»Ich kenne ihn«, erwiderte auch Karl noch einmal. Und das war die reine Wahrheit, daß er Albert kannte.

Abschließend empfahl Karl, daß sich Sonja, was die Stiche anbelange, das Recht vorbehalten solle, sie notfalls umtauschen zu können.

Bartholomäus Schmiedl, der Pförtner beim UNION-Filmverleih, erkannte den jungen Mann, der schon wieder einmal erst kurz vor Büroschluß bei ihm auftauchte, ohne Schwierigkeiten, obwohl er die Turnschuhe an dessen Füßen vermißte.

»Wieder dasselbe«, sagte Thaler mit heiterer Miene, nachdem er gegrüßt hatte.

»Was? Zu Fräulein Lang?« entgegnete Schmiedl brummig.

»Ja.«

»Weiß sie, daß Sie kommen?«

»Ja«, nickte Thaler und ging zur Treppe.

Da erreichte ihn ein energisches »Halt!«

»Sie müssen hier warten«, fuhr der Pförtner fort. »Fräulein Lang hat mir das aufgetragen, als Sie letztens hier waren.«

»Ach nein?« entgegnete Thaler ungläubig und kam nur zögernd zurück.

»Wenn ich Ihnen das sage«, erklärte Schmiedl mit Würde, »können Sie mir schon glauben, daß es stimmt. Ich bin beauftragt, Fräulein Lang von Ihrem Eintreffen zu verständigen. Sie kommt dann runter.«

Thaler mochte das immer noch nicht für wahr halten. »Da lause ihn doch der Affe«, sagte er.

Humorlos antwortete Schmiedl: »Und wenn Sie der Affe hundertmal laust, ändert sich daran nichts, daß –«

Sein Telefon schellte. Am Apparat war Vera Lang, die sagte: »Herr Schmiedl, ich möchte da etwas berichtigen. Ich sagte Ihnen vor einiger Zeit, daß Sie jenen jungen Mann in Turnschuhen in Ihre Obhut nehmen sollen, wenn er kommt. Das gilt nicht mehr. Schicken Sie ihn mir rauf, und zwar gleich heute, er wird, denke ich, bald bei Ihnen erscheinen –«

»Er ist schon da«, unterbrach Bartholomäus Schmiedl keineswegs erfreut. »Er soll also nicht hier bei mir warten?«

»Nein, schicken Sie ihn rauf, sagen Sie ihm aber, daß er sich beeilen soll. Ich warte schon auf ihn.«

Sonst schäkert er mir wieder mit den Mädchen im Haus herum, dachte sie dabei.

Karl Thaler erschien raschestens. Er hatte, da der Lift nicht gleich kommen wollte, im Geschwindschritt die Treppen erklommen und atmete daher heftig, als er über Veras Schwelle trat.

»Ihr Wunsch«, sagte er, »war mir Befehl. Euer Zerberus da unten war aber sauer.«

»Warum?«

»Weil er mich zu gern festgehalten hätte.«

Vera ging darauf nicht ein, sondern sagte: »Sie schnaufen ja wie eine Dampflok.«

»Der Lift ließ mich im Stich, und man wird alt.«

Vera lachte und packte die Gelegenheit beim Schopf, ihn zu fragen: »Wie alt werden Sie denn schon?«

»Neunundzwanzig. Und Sie?«

Neunundzwanzig, dachte sie. Ein paar Jahre älter wäre besser, nachdem ich schon fast siebenundzwanzig bin.

»Ich möchte Ihnen danken«, sagte sie.

»Wofür?«

»Daß Sie sich bereit erklärt haben, für Ihren Freund einzuspringen. Sie hatten sicher etwas Besseres vor?«

»Nein, ich hatte zwar etwas vor, aber nichts Besseres. Wie alt werden Sie?«

»Was hatten Sie denn vor?«

Karl hatte sich schon vorher entschlossen, mit absolut offenen Karten zu spielen, und erwiderte deshalb: »Ich war mit Ihrer Freundin verabredet.«

»Mit Sonja?« stieß Vera überrascht hervor.

»Ja.«

Die nächste Frage Veras konnte nur lauten: »Und das erschien Ihnen nicht als etwas Besseres?«

»Nein, keineswegs.«

Dem mußte natürlich auf den Grund gegangen werden. Vera spürte Ihr Herz heftiger schlagen.

»Wirklich nicht?« fragte sie.

»Wirklich nicht.«

»Aber Sie müssen ihr doch dann abgesagt haben?«

»Ja, das mußte ich.«

»Und was sagten Sie ihr?«

»Die Wahrheit. Daß ich zum Zahnarzt muß. Das ist doch die Wahrheit – oder?«

»Und mit wem? Haben Sie ihr das auch gesagt?«

»Nein, das nicht.«

Veras Herzklopfen wurde noch stärker. Sie war verwirrt. Wie sieht das denn aus? fragte sie sich. Läuft das ganz anders, als ich dachte? Ich war darauf vorbereitet, ihn langsam zu mir herüberzuziehen, in wochen-, vielleicht monatelanger Arbeit, Schrittchen für Schrittchen. Und nun? Nun erweckt es den Anschein, als ob...

Nein, das kann nicht sein, ich muß mich irren!

»Karl«, sagte sie, »entschuldigen Sie, ich blicke da nicht ganz durch...«

»Wo blicken Sie nicht durch?«

»Sie haben doch die ganze Zeit Sonja eindeutig den Vorzug vor mir gegeben?«

»Weil Sie die ganze Zeit eindeutig Albert den Vorzug vor mir gegeben haben. Leider muß ich annehmen, daß Sie das jetzt auch noch tun. Wie alt sind Sie, Vera?«

»Hat sich denn das geändert?«

»Was?«

»Daß Sie Sonja den Vorzug vor mir geben?«

»Davon rede ich doch die ganze Zeit, daß sich das geändert hat.«

»Karl...« Vera spürte ihr Herz bis zum Hals klopfen. »Karl, ich weiß nicht, was ich sagen soll...«

»Ich weiß schon, was Sie sagen wollen, Vera«, erklärte Karl. »Sie wollen sagen, es täte Ihnen leid, Albert sei der Ihre, nicht ich. Aber vielleicht ist er es doch nicht, so etwas hat sich ja schon oft herausgestellt. Ich will ihn Ihnen beileibe nicht madig machen, nein! Verstehen Sie mich bitte nicht so, Vera. Fragen Sie ihn selbst, und geben Sie mir Gelegenheit, Ihnen zu zeigen, wie's um mich steht. Vielleicht komme ich damit durch bei Ihnen.«

Vera blickte ihn an, mit einem rätselhaften Ausdruck in den Augen.

»Wie sagten Sie?« fragte sie ihn nach einem Weilchen.

»Vielleicht komme ich damit durch bei Ihnen – meinten Sie das?«

»Ja.«

»Und was erscheint Ihnen daran unklar?«

»Unklar erscheint mir daran, ob es eine Liebeserklärung sein soll.«

»Natürlich«, sagte Karl, setzte jedoch hastig hinzu: »Aber fühlen Sie sich dadurch nicht bedrängt, Vera. Mir ist klar, daß noch eine lange Zeit vergehen muß, bis Sie ... bis ich...«

»... bis Sie damit bei mir durchkommen, meinen Sie, nicht?« fiel Vera ein.

»Ja.«

Wieder blickte sie ihn sekundenlang an.

»Nein«, sagte sie dann.

Traurig nickte er.

»Das habe ich befürchtet, Vera.«

»Was hast du befürchtet?«

Er merkte gar nicht, daß sie ihn plötzlich duzte.

»Daß Sie mich so kurz und bündig abblitzen lassen.«

»Du verstehst mich falsch, Karl. Mit dem Nein meinte ich, daß keine lange Zeit mehr vergehen muß, bis du ... bis du...«

Ein Blitzstrahl schien ihn zu treffen, aber kein tödlicher, sondern, im Gegenteil, ein absolut lebensspendender.

»... bis ich bei dir landen kann, Vera?«

Das war eine zweite Form, ihr seine Zuneigung zu erklären.

»Ja, du Chefpilot«, lachte sie.

Dann stürzten sie sich in die Arme, und sowohl Vera als auch Karl vergaßen alles, was sie zuvor in ihrem Leben an glühender Leidenschaft für einen anderen kennengelernt zu haben glaubten. Da aber jeden Augenblick jemand ins Zimmer kommen konnte, mußten sie sich damit begnügen, einander nur zu küssen und wieder und wieder zu küssen. Auf die Dauer war das zu wenig, deshalb sagte Karl schließlich: »Komm, laß uns verschwinden...«

»Wohin?«

»Zu mir – aber diesmal anders als damals.«

Vera zögerte.

»Karl«, sagte sie, »ich bin ein Mädchen, das gerne mitkommt. Ich will das nicht verschweigen. Trotzdem möchte ich dich – gerade dich! – vorher etwas fragen...«

»Ich möchte dich auch vorher etwas fragen...«

»Was denn?«

»Ob du mich heiraten willst?«

»Karl!« Seligkeit und Glück lachten Vera aus den Augen. »Genau das wollte ich dich auch fragen!«

»Na also, dann sind wir uns ja einig, Liebling. Weshalb, glaubst du, habe ich dich denn gefragt, wie alt du bist? Das muß doch ein Mann, der ein Mädchen ehelichen will, von ihr wissen. Übrigens bist du mir deine Antwort darauf immer noch schuldig.«

»Wie alt ich bin? Hast du mich das gefragt?«

»Dreimal.«

»Das muß ich überhört haben.«

»Ach nee«, lachte Karl.

»Sonja würde besser zu dir passen«, legte Vera ein Teilgeständnis ab. »Sie ist jünger als ich.«

»Dann laß mich dich mal schätzen«, sagte er vergnügt, trat einen Schritt von ihr zurück, betrachtete sie prüfend und fuhr abwägend fort: »Siebenundzwanzig... oder –«

»Bist du wahnsinnig? Da fehlt noch ein Stück!«

»Wieviel denn?«

»Drei Wochen.«

Er lachte herzlich, und als sie dies sah, fühlte sie sich sehr erleichtert.

»Komm jetzt endlich«, sagte er und griff nach ihrer Hand, um sie mit sich fortzuziehen.

Vera zögerte jedoch noch einmal. Sie war ein Geschöpf, das Nägel mit Köpfen machte.

»Karl«, fragte sie ihn, »würdest du dich mit deinen neunundzwanzig nicht zu alt fühlen, noch einmal zwei Etagen höherzusteigen?«

»Wozu?«

»Herr Bach alias Don José, unser Werbeleiter, würde gerne mal mit dir sprechen.«

Dem überraschten Karl Thaler blieb im Moment, wie man so schön sagt, die Spucke weg.

»Vera!« stieß er hervor.

Dann setzte er hinzu, daß er genau wüßte, was dies zu bedeuten habe. Er stünde wohl einer Art Verschwörung gegenüber. Eine solche Entscheidung könne man aber nicht Hals über Kopf fällen.

Es handle sich ja erst um ein Gespräch, antwortete Vera. Doch darüber, daß eine Familie ernährt werden müsse, habe er sich im klaren zu sein.

»Wann hast du mit dem gesprochen, Vera?« fragte Karl.

»Vor einer Stunde.«

»Aber das verstehe ich nicht«, meinte er kopfschüttelnd. »Da konntest du doch noch nicht ahnen, daß ich die Absicht habe, dich zu heiraten?«

»Nein«, erwiderte lachend Vera. »Aber ich wußte schon, daß *ich* die Absicht hatte, *dich* zu heiraten.«

»Waaas?« rief Karl, mit einem Gesicht, als ob er soeben vom Mond gefallen wäre.

Vera tätschelte ihm liebevoll die Wange.

»Zerbrich dir über all das nicht deinen Kopf«, sagte sie dabei. »Das würde zu keinem Resultat führen. Ihr Männer seid dazu nicht in der Lage, weißt du. Wir Frauen verstehen eben mehr von Liebe, so ist das. Dasselbe wird übrigens deinem Freund Albert beigebracht.«

»Richtig, Albert, was ist eigentlich mit dem? Gut, daß du mich an ihn erinnerst. Hattest du ihm denn schon zu verstehen gegeben, daß er bei dir ausgespielt hat?«

»Nicht ausdrücklich.«

»Dann steht ihm das noch bevor.«

»Kaum, nehme ich an. Es wird sich erübrigen.«

»Wieso?«

»Weil ihm Sonja die Augen öffnet.«

»Sonja?«

»Die hat dasselbe mit ihm vor, wie ich mit dir.«

»Waaas?« rief Karl ein zweites Mal. »Woher weißt du das?«

»Weil wir uns darüber geeinigt haben.«

»Wer ›wir‹?«

»Sonja und ich.«

»Ich werd' verrückt!« rief Karl noch lauter. »Und wir dachten, daß *wir* diejenigen seien, welche die Initiative in der Hand hätten!«

»Wer ›wir‹?« fragte nun Vera.

»Albert und ich.«

»Ach nein«, lächelte Vera, »das dachtet ihr? Wann denn?«

»Gestern.«

»Nicht möglich! Wir auch!«

Karl glaubte daraufhin, daß ihm nichts anderes mehr übrigblieb, als zu seufzen. Er tat dies tief und kopfschüttelnd. Und dann war er auch noch für das Letzte reif.

»Will Bach tatsächlich heute schon mit mir reden?« fragte er Vera.

»Ja, das hat er mir versprochen, wenn du Interesse an dem Posten hättest.«

Damit erledigte sich die unsichere Geburt eines großen Malers, und es setzte ein die Karriere eines erfolgreichen Grafikers in der Werbebranche, die ihre Leute besser zu erhalten weiß, als es die hohen Künste vermögen. Leider.

Dr. Albert Max hatte, als er zu Sonja kam, Moritz dabei. Das hatte seinen Grund. Es ging auch um das Schicksal des Hundes, und das sollte nicht geschehen ohne die Anwesenheit des Betroffenen selbst.

Moritz begrüßte Sonja stürmisch, und auch Sonja gab ihrer Freude Ausdruck. Erst danach kam Albert an die

Reihe. Das sei ein guter Entschluß von ihm gewesen, sagte sie.

»Welcher?« fragte er.

»Den Hund mitzubringen.«

»Ich hoffe, er benimmt sich ordentlich, damit Sie Ihre Meinung nicht ändern müssen.«

»Davor habe ich keine Angst«, sagte Sonja und fuhr, in ihren Staubmantel schlüpfend, fort: »Was machen wir?«

Etwas überrascht erwiderte er: »Ich denke, wir gehen Stiche aussuchen?«

Sonja zuckte die Schultern.

»Bitte«, meinte sie, »wenn Sie darauf bestehen...«

»Ich?« Seine Überraschung hatte sich in Verwirrung gewandelt. »Ich bestehe darauf natürlich nicht. Mir hat nur Karl das gesagt.«

»Ach, wissen Sie«, erwiderte Sonja, »die Stiche laufen mir nicht weg, ich habe das auch Ihrem Freund schon gesagt. Sind Sie mir böse?«

»Aber nein, weshalb?«

»Weil ich ihm dann auch hätte sagen müssen, daß Sie sich nicht herzubemühen brauchen.«

»Gerade das macht mich glücklich.«

»Glücklich? Sie übertreiben!«

»Nein, kein bißchen.«

Sonja war keine Vera. Vera hätte hier gleich wieder einmal das Eisen geschmiedet solange es heiß war. Sonja indessen verstummte und blickte zur Tür, wo schon Moritz stand, winselnd, wedelnd, ungeduldig Begehr nach draußen verlangend, keinen Zweifel hegend, wie's hier weitergehen mußte.

»Moritz!« rief Albert barsch. »Gib Ruh! Komm her!«

Moritz konnte sich nur dazu zwingen, die halbe Strecke zurückzulegen, dann erlahmte seine Energie, und er blieb stehen. Dies rief scheinbar Reue in Albert wach, der zu Sonja sagte: »Ich hätte ihn doch zu Hause lassen sollen.«

»Was machen wir?« fragte Sonja noch einmal. »Haben Sie eine Idee?«

»Wenn ich das geahnt hätte«, erwiderte Albert, »wäre ich mit dem Wagen gekommen, und wir hätten ein bißchen rausfahren können.«

»Zu Fuß durch Schwabing bummeln ist nicht nach Ihrem Geschmack?«

»Doch, alles ist das, zusammen mit Ihnen.«

»Sie übertreiben schon wieder.«

»Nein, kein bißchen.«

Sonja setzte sich eine einfache Baskenmütze aufs Haar, und man hätte es nicht für möglich gehalten, wie unglaublich das bescheidene Kleidungsstück dadurch gewann.

Moritz hatte längst schon wieder Posten an der Tür bezogen.

»Wir können gehen, Herr Doktor.«

Bereits seit Monaten nannten sich die beiden mit ihren Vornamen. ›Herr Doktor‹ sagte Sonja nur mehr in seltenen Ausnahmefällen – wenn ihr etwa nach einem Scherz zumute war, einem Scherz freilich, den Albert nicht als solchen verstehen wollte, so daß er prompt mit gleicher Münze zurückzuzahlen pflegte. So sagte er denn auch jetzt wieder: »Sehr wohl meine Gnädigste, gehen wir.«

»Und wohin, Albert?«

Warum nicht gleich so? dachte er.

»Wohin Sie möchten, Sonja. Wollen wir mit der Leopoldstraße anfangen?«

»Gerne.«

Die Bürgersteige barsten um diese Zeit schier vor Leuten. Das Hauptproblem, das sich dadurch rasch ergab, war die Gefahr, daß Moritz verlorenging.

»Ich muß ihn an die Leine nehmen«, erkannte Albert.

»Darf ich ihn führen?« fragte Sonja.

»Du liebe Zeit!« rief Albert abwehrend.

»Warum nicht?«

»Ein Mädchen wie Sie – und dieser Köter! Was sollen die Leute denken?«

»Die sind mir egal«, erwiderte Sonja lachend. »Und Ihnen doch auch, sonst hätten Sie sich ihn nicht zugelegt.«

»Ich habe Ihnen erzählt, wie sich das ergab. Seitdem warte ich auf den Tag, an dem ihn irgendwie der Teufel –«

Sonja war abrupt stehengeblieben blickte streng.

»Albert!«

»Ja?«

»Ich mag Sie, aber –«

»Sie mögen mich?«

». . . aber sorgen Sie dafür, daß dem lieben Kerl nichts zustößt, denn das wäre nicht gut für unser Verhältnis, wenn ich den Verdacht haben müßte, daß Sie dabei Ihre Hand mit im Spiel gehabt hätten.«

»Wir haben ja noch gar keines«, antwortete er grinsend.

»Was haben wir noch nicht?«

»Ein Verhältnis.«

»Nein.«

»Aber wenn ich es schaffe, daß mich Moritz äußerstenfalls sogar noch überlebt, bei bester Gesundheit natürlich, was ist dann?«

»Dann?«

»Ja, dann?«

»Dann«, sagte Sonja lächelnd, »wären Sie wohl sehr geliebt worden.«

»Von Ihnen?« glaubte Albert zupacken zu können.

»Von den Göttern.«

Er blickte sie verdutzt an. Moritz hatte sich wieder zu den beiden gesellt. Was ist los mit denen? fragte er sich. Warum stehen sie hier herum?

»Von welchen Göttern, Sonja?«

»Den griechischen. Wenn die einen lieben, so heißt es

doch, lassen sie ihn jung sterben. Und das wäre ja bei Ihnen der Fall, wenn Moritz Sie überleben würde. Meinen Sie nicht auch?«

Albert war baff. Mann, dachte er, da sagen alle immer, je schöner eine ist, desto dümmer ist sie auch. Und habe ich selbst das bisher nicht auch geglaubt?

»Sonja«, seufzte er, »wissen Sie, was mich die griechichen Götter... was die mich –«

»Albert!«

»Ich sage ja nicht, was die mich können, sondern sollen, Sonja.«

»Sollen?«

»Ja.«

»Was sollen sie Sie denn?«

»Mich hassen.«

»Ich verstehe«, nickte Sonja. »Damit Sie womöglich hundert Jahre alt werden.«

Es war also ein recht munterer Dialog, den die zwei da führten, während Moritz zu ihnen hinaufblickte und durch langsamer werdendes Schwanzwedeln zu verstehen gab, daß er anfing, sich zu ärgern. Im nächsten Augenblick hatte er dazu noch verstärkten Grund, denn er wurde angeleint. Albert bückte sich zu ihm hinunter, wobei er sagte: »Komm her, du Süßer, laß dich unter meine Fittiche nehmen, damit dir kein Härchen mehr gekrümmt wird. Und das wird ab sofort dein immerwährendes Los sein, keinen Schritt mehr von meiner Seite weichen zu können. Ich müßte mich ja sonst erschießen, wenn dir etwas zustoßen würde.«

»Geben Sie ihn mir?« sagte Sonja und nahm Albert die Leine aus der Hand.

Moritz benahm sich fortan fast mustergültig. Er hob nur noch an jeder zweiten Hausecke das Bein und unterließ es, übertrieben an der Leine zu zerren, es sei denn, er entdeckte auf der anderen Straßenseite einen Rüden, mit dem er sich gerne auf einen Kampf eingelassen hätte, oder eine Hundedame, der als Galan näherzurücken es ihn drängte.

Dann allerdings mußte Sonja immer ihre ganze Kraft aufbieten, um nicht vom Trottoir auf den Fahrdamm hinuntergezogen zu werden.

»Wenn man weiß, daß er ein Papagallo ist, muß man ihn verstehen«, witzelte Albert.

Verschieden waren die Reaktionen der Leute, die ihnen entgegenkamen. Soweit es sich um Männer handelte, richtete sich ihre Aufmerksamkeit auf Sonja, von deren Attraktivität sie sich innerlich buchstäblich umgeworfen fühlten. Manche von ihnen stießen sogar Pfiffe aus, obwohl sie nicht aus Amerika, sondern von der nahen Universität kamen. Es waren also sogenannte jüngere Semester. Älteren Herren gelang es nicht sosehr, ihre Prägung durch das alte Europa abzuschütteln, aber auch sie gestanden sich ein, daß es einem solchen Mädchen noch einmal gelingen könnte, sie für ein Weilchen in jenes spezifische Paradies zurückzuversetzen, aus dem sie sich längst vertrieben sahen.

Albert Max zog die Blicke der Frauen unter den Entgegenkommenden auf sich. Sein Typ war das, was man ›gefragt‹ nennt. Verheiratete Damen dachten, wenn sie ihn sahen, an die Ketten der Ehe; ledige an die Wonnen derselben.

Die späte Nachmittagssonne schien noch voll auf die Stadt hernieder. Es war warm. Sonja empfand sogar ihren leichten Sommermantel als lästig. Albert hätte gern ein Bier getrunken, hielt es aber nicht für gut, diese Idee auch an Sonja heranzutragen. Sonja hingegen, die auch eine Idee hatte, scheute sich nicht, Albert mit derselben bekanntzumachen.

»Wir könnten eigentlich ein Eis essen«, sagte sie. »Oder mögen Sie keines?«

»Doch, doch«, beteuerte Albert, obwohl er das letzte vor einem oder eineinhalb Jahrzehnten verzehrt hatte.

Der Zufall wollte es, daß sie vor dem gleichen Café standen, in dem Sonja und Vera am Tag zuvor gewissermaßen die Fronten geklärt hatten. Oder war das gar kein Zufall?

Ganz sicher war es aber ein Zufall, daß die gleichen zwei angehenden Mediziner auch wieder in dem Café saßen und in ein recht ähnliches Gespräch wie gestern vertieft waren.

»Damenfußball«, sagte der eine, »hat für mich keinen sportlichen Reiz, aber einen erotischen.«

»Vorausgesetzt«, meinte der andere, »die Büstenhalter unter den Trikots sitzen nicht zu stramm und gewähren einen gewissen Spielraum.«

»Dann«, schloß der erste nicht aus, »kann sich, wenn die Spielerinnen läuferisch stark sind, der erotische Reiz sogar zu einem sexuellen auswachsen.«

»Vorausgesetzt«, begann der zweite wieder, »du erzielst die dazu unerläßliche Einwilligung einer der Spielerinnen.«

»Oder mehrerer.«

»Oder, noch besser, mehrerer; du hast recht.«

Beide verstummten und dachten anscheinend nach.

Nach einer Weile sagte der erste: »Ich vergegenwärtige mir die Tätigkeit des Trainers eines solchen Teams, und ich glaube, daß diese Aufgabe dich überfordern würde, mein Junge.«

»Mich nicht, aber dich!«

»Gestatte, daß ich lache.«

»Sagtest du nicht selbst gestern hier an dieser Stelle, daß dir Karin und Lisbeth – also nur zwei – an einem Abend schon zuviel wurden? Nun denke mal an elf.«

»Als Trainer steht dir auch noch ein Co-Trainer zur Verfügung.«

»Allerdings, aber –«

Abbruch, mitten im Wort.

Sonja kam herein.

»Das haut mich um«, stieß der eine hervor.

»Mich auch.«

»Die ist ja gar nicht lesbisch.«

»Vielleicht bisexuell.«

»Was sagst du zu dem Hund, den sie dabeihat?«

»Was hat der mit ihr zu tun? frage ich mich.«

»Und der Macker an ihrer Seite? Was hältst du von dem?«

»Nicht das Geringste. Trägt Binder.«

»Wenn sie mit dem schläft, kann sie mir nur leid tun.«

»Weißt du was? Ich hau' ab. Ich kann die Geschmacklosigkeit von der nicht mitansehen.«

»Du sprichst mir aus der Seele.«

Zerrieben von ihrer Enttäuschung, verließen die beiden, nachdem sie bezahlt hatten, fast fluchtartig das Lokal. Sie vergegenwärtigten sich, wie sie tags zuvor ins Leere gestoßen waren. Das Feld, das sie gerne besetzt hätten beherrschte anscheinend ein anderer, einer, der einige Jahre älter war als sie und den sie deshalb ›Opa‹ nannten. Diese Feststellung traf sie hart.

Sonja und Albert ahnten nicht, was sie in den Seelen zweier Jünglinge, an denen Selbstzweifel nagten, angerichtet hatten.

Sonjas Fahrplan sah wieder aus wie gestern: erst Eis, dann Kaffee. Albert hielt mit ihr Gleichschritt.

Irgendwann sagte Sonja: »Ich habe Ihnen noch nicht gedankt.«

»Wofür?

Fast wörtlich wie Vera, als sie sich mit Karl Thaler traf, erwiderte Sonja: »Sie hatten vielleicht Besseres vor, als sich mit mir zu befassen, nachdem mir Ihr Freund eine Absage erteilen mußte.«

»Soll ich Ihnen sagen, was ich vorhatte?«

»Etwas Besseres?«

»Nein, ich –«

»Das genügt mir«, fiel ihm Sonja ins Wort. »Mehr will ich nicht wissen, es beruhigt mich. Ich bin nicht neugierig«, setzte sie hinzu.

»Sie werden es ja doch erfahren.«

»Wieso?«

»Weil es Ihnen Vera, wenn Sie wieder mit ihr zusammenkommen, sagen wird.«

»Vera?«

»Mit ihr war ich verabredet, und darauf wird wohl zwischen Ihnen beiden zwangsläufig die Sprache kommen, genauso wie darauf, daß ursprünglich Karl mit Ihnen verabredet war, und nicht ich. Darüber sprechen sich doch Mädchen aus.«

Sonja blickte ihn fragend an. In ihrem bildhübschen Kopf arbeitete es.

»Ich verstehe nicht«, sagte sie. »Wenn Sie mit Vera verabredet waren, konnten Sie sie doch nicht sitzenlassen...«

Sie brach ab, wartete auf eine Erklärung, die ihr Albert lieferte, indem er sagte: »Sie blieb nicht ›sitzen‹, um bei diesem Ausdruck zu bleiben. Ich habe ihr einen Vertreter geschickt.«

»Wen?«

»Karl Thaler.«

»Aber der war doch mit mir verabredet!« rief Sonja.

»Ja«, seufzte Albert.

Sonja schüttelte den Kopf. Sie verstünde das Ganze immer noch nicht, sagte sie. Klar sei ihr nur eines...

»Was?« fragte Albert.

»Daß die arme Vera, die von Ihnen versetzt wurde, nun allein zwischen ihren vier Wänden Trübsal bläst, während wir uns hier amüsieren.«

»Nein, Karl ist doch bei ihr.«

»Irrtum, das weiß ich besser!«

»Aber nein, Sie können sich darauf verlassen, er war dazu ganz fest entschlossen.«

»Mag sein, aber dann kam ihm etwas dazwischen, er hat es mir am Telefon gesagt.«

»Was kam ihm dazwischen?«

»Zahnschmerzen.«

Albert fragte sich, ob es ihm erlaubt sei, zu grinsen, doch er ließ es lieber sein, da er sich nicht ganz wohl in seiner Haut fühlte. Die Frage lautete, wie Sonja noch reagieren würde, wenn er ihr das letzte Ausmaß der Düpierung klarmachte, die Karl und er durchexerziert hatten. Und daß dieses Eingeständnis von ihm unvermeidlich war, daran gab's keinen Zweifel.

»Sonja«, meinte er, »ich glaube nicht, daß er zu Ihnen sagte, er habe Zahnschmerzen.«

»Aber selbstverständlich! Denken Sie, ich höre nicht recht?« Plötzlich regte sich Mißtrauen in ihr. »Oder war das eine Lüge von ihm?«

»Wenn er gesagt hätte, daß er Zahnschmerzen hat, wäre das eine Lüge gewesen«, entgegnete Albert. »Das glaube ich aber nicht«, wiederholte er.

»Dann kann ich Ihnen nicht helfen.«

»Hat er sich nicht eine Kleinigkeit anders ausgedrückt? Sagte er nicht, er müsse zum Zahnarzt?«

»Ist das nicht dasselbe?« rief Sonja. Langsam ärgerte sie sich. »Sie sind ein Beckmesser, Albert!«

»Tut mir leid, Sonja, wenn Sie diesen Eindruck haben, aber meine Situation zwingt mich dazu. Es ist nämlich wirklich so, daß Karl zum Zahnarzt mußte, obwohl er keine Zahnschmerzen hatte. Ich hatte ihn nämlich gebeten, Vera zu begleiten, die von ihrem Zahnarzt zu unserem wechseln will. So verhält sich das.«

Sonja brauchte nicht lange, um festzustellen: »Ein Ringtausch also: Sie sagten Vera ab und mir zu, und Karl sagte mir ab und Vera zu.«

»Richtig.«

»Aber warum das? Jeder von Ihnen hätte doch das Ursprüngliche tun können?«

»Damit sind wir beim Kern der Sache, Sonja. Ich hoffe, es tut Ihnen nicht weh, wenn ich Ihnen sage, daß Karl... wie soll ich mich ausdrücken?... daß er gewissermaßen mit Macht auf eine Neuorientierung drängte.«

»Neuorientierung? Was heißt das?«

Albert machte es kurz.

»Weg von Ihnen, hin zu Vera«, sagte er.

»Ach«, stieß Sonja nur hervor. Vieles schoß ihr durch den Kopf. Dann hat ja Vera den ihren, dachte sie. Wer hätte geglaubt, daß das so schnell ginge? Wie lange mochte der schon zu dieser ›Neuorientierung‹ entschlossen gewesen sein? Was heißt ›Neuorientierung‹? Mit mir hatte er ja gar nichts. Das sah nur so aus. Manchmal. Vera wird glücklich sein. Sie wird sehr, sehr glücklich sein.

Und ich? Was ist mit mir? Was ist mit dem meinen? Begehrt er mich überhaupt? Ein bißchen schon, denke ich, das Gefühl habe ich. Auf jeden Fall will er mit mir ins Bett gehen, das wollen ja alle, und das darf er auch, wenn der Zeitpunkt da ist, obwohl mir allein das nicht genügt. Ich liebe ihn, deshalb möchte ich, daß er mich heiratet. Dazu muß er mich aber auch so lieben, wie ich ihn. Wann werde ich ihn soweit haben? In Wochen? Monaten? Jede hat nicht das Glück wie Vera, die so etwas anscheinend über Nacht bewerkstelligt. Ist sie hübscher als ich? Anziehender? Macht sie –

Sonja war innerlich erschrocken. Vera! Albert! Albert!! Der hatte doch ein Verhältnis mit ihr. Was war damit? Das muß mich doch jetzt in allererster Linie interessieren. Wie stellt er sich jetzt zu Vera? Liebt er sie noch, obwohl sie ihm Karl vorzieht? Wenn ja, stehen meine Aktien ziemlich schlecht.

»Albert«, sagte sie, »ich weiß von Vera, daß ihr Karls

›Neuorientierung‹, wie Sie sich ausdrücken, sehr gut gefallen wird...«

»So?«

»Vera wird darüber sogar außerordentlich glücklich
sein...«

»So?«

»Sie liebt ihn nämlich...«

»Soso?«

Sonja platzte ein bißchen der Kragen.

»Mehr haben Sie dazu nicht zu sagen als... so? ... so?
... soso?«

»Nein.«

»Nein?«

»Oder doch.«

»Darauf bin ich aber neugierig.«

»Daß mir das egal ist... Oder nein... Daß mich das für
meinen Freund Karl freut.«

Mit der ihr eigenen Kontrolle über sich sagte Sonja: »Sie
selbst sehen keine eigenen Gefühle in die Angelegenheit
mehr investiert?«

»Nein.«

»Ich muß schon sagen«, erklärte daraufhin Sonja, die
sich einen Vorwurf nicht verkneifen konnte, »das ging
aber schnell. Ist das bei Ihnen die Regel?«

Albert blickte sie fest an. Er war der Meinung, daß jetzt
aufs Ganze gegangen werden mußte.

»Das klingt nach einer Anklage, Sonja«, erwiderte er.

»Erwarten Sie in dem Zusammenhang etwas anderes?«

»Dann fällt aber Ihre Anklage auf Sie selbst zurück.«

»Auf mich? Wieso?«

»Weil Sie diejenige sind, die den von Ihnen getadelten
Prozeß in mir auslöste.«

Sonjas Herz tat einen Sprung.

»Ich? Sind das die Worte eines Juristen? Finden Sie
keine anderen?«

»Doch, finde ich«, nickte er. »Sie sind diejenige, der Vera in meinem Herzen weichen mußte.«

Schweigen.

Die beiden blickten einander an. Jeder versank in den Augen des anderen.

Vera, durchzuckte es Sonja, du bist mir ja gar nicht voraus. Wie der mich ansieht, davon kann sich dein Karl noch eine Scheibe herunterschneiden. Der liebt mich wahnsinnig, das reicht bis zu seinem Grab. Bei mir auch.

»Albert«, sagte sie leise.

»Sonja.«

Er griff nach ihrer Hand, um sie zu drücken. Herumblickend, die anderen Gäste feindselig musternd, stieß er hervor: »Verdammter Laden!«

»Wieso das, Albert?«

»Nicht einmal küssen kann ich dich hier richtig.«

Sonja lachte.

»So gesehen, hast du recht.«

Unter dem Tisch war es lebendig geworden. Moritz zeigte, daß er auch noch da war. Er schien die Wichtigkeit dieses Augenblicks gespürt zu haben und legte seinen Kopf in Sonjas freie Hand.

Alberts Kommentar dazu lautete: »Der hatte sich ja von Anfang an für dich entschieden, Liebling.«

Wieder lachte Sonja.

»Apropos Laden«, sagte sie dann. »Du heiratest eine Geschäftsfrau, ich hoffe, du hast das nicht vergessen?«

»Nein«, seufzte Albert, »habe ich nicht, und ich mache dir folgenden Vorschlag: Du machst weiter, ich mache weiter. In einem Jahr rechnen wir nach, und wer weniger verdient hat, schließt seine Bude und steigt beim anderen ein. Einverstanden?«

»Einverstanden.«

Heinz G. Konsalik

Seine Romane erschüttern in ihrer Intensität.

Konsalik ist Weltklasse!

01/7917

Eine Auswahl:

Das geschenkte Gesicht
01/851

Alarm! Das Weiberschiff
01/5231

Der Arzt von Stalingrad
01/7917

Liebesnächte in der Taiga
01/8105

Das Bernsteinzimmer
01/8254

Kinderstation
01/8855

Das einsame Herz
01/9131

Frauenbataillon
01/9290

Zerstörter Traum vom Ruhm
01/10022

Das Gift der alten Heimat
01/10578

Die Gutachterin
01/10579

HEYNE-TASCHENBÜCHER